狼狐郡

LANG
HU
JUN

李迎兵 著

中国文史出版社

目　录

CONTENTS

引 子

狼狐郡。

夜深人静。突然，吴起在大帐里倏地听到外面传来一声毛骨悚然的尖叫。这样的尖叫，仿佛让他想起自己在卫国左氏城那场以少胜多的械斗。杀得兴起的吴起挥舞大砍刀，左右开弓，一时间眼前血肉横飞，脚下传来的惨叫宛若刚刚发生，二三十人纷纷倒毙在地。

吴起的大帐外是一个有着千万年沉睡不醒的绵延几十里的狼狐岭。郡府居于狼狐岭的岔口，因此而得名狼狐郡。早些年这块地界曾被秦军占据，现在已归属魏国了。此时，吴起从睡榻上一跃而起，出了帐门站在了一块巨石上。但蹊跷的是，在那声夜半的尖叫之后，四周便又是一片万籁俱静。

“将军，请回吧！”

“刚才什么声音？”

大帐外正有战车一乘，十名拿着剑戟的士卒分列在两旁，其中长得高壮的什长韦成梗说：“附近有一只野狐。”

许久，又一阵号叫声突然从吴起身后传来。吴起转身从帐中拿了一把大砍刀，就一个人步出行营。

韦什长与几个士卒紧跟而上，吴起不耐烦地摆摆手，说：“我去去就来，不必跟随！”

走了没有多远，吴起就看到了野狐在行营外的一个土垣上面朝着他这边蹲坐着，而且看到吴起也不跑，只是沉默对峙良久，然后又发出像刚才那样的尖叫声。黑暗中，只觉得野狐的气息步步逼近，这让吴起有些胆寒。

野狐依然与吴起对峙着，只是发出嗷嗷嗷的声音，让他恍然想起一个人来——是谁呢？

吴起想起的是被自己一刀毙命的田小璇。也就是他那当年从齐国娶过来的妻子。吴起不由得向这只野狐追去。他不想射杀它。

正在脚下生风地追着野狐的时候，却听到身后又有了急促的脚步声。

“我让你们不必跟随，为何不服从命令？”

后面只有越来越快的脚步声，并没有任何回应。还没等吴起反应过来，就见一只凶狠的公狼扑到了他的肩膀上。吴起用脑袋顶住公狼的脖颈，两手紧紧拽住了公狼的两只前爪，大砍刀早已落在了一边。而公狼仰天张大着嘴，一边呼喊着正在赶来的几只恶狼，一边用两只后腿抓在了他的腰胯两边。吴起左右甩了几次，公狼反倒撕扯得更厉害了。

前面有一个陡坡，吴起背着公狼就向上跑。山风扑面而来。漫山遍野笼罩着神秘诡异的黑色和寒冷的气韵。这也才刚刚立过秋，但强劲的山风宛若一堵墙般压了过来，差点没把吴起推倒。夜空中传来那只野狐的阵阵哀鸣，凄厉而忧伤。吴起的背后是吕梁骨脊山的余脉一路蜿蜒，在黑夜里依然能够感受到这种峰峦叠嶂和曲径通幽的气氛。

“哈哈哈！嘎嘎嘎！”头顶穿天的白杨上有着信狐（猫头鹰）的叫声。

“小璇！小璇！”

田小璇就是当年被吴起刺死时，窗外传来一阵接一阵的信狐叫声。突然，吴起猛然发出了惊天的一声叫喊：“小璇——”

吴起背上的公狼受到惊吓，竟然仰头号叫一声，乘机向前一蹿，一头栽入了前面的深涧。

在鬼火闪烁中，那只宛若小璇的野狐在吴起的眼前舞蹈着。野狐那瓜子形的脸和柔媚的身段，简直一个活生生的田小璇再世。

“小璇，是你吗？”

吴起陡然间升腾起一种强烈的负罪感。当年在鲁国杀妻求将的行为，让他背负着终生的罪孽，早已在不归路上渐行渐远了。吴起的两眼里注满了忏悔的泪水。

死在吴起刀下的妻子田小璇在相隔千里之远的魏国西河郡——也就是俗称的狼狐郡驿城口这儿显灵了。

吴起回头走了一段路，在陡坡下面找到他的大砍刀。那只被摔下深涧的公狼同伙赶来了。这是两只全身都是黑色的狼影，一蹿一蹿的，周旋在吴起挥舞的大砍刀之间，竟然与陡坡上起舞的野狐形成一个同频共振的奇怪场域。

这个隶属于一个官名叫西河郡的地方，当地人称作狼狐岭，抑或干脆叫狼狐郡。在驿城口的四周，充满了各种各样的民间传说，野狐比狼都多，神出鬼没。那只小璇灵魂附体的野狐一直不左不右地跟随着吴起，无论他走到哪儿，它都跟到哪儿。就在这个神秘奇特的深夜里，吴起的军帐四周被崇山峻岭所环绕，脚下站立的地方，宛若一只巨型的大鼓，中间凸起的部分更像田小璇越来越鼓胀的肚皮。

“吴起，肚子里又有了咱们的第二胎！”

吴起还是不为所动，盯住了睡榻上转过头来的田小璇。

“夫君，我不要死，我不想死！咱家的期儿才两岁，肚子里又有了他的小弟弟……”

吴起还是不吭一声，早已出鞘的长剑——不，是那把跟随自己多年的大砍刀，伸出去就不可能再收回来了。

开弓没有回头箭。

“你为何要杀我？”

“鲁国与齐国交战，谁让你是齐国田大夫的女儿呢？”

“你可是卫国人呀？为何要为鲁国去打齐国？”

田小璇那时候直勾勾的眼睛，就是现在此时此刻那只离吴起不远不近的野狐。

也就在田小璇的肚子上，不，是狼狐郡的夜空上豁开了一条口子。

“天，天空流血了……”

吴起仿佛看到有无数的鼓点在田小璇鼓起的肚子上敲打着。那涌动着鼓点的节奏，正是无数的雨点凌空而下，宛若天兵天将。

“小璇——”

吴起把田小璇抱起来，田小璇已经说不出话来了，眼睛里的光亮正在一点一点地消失。但让吴起感到万分不解的是田小璇的胸口处，宛若有一颗巨大的心脏在咚咚跳动着。

那时，吴起的母亲已经死去多年，但他背后总觉得阴风阵阵，然后是母亲悄然站到了他的身后，只是他早已感觉不到任何温暖了。

“你这个千刀万剐、断子绝孙的孽子呀!”

吴起久久地跪在了母亲的牌位下。

“你是这样去实现你带兵打仗的梦想吗？孽子啊，孽子，你让我如何去阴曹地府见你爹吴猛？”

田小璇就这样横死在吴起的刀下。

那时的狼狐郡四周广大无边，可以自由自在地容纳着千万颗不同的心灵。魏国的人们一开始还并不知道吴起的处境。吴起时时刻刻被那些老家卫国的冤魂缠绕个不停，使得他接下来的整个人生过程变得更加无法把握，也彻底在失控的边缘上如同脱缰的战马在奔跑。他知道自己早已停不下来了。

吴起选择戍边，在荒野的西河土地上，广阔无垠的疆域上，可以尽情地自由驰骋着，一个人什么也不想，什么也不去回忆。可是，他办不到。

“嗷——”

吴起只身从陡坡上匆匆前行，尽管手里一直掂着大砍刀，但心跳一阵比一阵激烈，如同悬在嗓子眼儿一样，背上却一直冷飕飕的，仿佛公狼还依然毛发倒竖地趴在他的背上。环顾四周，左后方野狐依然随影相随，吴起不由得加快了脚步。这时，突然从右侧传来一声极为恐怖的狼嚎声。这种狼嚎声，在空旷寂静的狼狐岭里显得格外刺耳。吴起顺着声音回头望去，只见夜色下坟地一闪一闪的鬼火旁，聚拢着大约有十五六只野狼。它们背对着围成一个圈，仿佛聚集在一起开会。因为吴起在暗处，野狼们则在鬼火间妖娆地摆动着后臀，远远看去异常清晰。吴起真是想不出更好的办法了，加之后面又有另外跳下深涧的公狼同伙斩断了他的后路。吴起只得自己打气壮胆了，他贴住了一棵棵紧密相连的白杨。屋漏偏遭连阴雨，也不知什么时候，三只拖着尾巴的恶狼悄悄尾随上来了。它们的眼睛鬼火般一闪一闪着，在夜色下能感受到一种阴森森的绿光。吴起一下子攥紧了手里的大砍刀，只好停下来和它们对峙。两只恶狼也停下来了，站在原地，一动不动地死盯住这边。或许这恶狼也有点害怕吴起手里的大砍刀，竟然有些畏畏缩缩地靠在了一边。不管它们了！吴起继续向前，可它们又尾随上来。吴起思来想去，无论如何是不能贸然地去攻击，必须一招制胜。只有且走且说吧。吴起继续前行，同时把大砍刀故意拖在身后地上，使它在行进时不断发出嚓啦啦的响声。

吴起就这样，既要向前走，可又不能快跑，于是只有走走停停，停停走走。终于在走到坟地时，被逼到了野狼屁股对着外侧开会的地方。吴起这个时候出其不意地拖着大砍刀跑了起来，而且直入开会的狼群里跑。吴起蹿到狼群开会的中心对着头狼就砍。头狼还不知道怎么回事，就倒在了血泊之中。其余野狼竟然一下子吓得目瞪口呆，瞬间一哄而散了。这时，吴起大汗淋漓，仿佛是死里逃生。他继续在头狼身上砍杀着，快捷，凶狠，刀刀致命。到底是吓出来的，还是累出来的，就连吴起自己也不知道，倒是那只幻化成田小璇的野狐一直在身后不离不弃地跟着他。

韦成梗什长带着十几个士卒赶来的时候，吴起回头去看那只野狐，却不知道什么时候不见了。

“小璇——”

吴起叫了一声田小璇的名字，仰天大哭。

第一章　离石邑城

1

离石邑城。约莫二更天气，旧城里已经肃然一片，不见什么行人。东城头上游走着几个赵国士卒，在冷清的月光下，越加显得阴森和凄凉。在狭长的石板街道上，有提着哨棒或打更的，影影绰绰，灯笼在风声里有些飘忽不定。

这一夜，在赵国的离石邑城往东去七八十里开外的驿城口，驻扎着一支神秘的铁军。狼狐岭的魏国守将吴起在营帐里睁着眼睛直到三更，还是睡不着。那只很像吴起妻子田小璇的野狐一直在他的眼前游走。魏文侯下令让吴起按兵不动，离开安邑都城时就已经商定的进攻路线，迟迟无法定夺。魏文侯的一番话总在吴起心里打着滚，上下翻腾着。晋国当年一分为三，魏、韩、赵三国各占了一部分，秦国在黄河西岸占据着大片土地。这是吴起一直想西进的原因。柿子专拣软的捏，可是吴起不想如此，却愿意先啃一下秦国这块硬骨头。要啃下这块硬骨头，就需要借道赵国离石邑城探听虚实。

魏国与秦国的对峙，接下来必定有一战。其原因主要有三点：一是魏国面积虽小，但国力一直持上升趋势；二是魏国的疆域位于晋国当年的核心地带，土地肥沃，灌溉便利；三是当时的魏国国君是魏文侯，一向以礼贤下士著称，广纳天下良才。所以，作为戍边守将的吴起先想会会离石邑城守将蔺天成，共商抗秦大计。

此时此刻的离石邑城守将府邸内，蔺天成将军正在与小夫人喝茶。夫人是齐国人，名叫田秋月。原本田秋月要给他弹一曲古筝的，可是蔺将军心不在焉。他在担心吴起统领的魏军是不是会没来由地打过来。这个田秋月不是别人，恰恰是吴起的妻子田小璇的妹妹。吴起为了在鲁国统兵打仗，却杀死自己的妻子。田秋月那个时候还未嫁到赵国离石邑城来。可以这么说吧，当时田秋月和正在卫国都城朝歌服役的弟弟田园听到这一消息，遂连夜乘一辆马车赶到已从卫国左氏搬到鲁国都城的吴起家。接下来看到的一幕，田秋月一辈子也不想再回忆了。那是痛彻心扉的一幕。田秋月一旁的田园也一时惊呆了。温顺和善的大姐田小璇竟然被一向性格刚烈的姐夫吴起杀死了。身首异处，睡榻上到处是血。姐弟俩抱头痛哭。而那个千刀万剐的杀人犯却已携带着田小璇的头颅不知去向，后来才得知吴起提着死人脑袋去鲁王那儿请功领赏去了。

"打就打，我不怕！"田园说。

沉思良久的蔺天成站了起来，拨拨油灯的捻子，然后说："是要打，打不打得过单说，但这件事确实让人很纠结，吴起——这，这……毕竟……还是咱们刚刚五岁的小吴期的爹呀……"

蔺天成本来还想说吴起与他在鲁国一起在曾申门下学过儒学。当年吴起因为不忠不孝被曾申赶出书院，蔺天成记得一直送他到五彩桥的。现在，蔺天成与妻子和妻弟合计着如何杀死居于离石邑城也就七八十里的魏国守将吴起，这让他这个赵国守将有些犹犹豫豫，举棋不定。不是打不打的问题，就怕有个什么闪失，就会功亏一篑，落个鸡飞蛋打一场空的下场。蔺天成毕竟守土有责。

蔺天成向一个侍立的士卒问："魏军那儿有什么动静没有？"

"今早收到吴起派人送来的一封密信。"

"加紧城头警戒。"

"吴其昌还没来吗？"

"他正在东门城头检视，已经派人去了，估计很快就会赶到。"

吴其昌是蔺天成从鲁国带来的门徒，卫国人，长得憨厚敦实，身高八尺二，手中挥舞着一把长剑，在东门城头上发号施令。

蔺天成弯下腰抚着妻子田秋月的古筝，然后弹了几下，仰头长叹：“高山流水遇知音，可是这个知音又在哪里呢？”

“秋月不就是夫君的知音吗？”

蔺天成抬头看看田秋月，勉强说：“你算一个！”

“这么勉强，干吗要娶我？”

“谁勉强了？我是觉得夫人是夫人，知音是知音，两码事。”

“世上的事情一到夫君那儿，就成了两码事。难不成你要学那个比恶狼还要狠毒，比狐狸还要狡猾的吴起吗？”

“这事可是夫人提的啊。让夫人那个姐姐的孩子小吴期听到可不好。”

蔺天成对身后的田园说：“去里屋看看小吴期睡着没有？”

2

秋雨绵绵。整个苍穹如同一个大漏壶，哩哩啦啦地飘洒了三天三夜。然后是一片明媚的阳光，万物如洗，天高云淡。飘逸在头顶的白云，一半在赵国的地界，一半又在魏国，而且随着摇摆不定的风向在两国交界处拉锯。

韦成梗什长一行五人走到离石邑城东门下。不一会儿，沉闷的城门打开了。眼前出来的正是蔺天成和两个贴身随从。

“请问吴将军是否到了？”

韦什长下意识地向后望了望，然后回答：“主公马上就到！”

四周是龙凤虎三山环抱，蓝天白云上，一只苍鹰从更高处朝着城门俯冲下来，寻觅着地面上的食物。花野草丛之间，有着水亮亮的雨滴，微风过处，滴落在田野里。叽叽喳喳的麻雀站立在树枝上，唱着人们听不懂的赞歌，欢庆这场秋雨。

蔺天成弄不清吴起葫芦里卖的什么药，就又问：“昨日也是你来送信的吗？”

“是呀，确有要事和将军相商。”

“能有啥好事？你们魏国要攻打我们驻守的离石邑城吗？这可是牵涉到魏赵两国的外交关系！”

“离石邑城早先也并非你们魏国的属地呀！”

“当年确实属于晋地，但现在是赵国……”

“赵国有这个实力吗？”

蔺天成瞪大了眼睛，从腰间抽出寒光闪闪的宝剑，欲砍向韦什长。

韦成梗不动声色地继续说：“我们的魏文侯，现在极能礼贤下士，所以魏国可以说是人才济济，比如论武将有吴起、乐羊、西门豹；论文臣有李悝、魏成、翟璜；另外，还有多位儒家高人尽心辅佐，如子夏、田子方、段干木等。放眼当今天下，以上这些文臣武将都是人中豪杰，他们齐聚于魏国朝堂之上，魏国怎能不强？”

韦什长的一席话，如骨鲠在喉，让蔺天成一时间无法应对。他只好把剑重新插进剑鞘里了，然后没好气地哼了一声。

蔺天成身后的田园怒目而视。田园冲到韦什长侧后，一下子就绊住了他一只伸出去的脚。韦什长的这只脚缩回去，又伸出去另一只脚，却又被田园绊住。

“你想干什么？”

田园依然在脚下不停地使着绊子，结果让韦什长更加怒不可遏，飞起一脚向田园面门踢去。田园向后一躲，趁机更狠地同韦成梗使劲一绊。

韦成梗什长一躲，然后来了一个顺水推舟，却又被田园所利用，反倒杀了一个回马枪（那时候所谓的枪，就是二丈四尺的长枪，也叫长戟，或者一丈二尺的短戟，也叫短枪），把他推了一个趔趄，差点一头栽倒。

“你这算毬啥本事？背后捅黑枪，谁不会？”

“什么背后捅黑枪？我这二丈四尺的长枪用得着捅黑枪吗？你不知道你主公是一个罪恶滔天的杀人犯吗？”

韦成梗眼睛瞪得溜圆，直向田园冲过去。他一边用一只手抓田园的肩膀，一边拔出剑来挥舞着，嘴里还叫嚣：“今天我就在这里砍死你！出言不逊，明年的今天就是你的祭日！”

田园挥舞着长戟，吼喊道：“那就来呀，看今天谁把谁干掉！我还就不信啦！”

3

赵国离石邑城守将蔺天成的夫人田秋月从府邸出来，向东城门口走去。从前两日吴起的密信中称，约定今天巳时在东城门口与蔺天成见面。这不，蔺天成与田园出去多时，还不见回来，让田秋月担心他们会出什么状况。她的心一早就蹦蹦地跳。对于吴起这个人，田秋月恨之入骨。姐姐的惨死，也早已让这个作为姐夫的楷模形象一下子不见了，甚至也推向了对立面。昨晚，蔺天成要应约去东城门口与吴起会面，让田秋月很生气。

“言必行，行必果。你们男人为了追求什么所谓的功成名就，什么事情干不出来呀？”

“我怎么了？我再怎么言行不一，再如何追求功名，也不至于像吴起杀妻求将……”

“你看看，你看看，我们吵架，看把小吴期吓得直往被子里钻。”

也就是昨晚的争吵里，田园也插话了。“当年我大姐躺在吴起刀下，把两岁的小吴期惊醒了，受到了吴起的惊吓……”

蔺天成叹了一口气：“原来我一直觉得吴起是一个挺聪明的人，很有血性，但也不至于这么凶残，竟然对自己的夫人下毒手。这是要遭报应的！”

田秋月抢白了一句：“你们男人还知道报应呀？你和吴起还有什么不敢干的？”

田园喃喃自语：“这世上的事情，什么都有个因果报应，为了追求功名，杀死自己的妻子，这个报应太大啦！不怕他吴起现在到了魏国做西河郡守，还是领兵打仗的将领，但也是风光一时，将来的结局肯定难料。我把这话撂下，你们都等着看吧！”

这个时候，五岁的小吴期哇哇地哭了，“我要妈妈，我要妈妈！”

蔺天成一把抱起吴期说：“你妈妈被你爹带到一个很遥远的地方去了！”

“去了哪里？”

大家面面相觑，沉默以对。

“妈妈，妈妈，我也要去，我也要去妈妈去的那个地方！”

田秋月把吴期抱过来说：“小孩子去不了那个地方！”

“我长大可以去吗？”

田园瞪着眼睛说：“舅舅也不知道。舅舅只知道那个地方就连大人们也不是想去就能去的。”

“谁可以去？”五岁的小吴期不依不饶了。

“人老了都会去的。”

田秋月推了田园一把。“说什么呢？别和小孩子谈这类事情，本来期儿心里有多大的阴影呀？”

“是你们先扯到这个话题的。”

小吴期挣脱田秋月的怀抱，向门口跑去。

“你干什么去？”

“我要去找妈妈……”

吴期的奶娘柳婶一把拉住了吴期。“好个小祖宗，你看看门外黑乎乎的，要找妈妈也得等天亮了再去。这么黑的天，你不怕吗？”

“我不怕！只要能够找到妈妈，我什么也不怕！”

田秋月眼睛湿润了。“期儿，你快来，你要知道，我才是你的妈妈……”

吴期有些狐疑，但很快断然地说：“你是我姨，不是我的妈妈！”

“嘿，这孩子，姨妈不也是妈吗？”

4

离老远就听到东门口的争吵声，甚至还传来一阵拳打脚踢的声音。

吴起在前往离石邑城东门的大路上行走着。他没有乘坐身后的马车。太阳越来越大，他浑身感受到一种说不出的燥热。阳光临近巳时那会儿就显得更加明朗了。不远东川河的水流声，加上阳光蒸腾的水汽，使得他心底的原本亮堂却又增加了一层扑朔迷离的阴影。也不知道打头阵的韦成梗怎么样了？

吴起刚来到西河郡时，虽然是守将，但与士卒一起吃苦，天天修筑戍边的长城。日积月累，还要进行屯兵训练，根本没有时间去换内衣，于是他与大家的身上都生了很多虱子。虱子是一种寄生在人或者动物身上靠吸血为生的寄生虫。在那个年代里，由于戍边时缺水和给养供应不足，吴起和他的士卒们长年累月不洗澡、不换洗衣服，许多人身上生出虱子那是司空见惯的。在西河郡狼狐岭这种缺水、靠天吃饭的边地，虱子可以说一直肆意横行，总是无法杜绝。所以，吴起与身边的士卒们都无可幸免被虱子困扰着，影响了军队的战斗力。吴起下令月末都要大清洗，全军上下使劲地折腾一番，先是洗澡、洗头、换洗衣服，随后就是用了最要命、最可怕的撒手锏——刮虱子和虮子（虱子的下一代）。吴起拿出一种名叫篦子的木梳，把韦成梗的脑袋按在操练场的一块石头上，在太阳照耀下，然后用老家卫国左氏带来的篦齿又尖、又密的篦子，在韦成梗的头发上狠狠地一遍又一遍地刮呀刮。韦成梗疼得直求饶，还不如把头发都剃光了。过了许久，韦成梗的头皮被吴起刮得火辣辣地疼，身上也被火辣辣的太阳晒得发烫、发痛。韦成梗在吴起的篦子刮动下，开始还挣扎着、反抗着，嘴里还不停地哭喊着："妈呀，疼呀，疼死了！"吴起却丝毫不理会，继续按住一颗颗脑袋，直到把这些寄生虫从士卒们头发上彻底消灭。

"谁还来？谁接着来？"

吴起把篦子递给了韦成梗，说："你给我使劲刮！"

韦成梗犹豫，只是说："很疼的。"

"我不怕疼！"

韦成梗就像刚才吴起给自己用篦子刮脑袋一般刮着。但是吴起站起身来，向韦成梗做起了示范。韦成梗用篦子刮得吴起直冒汗，吴起却没有哼叫一声。

"将军，您不疼吗？"

"少废话，给我再使劲！"

然后，吴起集合队伍去大营山下的饮马池洗澡。众多的士卒在饮马池里互相嬉戏的时候，吴起一个人躲在一边沉思着。

记得一年前吴起从鲁国出逃时，无人相送。他与吴越歌姬萧琼一起乘上了一辆破旧的马车，在夜色苍茫中走向了逃亡之路。这一幕，让他想起自己的老师曾申讲到周游列国的孔子，也和自己出逃时一样狼狈不堪。孔子想做的不仅仅是培养三千弟子七十二贤人，更重要的是他还奢望通过辅佐某个诸侯国的国君来实现自己治国平天下的更高理想，可惜一直没有用武之地。孔子回乡给宋国老家的儒生们做演讲，结果演讲完，也祸及旁边那棵老树。他一走，老树就被当地的官吏给砍掉了。吴起现在也与孔子一样，永远无法回到老家左氏了。而卫国都城朝歌，也早已对他缺少了吸引力。老家左氏城的那些人，他都已看透了。想当初吴起是何等慷慨，千金散尽还复来，与那些三朋四友们大碗喝酒，大块吃肉。吴起并不想出仕当官，但是父亲吴猛一直鼓励自己走这条卿相之路。

“做生意太辛苦，没有背景，没有后台，即便挣了钱，也等于是给别人挣的。那些贪婪的官吏总能够找到理由向有钱的商人剪羊毛。”

吴起不听父亲吴猛的唠叨。他最初觉得与自己那些左氏城的酒肉朋友在一起天天喝酒吃肉，就已经活得很开心了。直到有一天吴猛突然在做生意的商道上被杀，才让吴起如梦初醒。

吴起总是记得左氏城外通往魏赵两国西去的一条弯弯曲曲的商道。吴起小时候和母亲骑在毛驴上，而父亲则牵着毛驴，一家三口走啊走，然后不知道什么时候就来到了赵国邯郸。天亮时出发，到天黑了，还未到，一直在走。记得从邯郸回来后，小吴起又与父母去了繁花似锦的朝歌。

吴起总是在想小时候的自己，每一次坐在毛驴上，起初格外兴奋地睁着好奇的大眼睛，这边看看，那边瞧瞧。可是过了没一会儿，他就会在毛驴的摇晃中，在母亲的怀抱里酣睡过去了。在驴蹄马踏的商道上，在那哒哒的蹄声中，吴起依偎在母亲的怀中，宛若刚刚发生的情景。吴起沉沉睡去，不知道过了多久，才会被母亲摇醒，听到父亲开心地在前面大声喊：“快看那高大威武的朝歌城门！”

“妈妈，到哪儿啦？”

母亲不回答，因为母亲也是第一次来这样大的城市。而前边牵着缰绳的父亲骄傲地说：“我们卫国的都城朝歌到了！”

“好大的地方呀！”

“起儿，等你长大，咱家从左氏搬到朝歌来住，让你跟着朝歌最厉害的先生去学习，然后去当官！”

“妈妈，我长大后要来朝歌当最大最大的官！”

5

这个时候，田秋月还在前往东门的石板路上走着。从老城的守将府邸到东门口，需要经过两个十字街口。她一步三摇，走得并不快。田秋月比起姐姐田小璇来说，性子要慢一点。比如现在，她总要东走走，西看看，卖碗托的摊子与卖蒸糕的小车紧挨在一起，开药店的幡布与隔街茶叶店的广告牌对峙，熙熙攘攘的人流，让她的步子想快都快不了。

田秋月的个头没有田小璇的个头高，有点小家碧玉的模样。她发髻高挽，身着一件宽大的花布裙。脸蛋不施粉黛却白，嘴唇不涂朱却红，眉毛不画却黛而弯，明眸皓齿，轻声细语。作为齐国田大夫的女儿，与姐姐田小璇一起受过良好的教育，什么古圣先贤，什么琴棋书画，无所不能，甚至比田小璇还略胜一筹。

这样的家庭，按理说姐姐有一个更好的归宿才对，可惜自幼丧母，父亲过早地娶了一个泼辣刁钻的女人，不仅能说会道，还能主宰父亲的思想。田秋月记得小时候父亲是通情达理的，而且对她和姐姐照顾有加，不能说言听计从，但也时时处处总是细心加贴心。母亲不患重病的话，也不会很快就撒手人寰，而父亲也不至于与继母在一起，变成了妻管严。

一日，田大夫被曾申邀请到鲁国曲阜讲学，想把田秋月和姐姐田小璇一起带去见识世面。继母一开始很不高兴，不同意姐妹俩跟着父亲一起去。理由就是开支太大。田大夫说，曾申书院里有不少青年才俊，可以让姐妹俩认识一下，说不定能够找到外来的女婿。继母一听就高兴了，觉得把丈夫与前妻生的两个闺女一次性处理出去，说不定对她来说是一件大好事。于是，继母由一开始的反对转为坚决支持了。

田小璇是一个极为敏感的人。以往任何时候都会如此——凡是继母赞成的，她坚决反对；凡是继母反对的，她坚决支持。这次也是如此。

“我不去！我不去！”

“你不是天天嚷着要去鲁国吗？为啥现在改变了主意？”

田小璇看了继母一眼。“不想去了，肚子疼。”

“刚才还好好的，怎么要出发了，就会肚子疼呀？”

父亲感到不解，而一边的继母发话了：“嘿，还不是你这个当爹的平时惯的。你儿子田园也想去，可惜太小啦，要不然一块去，别再回来啦，就在鲁国安家落户好了！”

“看看你这当妈的，比孩子的心眼还小，孩子不懂事，你也不懂事呀？”

“什么呀，孩子不懂事，她们姐妹俩又不是三岁小孩？”

田秋月有点不高兴了，一甩头，说：“我可没说什么。现在把我也拉扯进来，啥意思？”

“你说啥意思就啥意思，难不成你还要来操持这个家？”继母把声音抬高了。

田大夫既要安抚姐妹俩，又要讨好继母，结果是里外不是人，风箱里的老鼠，两面受气。

田小璇看到父亲田大夫这样，欲言又止。最后，她同意一起去鲁国了。而在鲁国，姐妹俩如同出笼的小鸟，到处都想走走，看到什么都觉得新鲜无比。父亲一看到姐妹俩心情如此之好，也就把临行前与继母的争吵忘到九霄云外去了。

当时，吴起看中的是妹妹田秋月，但田大夫总是想把他与姐姐田小璇撮合在一起。结果，田小璇的强势，以及咄咄逼人，反倒让吴起目不暇接，最终改变了主意。

田大夫也觉得吴起并非久居人下，将来一定会大鹏展翅。吴起的谈吐里就充满了激情澎湃的豪迈，而且思维缜密，出语惊人，才华横溢，一泻千里。田大夫看到田小璇的目光里也是一种充满膜拜和神往的亮色。这种亮色，逐渐地让吴起的目光从田秋月的身上转到了田小璇这儿。

田秋月则悄悄地注意到了吴起身边的曾申门下同窗蔺天成。

“我叫蔺天成。”

田秋月说：“你就是蔺天成呀。”

然后，两个人不约而同地走出来，站在院子里继续交谈着。后来，下雨了。蔺天成要赶回书院。田秋月一个人赶回驿馆时，吴起还没走。窗外的雨下得更大了，天也黑透了。

田秋月有点尴尬，进了驿馆的房间，却感觉到田小璇与吴起有点不对劲。

“没啥不对劲吧？”

田秋月反倒有点心慌意乱了。

“这么大的雨，父亲去了书院曾申先生那儿，怕是今晚回不来了吧？”

吴起则答非所问，急着要走，却拿起了田小璇的一只袜套。

“不行就住下吧。屋子中间拉个帘子。”

亏得田小璇这么说，田秋月欲言又止。再看看吴起依然背对着她们。于是，屋子中间拉上了帘子。

半夜三更，田小璇拉开帘子起夜。吴起则呼地从屋门口的临时睡榻上坐了起来。

“你，你起这么早？”

“雨停了吗？”

窗外依然风雨交加。吴起看到十八岁的田小璇亭亭玉立。椭圆形的面庞，说不清的嘴角上翘的笑意，这使得她的眼睛放射着逼人的光亮。她两条弯弯的眉毛总是向上扬起，端端正正的鼻梁上有细细的汗珠，一颗颗牙齿如同排列整齐的贝壳一般，走起路来抖动的小肩膀，让腰身更加妖娆，也更加夺目了。

“我的袜套不见了，你看到了吗？”

吴起哆哆嗦嗦地说：“昨晚看到过，是你的袜套吗？好像在、在我这儿。”

田秋月也醒来了，但她装着熟睡的模样。这个时候，田小璇穿着一件宽大的睡裙，而吴起则在她的身后望着，屏住呼吸，只看到手里拿着一只袜套，还有那少女伸长了的细脖子，仿佛天鹅绒般的质感。她那双发亮的眼睛里露出笑容，白皙的脸蛋上浮现出难得的羞涩和红晕。她把长长的腿跨过了昨晚的分界线，拉开帘子，然后向吴起走过去。她那对饱满的奶子在睡裙里抖动着，摇摇欲坠，呼之欲出。她自上而下地望着躺在屋门口临时睡榻的吴起，下意识地用两手拉拉领口，身子向前一抖，一个趔趄，却是让吴起伸出一只手来飞快地扶她。

“你想干什么？”

“不干什么。”

“你把门口那只便桶递给我！”

帘子又重新拉上了。吴起“嘭”的一声倒在睡榻上，脸涨得通红，伸出手指去梳理自己的头发，心里骂了自己一句：“倒霉蛋！她还以为我蓄谋已久呢，真不该和她搭讪，这是何必呀？”

帘子那边，田秋月终于不再装睡了，猛然转过头来，捶了田小璇一拳。

“吓我一跳，你原来没睡着……”

“你别光着身子在外人面前走来走去，这算什么呀？”田秋月尴尬地捂着嘴干咳了几声，抬头听听帘子外面的动静，似乎鸦雀无声了，其实吴起是不敢再吭声。

“什么光着身子，我都穿着睡衣呢。当妹妹的，还这么诽谤姐姐？”

“他都看见了。”

“什么呀，他什么都没看见。”

吴起忍不住打起了呼噜，让人一听就是假装的。

“太假了，真会装！”

“他不装，你让姐姐怎么下这个台？”

“什么下台？你还上台呢？”

“看得见，那就让吴起看个够吧。只要他想看，我以后会天天给他看！”

“真不害臊！有你这样的姐姐，我都脸红了！”

田小璇给田秋月盖着被子，并把她一只露在外面的胳膊放在被子里面，然后说：“我的傻妹妹呀，这里根本就没有什么外人，我敢保证外面的这个儒生一定会是你的姐夫！这儿有外人吗？我今天就宣布，他一定就是你的姐夫！”

6

吴起的车乘后面给离石邑城守将蔺天成带来了马匹和锦帛。自从蔺天成娶了吴起的妻妹田秋月之后，一晃好几个年头了，很少与他们联系。加之，吴起当年在鲁国杀妻求将的故事，名震天下。蔺天成虽是吴起在曾申门下共同的弟子，但在这件事情上并不认同，甚至是深恶痛绝。当年的田秋月与妻弟田园带着小吴期先回到齐国住了一阵子，后来随着蔺天成才来到赵国离石邑城。原本妻姐的不幸会被淡忘，但却冤家路窄，吴起自己竟然又找上门来。这不，一下子又勾起了这一家人的伤心事。

这几天，吴起一直睡得不踏实。来到西河郡，在狼狐岭修筑魏国戍边屯兵的城堡，也辗转听说了五岁的儿子吴期也居住在七八十里地外的离石邑城蔺天成家。蔺天成倒是不怕，当年毕竟是同窗，可是这妻妹田秋月和妻弟田园如何去面对？如果应对不好，很有可能又会惹出什么可怕的事端？吴起这次前往赵国离石邑城，一是出于公心，既有联赵抗秦之意，天下归心，西河以及周边外延的一大片土地，终归会属于魏国。这就是天下大势。谁让领兵出征的是他吴起呢？

眼见得远远看到了离石邑方方的城池，枕戈待旦的城头守军正在眺望着这边尘土飞扬的官道。一位向离石邑城池奔来的赳赳武将并非他人，正是由魏文侯亲自任命西河郡守的魏国名将吴起。那时的吴起三十岁刚出头，仪表堂堂，寒气逼人。城头上的统领吴其昌强自镇静，他知道这个叫吴起的魏国守将不好惹，连忙下了城头向蔺天成禀报。

韦成梗如骨鲠在喉，让蔺天成一时间无法应对。他只好把剑重新插进剑鞘里了，然后没好气地哼了一声。

韦成梗倒不是一味地做缩脖子的乌龟王八蛋。他早已气得怒不可遏，可是吴起早就交代了，一定要做到忍让，打不还手可以，骂不回嘴可就做不到了。

韦成梗还在与田园争辩："谁家的主人是杀人犯啦？你在这儿说清楚！"

"杀人犯就是杀人犯，天理昭昭，不是不报，时辰未到，时辰一到，立即就报！"

田园一边还嘴，一边还想继续动手，被蔺天成喝住了。这时，城头统领吴其昌从城门那儿走来，贴在蔺天成耳边说着什么。

"杀人？也要看杀什么人，杀坏人难道也有错？"

"杀什么坏人啦？杀坏人倒是烧高香了，吴起杀了自己的老婆，这又是为何？"

离老远吴起的车乘到了。吴起先大步流星地向蔺天成走了过来。

"刚才他们在争论什么？"

蔺天成佯装没有听到，却是顾左右而言他。"一路上没有碰到什么麻烦吧？"

一旁的韦成梗和田园都愣住了。

而这个时候，城门口又来了一个衣衫褴褛的老者。只见他右手拄着一根枣木棍子，左手提着一只空篮，篮内放着一双筷子和一只脏兮兮的破瓷碗。他一步步地向前挪动着，喉咙里的喘息声越来越大。突然，他身子一歪，一头栽倒在了城门口。他挣扎了几次，试图爬起来，却是爬了一多半又一次栽倒了。

吴起还未与蔺天成继续接上刚才的话头，就一步蹿过去，先行去扶老者起来。然后，才上前向蔺天成一拜。

“蔺兄鲁国都城曲阜一别，这厢有礼啦！”

“你们魏国侵犯赵国不是一次两次啦，不知道吴将军此行葫芦里卖的什么药？”

吴起抢先又一拜：“前些日子，秦国东进，乘机来犯，要是现在我们主动伐秦，周边各个诸侯国势必观望，这仗不见得稳操胜券，但也有五分把握。根据各国形势，不如蔺兄随我一起征战，否则秦国屡屡来犯，后患无穷。如果赵国军队能够联合我魏武卒一部，出其不意，那么黄河以西的大片土地非我部莫属。”

吴其昌一边向蔺天成谏道：“离石邑城的地理位置特殊，所处秦国东犯的必经之地。与睦邻友好，乃是安邦之道。但秦国屡屡袭扰，与魏军联合，我们不应该拒绝。”

蔺天成则看了吴起一眼，然后回答说：“秦国狡诈，魏国也难以让人相信，吴起这样重量级的人物过来，说不定这次讲和，会是一个难以预料的死亡陷阱。”

吴起正要慷慨激昂地反驳，但他远远地看到了城门口走出来一个怒火中烧的小女子，宛若一个活生生的田小璇重生。再一细看，才发现是蔺天成的夫人田秋月。天呀！他一下子瞠目结舌，竟然这么快就看到田小璇的妹妹了？这让他不知道该如何去应对了？吴起知道蔺天成娶了田小璇的妹妹田秋月，但一旦真的在这个时候突然遇在一起，让他还是觉得难以面对。

吴起突然想，站在面前这个长得很像田小璇的小女子，果真会是田秋月吗？

第二章 萧墙祸起

1

一进入离石邑城东门，就见十字街有一家搭着篷布的铁匠铺，一个虎头虎脑的矮壮汉子，前胸围着一块粗实的裙布，一只手拿着一把铁锤，一只手拿着一把铁钳子，把一块烧红的生铁来回在铁砧上翻腾着。

“师傅贵姓？”吴起停下了脚步，看看蔺天成一行，挥挥手，让他们先走。

矮壮汉子说：“不贵，姓吕。人称吕老七。”

“你为何不带几个徒弟呢？”

这个姓吕的矮壮汉子并不吭声，依然在打铁。过了一会儿，见吴起依旧不走，向四周望望，然后说：“三个徒弟都被征用为士卒了，有一个守着城门，有两个调到赵国都城邯郸去了。”

“调到邯郸干什么？”

吕师傅说：“这个就不太清楚了。”

吴起让随从到车乘里拿出他那把在狼狐岭砍杀过头狼的大砍刀，递到吕老七手里。

“什么破刀呀？刀刃都卷了，不如重新打一把。”

吴起某些时候又是一个十分恋旧的人，他偏偏还就喜欢这把大砍刀。这把大砍刀跟随自己多年了。

“你这把大砍刀一定杀过不少人吧？”

“吕师傅，该问和不该问的都不要问，知道和不该知道的东西都知道了，是容易惹祸的。”

“我一个四十岁的穷铁匠，爹娘双亡，没有兄弟姐妹，可以说家无多余一口，地无多余一垄，只有靠着沿街打铁的手艺吃饭，有三个徒弟，也都当兵去了。现在就我一个，一人吃饱，全家不饿。我还怕什么呀？”

吴起让随从拿来一大串钱币，数也不数，递给吕老七。

“三五吊钱的事情，你这一大串重新打两把大砍刀的钱都够了！”

“我就喜欢爽快人！痛快点，接住！”

吕老七把一大串钱币全都退给吴起了。“我这儿是先干活再收钱，如果雇主不满意，分文不取！”

“你这把大砍刀恐怕与它的主人一样是有些来历的。”

吴起原本并不想与刚刚见面的吕老七聊太多，但看到蔺天成等人已走出下一条十字街，然后从怀里掏出一个酒葫芦，打开壶嘴，先兀自喝一口，然后给吕老七递过去。

“做活的时候不喝酒，这是规矩，容易出残次品。”

“这把卷刀刃的大砍刀得多加点真料，它从卫国跟我到鲁国，又到魏国……”

吕老七突然直愣愣地盯住吴起，说了一句：“你不会是魏国大将军吴起吧？”

“不打诳语，站在你面前的正是吴起本人。”

“哎呀，我的亲娘呀，今天真是见到如来佛真人啦！”吕老七在脏脏的工作裙布上反复地揩揩手，然后要来握握吴起的手。

“吴将军，你这手软软乎乎，厚厚实实，一握住就能感觉是贵人的手。”

“没想到吧？这双手和大砍刀可是砍杀过卫国左氏的三十多个泼皮无赖的。”

“听、听、听，说、过。”吕老七话音里有点哆嗦了。

吴起不好再与吕老七多谈这把大砍刀的来历了，再侃下去，恐怕又会扯到杀妻求将的话题上了。这个话题很敏感，是吴起不想多谈，但又是在某种时候不得不面对的棘手难题。比如今天来到离石邑城，原本是为了魏赵两国精诚合作一致抗秦的大计，但却让他不期而遇了田小璇的妹妹田秋月和她的弟弟田园。凭着吴起的直觉，今天免不了会有什么意想不到的冲撞，甚至会有火拼之类的事情发生。吴起知道儿子吴期两岁就与自己分别了。现在，三年过去了，不知道住在田秋月这儿的五岁小吴期还能记得他吴起这个当爹的吗？这种种问题，让他无法面对，使得他进入离石邑城的脚步放慢下来，也由此与铁匠吕老七有了这番交谈。

“吴将军，我看你心里有事。”

“能有啥事呀？本将军不和你一样吗？本将军真的想和你一样，天天打铁，无忧无虑。”

“你是这山望了那山高，人活着就是那么一回事，随遇而安，遇到什么问题，都要想得开。”

“唉，老师傅呀，很多时候，说起来容易，做起来难。虽然很多时候你看透了，但到头来还是迎头直往死牛角尖里钻哩！”

“这倒是实在话。”

“吕师傅，你干活吧，明天这个时辰，我来取大砍刀。我来不了，也会派人过来取。”

“放心吧，一手交钱，一手交货。”

2

吴起的车乘里还端坐着一个鲁国带来的年轻歌姬，名叫萧琼。她跟随吴起从鲁国到魏国快三年了。除了领兵打仗，萧琼总是与吴起在一起，可以说寸步不离了。这不，吴起有要事去七八十里之外的离石邑城，萧琼就说她待在这鸟不拉屎的狼狐岭屯兵大营里也没什么意思，不如随着吴起一起到邑城里转转，看看那里赵国的染坊和丝绸什么的，听说制造钱币的工厂也很气派。

“怎么？你也要去吗？”吴起早早起来，天还未亮，深秋季节，狼狐岭上就感觉到有一点冷凉了。

“为何这么几年了还不叫我夫人呢？是不是还因为小璇姐姐的事情？”

“休再提这事，本将军这辈子不会再娶啦！”

“奴婢算是咋回事？一辈子也没个名分？”

“要那个名分有何用？有名分的也会招来灭顶之难的。”

“反正奴婢要去，昨晚你答应过的。”

“不是不让你去。离石邑城虽然不远，但是两国地界，谁知道会发生什么危险……”

吴起还想说起蔺天成与自己同窗，并且娶了田小璇的妹妹田秋月，还有妻弟田园也在那儿，就怕因为他们姐姐的事情，会对自己做出什么难以预料的报复性举动。可是，这些话都不能在萧琼面前说透，继续反对她跟着去，倒是让她产生更大的逆反心理。她要去就跟着去吧。

韦什长先带着几个士卒出发了。吴起与萧琼共乘着一辆车乘，也随后出发了。

只有在这种时候，萧琼才会有一种心安是归处的平静心态。她依偎在吴起的怀里，在带着厢轿的车乘里闭上眼睛，不断的颠簸中，回望着似乎并不久远的一幕幕画面……

萧琼与另一个歌姬都来自遥远的吴国。那时萧琼十三岁，就被鲁穆公带兵从楚国郢都掳回自己的老家姑苏城，然后又从那儿被掳到鲁国都城曲阜。萧琼的记忆里是温暖如春的姑苏，以及眼睁睁地看着爹娘被鲁国的士卒砍杀，血肉模糊的场景让她来到鲁国半年之久都无法走出悲伤。萧琼与其他及时行乐的歌姬不一样，她总是不苟言笑。

直到有一天，鲁穆公歌舞升平的大堂上硬生生地闯进一个怒气冲天的卫国武士来。柔和多情的色调，迷离朦胧的线条，闪烁萦绕的烛火，曼妙勾魂的丝弦，情难自禁的咏唱。在这个宽阔的厅堂上，雅致的陈设，名贵的珠宝，厅堂上席的位置各置一个精致的铜鼎，靠近鲁穆公的位置放着一个燃烧着炭火的铜盆。

这个怒火冲天的武士，右手拿着一把还在滴血的大砍刀，左手拎着一颗血糊狼藉的人头。他就是吴起。

“这、这、这——”鲁穆公醉眼迷蒙地盯住吴起，竟然一下子没有认出他是谁来着。

“我就是季孙氏门下的卫国武士吴起！”

“吴起？季孙氏？”

鲁穆公一下子想起大名鼎鼎的季孙氏给他推荐过这个叫吴起的卫国武士。吴起刚来鲁国所在的曾申门下书院，正是季孙氏的封地南武城一带。季孙氏是鲁国卿家贵族，三桓之首，即季孙氏、叔孙氏、孟孙氏。

那颗血淋淋的头颅，从吴起手里脱落在大堂上了。只见头颅翻了几个滚，突然蹦了起来，裹人头的白绸布沾满血迹，一下子也脱落开来，露出头颅的真面目。一双死人的眼睛竟然还没有闭上。头颅一直蹦在鲁穆公端坐的兀案上，竟然悠然地脱口而出一首传唱久远的楚歌。

只听那个头颅在唱道——

若有人兮山之阿，被薜荔兮带女萝。

既含睇兮又宜笑，子慕予兮善窈窕。

乘赤豹兮从文狸，辛夷车兮结桂旗。

被石兰兮带杜衡，折芳馨兮遗所思。

余处幽篁兮终不见天，路险难兮独后来。

表独立兮山之上，云容容兮而在下。

杳冥冥兮羌昼晦，东风飘兮神灵雨。

留灵修兮憺忘归，岁既晏兮孰华予？

刚才还在轻歌曼舞的七八个歌姬都吓得魂不附体，一边喊着“鬼在唱歌”，一边转身就跑，一下子跑了一半多，只剩下了萧琼一个。萧琼目视前方，正在旁若无人地引吭高歌。

“原来不是人头在唱歌，而是她在唱！”宫廷卫士指指萧琼。

鲁穆公也就不看吴起了，突然把目光转向了萧琼，问道：“你怎么不跑？你会唱楚歌？”

吴起只说了一句：“唱的是《山鬼》。”

在萧琼的记忆里只有爹娘最后被砍杀的画面，后来再看到什么残酷的场景，都让她第一时间屏蔽掉了。所以说，在那个时刻，萧琼完全没有去看那颗血淋淋的人头，而是去打量眼前这个莽撞武夫的时候，不由得高歌一曲《山鬼》。当时的《山鬼》还只在楚国民间流传。萧琼正是在郢都游历时学到的这首楚国民谣。屈原整理和创作的那个著名版本是吴起时代后来的事情了。

突然，萧琼一头扑过去撞向吴起，并抢夺他手里的大砍刀。

“吴起你这个杀人犯，你还想刺杀鲁穆公呀？”

鲁穆公傻眼了。他一会儿看看愣头愣脑的吴起，一会儿又看看奋勇夺刀的萧琼。这要在平时，萧琼这样弱不禁风的小女子，慢说夺刀，就是在他吴起跟前稍有不恭，都会给她一掌，让她知道马王爷也有三只眼。

“你、你、你、真把你那个齐国夫人的脑袋砍掉啦？”鲁穆公还有些狐疑的模样。

吴起傲然地抬起头来，嘴里酒气熏天，一股肃杀之气，让鲁穆公胆寒了。而一旁的萧琼一把夺过大砍刀，然后往地下一扔，“咣当”一声，让吴起如梦初醒。

“夫人，我、我、对不起你啦！谁让你是齐国、齐国的探子……”吴起“扑通”跪倒在地上，哭喊起来。

鲁穆公亲自斟了一杯美酒，站起来递给吴起。“痛快！不愧为啮臂而盟、有着万乘致功梦想的吴起，有季孙氏鼎力举荐，寡人正式任命你为讨齐大将军！”

吴起一饮而下。

“说吧，还有什么要求！”

吴起不吭一声，回身去找那把带血的大砍刀，却被宫廷卫士捡到手里了。

“把楚国带回来的所有歌姬带上来！”

刚才被吓跑的歌姬一个个苦巴巴地重新走到大堂上来了。

“这些吴越歌姬，你大可随便挑选！”

吴起看也不看她们，只是向角落里扫了一眼刚才夺刀的萧琼。

“好！就是她啦！”鲁穆公指指萧琼，然后当场宣布萧琼今后属于吴起了。

萧琼毫无惧色地走到吴起身边，然后和他耳语：“我不会有一天也落个吴夫人的下场吧？”

3

田园与韦成梗的对峙，已经剑拔弩张，差点就在离石邑城东门外火拼了。后来，吴起的车乘及时赶到，加之蔺天成也大声喝止住了准备动粗的田园。田园看到韦成梗赶到吴起跟前致礼，并去护卫车乘去了。

吴起对韦成梗说："你今天就护卫在车乘左右。"

然后，吴起故意回避田园那挑战性的目光，转而与蔺天成问询此行的日程安排。

"吴将军，你接下来想去哪儿？"还没等吴起回答，就看到田秋月出现在城门口了。

蔺天成转头问："夫人，你怎么来啦？"

田秋月不回答蔺天成的问话，只是以一种恨恨的目光刺向蔺天成身后的吴起。

吴起却有些心虚，一直不敢迎着田秋月的目光，更不知道与她该说些什么。吴起只是与蔺天成说："一会儿进城去铁匠铺重新给大砍刀加点料！"说着，他把大砍刀在手里掂了掂。

田秋月没好气地说："拿着大砍刀莫不是要砍谁吧？"

吴起一声不吭，接过蔺天成给他递过来的进城符节，然后向城门口一左一右两个赵国士卒晃晃，就大摇大摆地进城了。

吴起身后的车乘也进入了城门。随后，萧琼从带着厢轿的车乘上下来了。离石邑城在龙凤虎三山之间，四四方方，城外有东川河和北川河环绕，西郊有莲花池。萧琼记得鲁城分为外城和内城。外城平面呈不规则的圆角长方形，东西最长处七八里，南北最宽处五六里，周长有二十里左右。四周还有宽三十米左右的城壕。相比鲁城曲阜，离石邑城的内城建筑特色在于凭借山势，形成一种高低不一的坡凹型的叠床架屋式的整体结构。

"韦什长，你知道这里的染坊在什么地方？"

车乘厢轿的门帘子打开一角，里面的萧琼伸出头来问韦成梗，倒是把韦成梗也问住了。韦成梗转而去四处看看，想打听一下。

"夫人，离石邑城的染坊在哪儿？"

韦成梗去问路时，那个妇人一回头，竟然是田秋月。

“往前，往前，再往前。然后，往左，再往左，然后向右，一拐向南，就到了。”

韦成梗觉得像绕口令，但也没办法了。他也不好意思再问，就让萧琼在车乘上坐着，到了染坊再让她下来。

刚走了不到一半的车程，就见前面街边有一个向车乘这边招手的武士。韦成梗并不知道他要干什么，就继续招呼车乘前行，而厢轿里的萧琼则让韦成梗赶紧停车。

“喂——荀康？是荀康先生吗？”

街边武士一身深色的儒生装扮，腰间挂着铃铛，脚穿一双手工制作的牛皮鞋。

“萧琼！”

“鲁都一别已有两载，还能记得你去鲁宫时给我的那些忠告。你说，儒家分为武派和文派，你属于文派。”

荀康还很年轻，却有一番仙风道骨，看上去神清气俊，不仅精通围棋，还喜好花草，脾气倒是很古怪，为人严苛。鲁穆公留下让他效力鲁国，他都拒绝了。

“我就喜欢云游四方，但有时候遇到一个好的去处，也会长住一阵子。”

荀康扑上前来，萧琼下了车乘。手中有一件去染坊重新着色的旧女袍。听说萧琼要找染坊，荀康自告奋勇，径直带着萧琼去了离石邑城西南巷口的袁记染坊。

4

这个时候，吴起已经来到了蔺天成的龙门府邸。

“吴起你听着，用一句离石邑城的土话，你就是一个喝㞞货。”

吴起听到“喝㞞货”这个离石邑城特色的土话，感到一阵惊讶。这话从田园嘴里说了出来，让吴起格外气愤。尤其，吴起早年在老家卫国和随后鲁国的一些所作所为，早已得罪了很多人。现在，他刚来到西河郡没多久，那些秘密怎么会传得天下人皆知？

秋风拂面，芳草萋萋。

藺天成龙门府邸的东跨院里，三三两两的年轻士卒们在奔跑跳跃着，或拳打脚踢，或振臂高呼，或欢声笑语，这一切让吴起觉得不可思议。

“藺将军，这么喜欢热闹吗？在鲁都曾申先生的书院，你可并非如此呀！”

“哈哈哈！吴将军记性了得，还能记得曾申先生对你一次次的规劝，你当年可是充耳不闻的。”

“曾申书院，每一个弟子都绷紧了神经为将来的出仕当官而努力着，难道只有我吴起我行我素，吊儿郎当？”

“我可记得为兄单就学业而言，其实非常下力阅读书简的，不能说头悬梁，锥刺股，但也没日没夜地刻苦攻读。我记得曾申先生是因为吴兄的忤逆不孝呀，逢年过节不回老家卫国左氏城看望亲娘不说，就是亲娘病逝，也不回家去奔丧。曾申先生是对你完全绝望了！”

吴起觉得曾申书院里没有一个人能够读懂自己的心思。眼前的藺天成就更可气了，直到时隔多年，他还时不时地旁敲侧击一下。

在距离书院会考还有半年零九天的时候，书院组织了一次登泰山活动。曾申为的就是让所有弟子能够放下包袱，轻松一下，然后以更加饱满的精神状态去实现出仕当官的理想。

在泰山脚下，书院所有成员都随着曾申爬山，而吴起则躺在路边茶室外的石板上酣然入睡。

睡着的世界与现实是如此不同。吴起的脸上充满了无比喜悦和沉醉的幸福感。吴起只想在梦中实现向母亲啮臂而盟的誓言：“不当卿相，决不回卫。”

可是，谁又能理解此时此刻吴起的心情呢？

“藺兄，你能理解我那时候离开书院的心情吗？”

吴起没有听到藺天成的回应，却是在藺天成府邸东跨院里传来一阵敲打撞击的巨响。藺天成不知道干什么去了，只撇下吴起一个人。他走到院子里四处看看。

“咚咚咚——”

响亮的鼓点声传来。一而再，再而衰，三而竭。一个半旧的木桶被人一脚从东跨院踢到了吴起脚下。

吴起把木桶用脚盘动了几下，然后又咕噜咕噜地踢回东跨院。只听东跨院那边一个胖大的士卒传来一声惨叫，木桶一下把他绊倒了。

随即，东跨院一下子冲出好几个气势汹汹的武士来。

吴起一脸平和地看着站在面前的武士，他们呈扇形向他逼近。吴起转头继续去寻找蔺天成，也不知道这个时候蔺天成躲哪儿去了？蔺将军这是玩的哪一出呀？

“吴起——我觉得你不应该叫吴起，应该叫作无毬吧？”吴起背后响起了田园的声音。这样恶毒的咒骂，情有可原，谁让他的姐姐田小璇惨死在他吴起刀下呢？不用说田小璇家人无法原谅，即便他吴起自己也原谅不了自己……

“你吴起在老家卫国左氏混不下去，然后杀了骂你的三十号人，跑到鲁国混，又是啮臂而盟，又是杀妻求将，现在到了魏国，谁晓得你还能干出什么伤天害理的事情来呢？”那个刚才被木桶撞倒的胖大武士也一脸讥嘲地说道。他有意提高嗓子，吸引龙门府邸里所有人的注意。

“什么叫无毬——无毬就是不长着鸡巴吗？”田园继续煽风点火地说，引来武士们的哄笑。

“吴起，你不是要攻打秦国吗？”胖大的武士提起刚才绊倒他的木桶，笑呵呵地给吴起递过来说道：“没有多大油水嘛，破桶里空荡荡的，空底也漏了，真是遗憾哪。”

吴起揉了揉眼睛，偷偷地用衣袖擦拭掉脖子上的汗水。这个动作引来一阵更疯狂的狂笑。

“这是怎么回事？是穿越回卫国的吴起老家左氏去了吗？”

胖大的武士继续逼近，眼神直勾勾地盯住吴起。他咬牙切齿地说：“你想死，还是想活？想死容易，想活就从我的胯下爬过去！”

吴起反倒不生气了，只是向后退了好几步，退到墙根才说道：“我来这儿可不是打架的，要打架改天再约个地方，在蔺将军府邸，这样打不好玩！”

“让他滚出去！”

胖大武士吼喊着，一头撞向吴起的胸口。

身高八尺三，配上经常训练而变得彪悍的体格，那个冲劲宛若一团火球，直接能把吴起烧个灰飞烟灭。

吴起迎着对方的脑袋，然后两只手掌在他的脑袋上轻轻抚摸了两下，然后一转，胖大的武士就如疾风暴雨里的一片树叶，凌空飞了起来，然后又砸在了地上，半天无法动弹。

田园站在府邸门口，宛若被吴起施展了定身法，瞠目结舌地看着这一幕。

另一个武士挥舞着长戟，直捣吴起的面门。

“嘭，啪——”

吴起一猫腰，然后再向上一跳，一下拽着了长戟的前尖。随即，轻轻一晃，再一摆，长戟竟然到了吴起的手里。

“妈呀——”

所有人都惊呼一声，旁边刚进门的田秋月吓得躲在了田园的身后。

吴起那貌不惊人的模样，怎么可能挡得住长戟的攻击？

长戟武士的脸上已是惊恐万状，看着近在咫尺的吴起夺过了他的长戟，而且挥舞起来虎虎生风。

“让你知道马王爷也有三只眼……”

吴起把长戟扔在了一边，然后赤手空拳，先是虚晃一拳，然后双掌微微一推，如同一面移动的铁墙，一下子把长戟武士推倒在地了。

“啪啦——”

长戟武士的身体突然弯成一个弓形状，然后就飞出去，屁股重重地与后面五米开外的围墙撞击上了。

整个院子里一片鸦雀无声，除了府邸门外由远而近的车乘声音传来。

吴起竟然凌空用双掌就把长戟武士给打飞了，而且飞撞在墙上，再掼到地面，不动了。

5

这个时候的小吴期，正在府邸的西跨院与柳嫂待在一起玩石子棋。此时此刻，他与父亲吴起近在咫尺。五岁的他总是爱喝小米稀饭，柳嫂到现在都在拿着一个小碗喂他。可田秋月总是说：“别惯着孩子，学会让他自己吃饭。”小吴期时常愣怔在石子棋一旁，想别的心思。他还是能够记得母亲躺在睡榻上一动不动。母亲的脸也看不到了，脸那儿遮着一块厚厚的布幔，三岁的小吴期怎么也揭不开。然后，他就哭了。

“父亲，去哪儿了？”

“父亲带着母亲去了很远的地方。”田秋月过来抱起小吴期。

“父亲不要我了吧？”

田秋月背转身，她没法回答当时才两三岁小孩子提出的问题。后来，田园抱起他到了院门外，然后再回来，就看到母亲不在睡榻那儿躺着了。母亲真的不见了，跟随着父亲去了很远的地方。

“很远，有多远？”

记得有一天，父母不在家。那时，小吴期家已经搬离左氏那个地方，去了朝歌，后来又去了鲁都曲阜。小吴期自己在家里玩。突然，他发现桌子上放着一个包装奇特的花瓷瓶，里面装着一种粉红色的凉水。小吴期拍着双手，喊：“这一定是母亲给我买的好喝的甜水！肯定还没来得及告诉我呢！哇，真是太棒了！”于是，小吴期把花瓷瓶扳倒，用小嘴对着就喝。“哎呀！一点也不甜！是不是母亲经常吓唬我的能毒死人的砒霜……”

小吴期以为他自己要死了。其实，他不知道什么是死，就像现在母亲躺在那儿，突然又不见了，是不是母亲死了？

“舅舅，我的母亲是不是死了？”

田园有些慌乱，回避着小吴期的眼神，只是说：“母亲不会死，她只是去了很远的地方。”

两岁的小吴期喝了花瓷瓶里的凉水，以为那时喝的是砒霜，自己马上要死了。小吴期便躺在母亲躺过的睡榻上，怀里抱着父亲给他置办的各种武士和战车的木头玩具，开始等死，心里却说不出的恐慌。

过了很久，小吴期不断爬起来望着窗外，还不见父母回家。后来，他就走到院门口，依偎着门框，怀里抱着木头玩具，睡着了。也不知道过了多久，让小吴期觉得仿佛过了差不多有一年，其实也就不到半个时辰，就听到一阵凌乱的脚步声。

“孩子，怎么了？为何睡在大门口？”

然后，父亲转过头埋怨母亲。“说是不让你跟着去书院，你今天非得有闲情逸致要跟着去看看。这不，儿子差点跑丢了。”

小吴期则抬起头来说：“父亲，我怎么会跑丢了呢？我、我、只是偷偷喝了母亲花瓷瓶里的砒霜……”

“什么砒霜？莫名其妙！”

母亲回屋一看才明白，小吴期把花瓷瓶里的花露水都喝掉了。

“儿子怎么会死呢？爹娘死了，儿子都不会死，儿子你放心！”

“可别说，上次儿子还把你的药酒喝了，醉得够呛！”母亲一边说着，一边白了父亲一眼。

一次，两岁的小吴期目光无意间落到了餐桌上那半瓶药酒上。那是母亲让父亲补身体的药酒，喝完就搁在了睡榻旁边。小吴期一向能吃能喝能睡，趁母亲在厨房，父亲去了书院，就去喝父亲的药酒。小吴期如同灌凉水似的，手里抱着药酒葫芦就开喝，咕噜咕噜，两三口下肚。小吴期的喉咙像点着了一团忽上忽下的火焰，后来一直往肚子里烧，甚至眼泪鼻涕也流出来了。一时间，天旋地转，一头栽倒在地。

“母亲，父亲为啥要天天喝这么难喝的东西呀？这是什么呀？”

“这、这、这，这是马尿……”母亲有点气急败坏。

小吴期一会儿脑袋开始摇来摆去，面容发红，甚至额头滚烫。等他醒来时，发现自己身边除了父母守候在旁边，还多了一个煞有介事的郎中，并还一口一口喂他中药。

“不喝，不想喝。”

“不喝郎中开的解酒药，还想喝父亲的药酒呀？”

“看你把孩子害的，不是你那破药酒，孩子能这样上吐下泻？”

两三岁的小吴期就体会过醉酒的感觉了。他的手里紧紧抓住父亲吴起给他的武士和战车的木头玩具，开心地笑了。

6

吴起与蔺天成共同举起了酒杯，然后一饮而尽了。环顾四周，休看一个赵国的离石邑城公署，其规模、气派、华彩的程度，并不亚于魏国都城安邑魏文侯的宫殿，你看大屋顶的格局，飞檐斗拱，流光溢彩，精致雕刻的门窗，宴会的安排从厅堂到院落，井然有序。

“哎哟，吴将军，鲁都一别，不觉三年，原来以为今生怕再难有机会见面，想不到却又在这里碰头啦！”说着，他们双手紧握着，在几案下面又是一阵较劲，差点掀翻了酒桶。

“诸位，请，请。”吴起又斟上一杯酒，向众人先敬了敬，然后再次一饮而尽。对刚才蔺天成府邸院落里的那场交手，蔺天成没有问，吴起也就没有再提。因为，蔺天成不仅仅是自己当年在曾申门下的同窗，还是自己的妹夫，加之又是赵国离石邑城的守将，所以必须慎重对待，切不可掉以轻心。

“在下吴其昌，城门楼上就能听到吴将军那中气十足的大嗓门，让人一听就知道是豪爽痛快之人。”

韦成梗是第一次见识赵国离石邑城官宦人家的宴会，但见宾客一个个仪表不凡，仆从小心严谨，厅堂宽敞，所备器物个个不凡，顿感一种与狼狐岭魏军大营完全不同的奢华气息。

在韦成梗看来，这离石邑城的酒宴还是挺讲究的，除了鸡鸭鱼肉之外，吴起这桌上还有熊掌、驼蹄、龙胆、凤干，且厨师有好几个，各管一摊。他们喝的就是皋狼陈酿的老黄酒。一大桶朱漆酒篓上面都系着红丝绳。一个壮汉把满满的酒篓举在了肩膀上，在席间穿行，当着吴起的面把老黄酒注入锡壶，另有女仆斟酒。

“为了体现魏赵两国的精诚团结，本将军热烈欢迎吴将军率领的魏武卒过境我赵国离石邑城，前往黄河对岸抗击来犯的秦军。”蔺天成从女仆手中接过锡壶，然后亲自给吴起斟酒。

皋狼产地的老黄酒质地浓厚，又醇美，碰杯时，竟然听到呱嗒的响声，杯满了，而吴起站立起来谦让着，拉住蔺天成的手，说：“今天不是来拼酒的，主要是来谈大事的，其他的事情可以放在以后再谈嘛。”说到这个份上了，蔺天成坐下以后，吴其昌却端着酒杯来了。

“吴将军，你我一笔写不出两个吴字。今天聚在这儿就是缘分，干！”

一杯不够，这叫独木难支。然后，两杯过后，是一举两得，再三杯，三阳开泰；一连四杯，叫四季发财，紧接着五魁首，五子登科，六六大顺，七星高照，八方平安，九九归一，十杯就是十全十美了。另外，吴其昌还花样百出，安排了各种猜拳行令，作诗作对，一路喝下来，哪怕再有海量，也要躺着回狼狐岭了。

“吴起兄手书《左传》的碑刻作品，不仅仅魏赵两国的人广为传颂，而且齐鲁两国，乃至卫国也在传抄，可喜可贺。”蔺天成笑道。

“亏得蔺兄记得这事，早在鲁都曲阜就开始研学《左传》，不仅仅传抄，还有新的心得体会进行增补。这不，历时数年有余，这石刻才找到师傅完成，现在已经立碑于魏国都城安邑了。”吴起又一杯酒下肚了。

“想起曾申先生来了，这都是他的功劳呀，没有他的栽培，哪有你我的今天。”蔺天成笑道。

“蔺兄所言极是。当年曾申先生虽把我赶出师门，但对我的教诲足够受益一生！”

“那几年，你在书院一门心思读书，曾申老先生对你酒醉之下打死三十号骂你的人从不再提，他老先生是无法原谅你不回卫国左氏看望老母亲，你这行为让倡导孝道的他，情何以堪？”

“是呀，当年听到母亲噩耗，我没有回卫国奔丧守孝，是因为我当初杀死那三十号恶棍时，对送到左氏城东门口的老母亲发过‘不做卿相决不回卫’的毒誓，而且啮臂而盟——这个，说起来，曾老先生就有意见，身体发肤，受之父母，不敢毁伤——所以，曾老先生早对我有了意见。其实，我当时听到母亲病逝的噩耗时，曾一连数日不吃不喝不睡，直到七日之后，对着卫国左氏的天空大哭三声。”

蔺天成接着说：“你在书院大哭三声，大家都看到了，也听到了，感觉你当时像一只孤独的苍狼在发出怒吼！可是，曾申老先生还是无法原谅你呀！”

“曾申老先生把我赶出来，我并不记恨他，相反，我一直很感激他。从此之后，我投到季孙氏门下，改学兵法，并得到他的鼎力推荐，走了另外一条领兵打仗的晋升之路。”

酒过三巡，菜过五味，他们的话题又扯到了其他的事项。

这个时候，蔺天成说道：“吴兄，常闻你喜好推演兵法八卦，不知道你对数术感不感兴趣？今日寻得一位精于数术之人。这人名叫荀康，早已对兄仰慕已久，我见其有才，今日过府就带了过来。”

“好呀，正好还有时间进行交流，反正今晚是要住一晚的，但请无妨。”吴起好学术交流，也就顺水推舟，答应了。

片刻后，便见一位身材修长的年轻人走了上来。吴起见此人有些似曾相识，却又不记得在哪儿见过。

荀康走到吴起身边，彬彬有礼道：“在下荀康见过吴将军。”

“荀康？莫不是三年前那次，鲁穆公任命我讨齐大将军时有你？后来，你给我算的一卦，说是鲁军一定大胜，但对我不见得是好事。当时，我倒当作玩笑话。现在想来，你的话确实值得回味。像鲁穆公作为鲁国第二十九任君主，曾祖鲁哀公，公仪休为相，受到三桓压制，曾支持我的季孙氏也被杀，最后我打败齐军却被解职，才只好出走，前往魏国。”

“荀康先生不必多礼，听说你精通数术中算术之道，那就在这里说道说道，让大家见识一下。”作为东道主，蔺天成也跟着吴起插话道。

所谓算术之道，似有某种天机，无论是大到行军布阵，内政统计，还是小至经商买卖，记账交易都要用到。这是需要悟性之人的正道技艺，精通此术都是天赋异禀之人。吴起站立起来请荀康一并坐下。

蔺天成道：“假定离石邑城有五万户，一户假定五人，一人一天一升米，三天时间这五万户要消耗多少升米？”

“五万户，一户五人便是二十五万人，一人一天一升米就是二十五万升，三天就是七十五万升。这不是糊弄小孩子的算术题嘛。”荀康笑道。

而此时，门外进来的是萧琼。这并不让吴起感到惊讶。而是萧琼手里拉着一个五岁的小男孩，让吴起心中一揪。

“姨父——”

五岁小男孩正是吴起两三年未见的儿子吴期。当时分离那会儿才两三岁的模样，现在长高了许多。他的模样与两岁时完全不一样了。乍然看上去很乖巧，但从他的眼神里看出了一种叛逆，甚至是对陌生人的敌意。尤其，他还有意无意地向吴起撇了一下嘴，做了一个难看的鬼脸。

刚才萧琼进了院门，把从车乘上随手拿下来的弓箭玩具递给了从西跨院出来的小吴期。小吴期挣脱柳嫂的手，却是又一下子不认生了，不像对吴起那样横眉冷对。小吴期跑到萧琼跟前，竟然一下子自来熟，接过了弓箭玩具，玩得很开心。这还是她刚刚在袁记大染坊附近店铺买到的玩具。

吴起觉得这与萧琼天性里有一种亲和力有关。

“给我玩吗？”

“送给你吧！”

吴起以为两三年未见的儿子会一下子认出父亲，并向他怀抱里扑过来的。可是，没想到吴起张开臂膀时，小吴期却穿过他的身边，扑在了他身后蔺天成的怀抱里了。这让吴起的心很痛，眼里的热泪差点就要落下来了。可是，这个又能埋怨谁？还不是他这个始作俑者吗？一切是咎由自取。

“弓箭玩具是这位姐姐送的。”小吴期指了指萧琼，然后低着头摆弄玩具，并不看吴起这边。吴起在小吴期心里或许只是一个可有可无的陌生人。或许，小吴期永远也不会知道眼前的这个陌生人就是他常常在嘴边念叨的父亲吴起。想到这儿，吴起心里又是一酸，脚下像一只罪恶的魔手把他向着无底的黑洞拉下去。

“你放心，孩子在我和田秋月这里会很好的。”不知道什么时候，吴起一个人想清净的时候，蔺天成悄悄来到他身边说。

第三章　危机四伏

1

生于公元前四七二年的魏文侯要比吴起大三十二岁。吴起出生在公元前四四〇年。当时，吴起第一次见到魏文侯时，感觉他有五十岁左右的样子，中等身材，两鬓乌黑发亮，眼神里放射着一种穿透人心的力量。魏文侯早已在翟璜那儿听说过吴起，但开始并不感兴趣。翟璜三番五次推荐，却是从齐国田大夫那儿听到吴起的另一面。吴起其貌不扬，一身儒生打扮，但眉宇间有一种说不出的英武神采，谈起治国理念则是头头是道，满腹经纶，言简意赅，真切深刻。魏文侯为之一震，拍案叫绝的时候，把几案上的砚台掀翻在地，墨汁四处飞溅。

魏文侯属于晋国卿大夫家族，在氏室家族里，智氏、韩氏、赵氏、魏氏、范氏、中行氏里，最强的是智氏，但不算最强的魏氏，联合韩赵两家，最终三家灭智，瓜分了晋，从而魏国居于战国七雄之列，成为战国文化的中心。

来之前，吴起心里就暗暗在想，一定要抓住这次面见魏文侯的机会。因为，他来到安邑有一个多月了，整天与从鲁国一起来的萧琼四处转转，却让他还是心不在焉。他走到哪里，都觉得没有什么着落。

早已听说魏文侯一向是平易近人的，也很爱才，但也不是随便什么人说见就能见到他的。尤其，对于吴起这样从鲁国逃亡来的人，都不一定能够见上他。因此，吴起在安邑与萧琼的游走，依然觉得自己还不如丧家之犬。一边萧琼却让他不要妄自菲薄，一定会有转机的。只要有她萧琼在身边，就能带来好运。更何况魏国大夫翟璜很欣赏吴起，让他再等等，不必太心急。

待机会临近了，你站在山坡下却不敢上前了。或许，谁都会是那样的人，但吴起则不会。看起来比翟璜更有先见之明。萧琼斜躺在大石上向下瞧去，赫然正对着她的是吴起，嘴角露出一丝淡淡的笑意。这是吴起来到安邑露出的第一次笑容。

不过，在周围来自安邑人的打量下，吴起和萧琼的表情却有些不自然了。其中一个不太起眼的安邑人打扮的汉子，其身份不过是魏文侯的近卫而已。不过，琢磨不透魏文侯派近卫来寻觅他吴起，有什么意思呢？难不成魏文侯是要直接起用吴起吗？还有好像不止一个近卫，为何他们站在人群中，似乎有所忌惮和防备？见到如此的情景，吴起和萧琼难免有些不自在。吴起倒是还好，像是什么也没有发现，而萧琼就难免用疑惑的目光向那几个魏宫近卫扫来扫去。

萧琼拉着吴起要跑。吴起轻轻一笑，说道："往哪儿跑呀？整个安邑都在魏文侯的手掌心里。还不如让他们过来，他们来找我，肯定奉旨行事。"

"奉旨？奉谁的旨？行谁的事？"

"除了魏文侯，还会有谁？不是我们不想跑，而是根本跑不了啦。"

"不跑只能等死，你忘了鲁穆公要杀死你啦？"

"不是鲁穆公要杀我，是鲁穆公身边那几个嫉贤妒能的大臣……"

"早知今日，何必当初。"

"什么当初？我还有当初吗？像当初机会稍纵即逝，不抓住，我吴起这辈子就只能在庸庸碌碌的底层混一辈子了，再无出头之日。"

"看看现在东奔西走的狼狈模样，还不如做一个普通的平头百姓呢。出人头地，可不是那么容易的事情。"

吴起一直相信自己的直觉，说话间，他突然转身一挥手，只见那名魏文侯的近卫立即从五十米开外的地方跑过来。萧琼却稍稍有些觉得自己多余了。吴起现在和魏文侯的近卫谈着话，而她则有些不大愿意暴露与吴起的那层关系，可是这个时候似乎已经不在她自己掌控的范围以内。再说，萧琼此时此刻的表情显得做作和僵硬了。

魏文侯的近卫不假，却是翟璜在到处寻找吴起。翟璜正在府邸焦急地等待着。他之前打听到的消息称魏文侯正希望有吴起这样的人才来辅佐魏国大业。翟璜就是想要带着吴起去面见魏文侯。吴起和他带来的吴越歌姬一同游山玩水去了。这一带又是比较偏僻的地方。所以，将魏文侯的近卫派去寻觅吴起，他带着一队人马也随后赶了过来。

2

匆匆赶到安邑红豆峡谷的时候，吴起仿佛在梦中来到过这个地方。他对萧琼说出这种感觉。不知道为什么，看到大自然鬼斧神工的壁立千仞，还有身边静悄悄地流淌的湖水，就连萧琼也感觉自己回到了吴越姑苏。

吴起则是想起他跪地对母亲发出的毒誓。母亲孤独的背影逐渐走远，渐渐消失在左氏的老城墙尽头了。吴起的泪水禁不住悄然落下。记得他慷慨陈词，批评今之掌权执政者，让他散尽千金都未能在老家卫国捐到一官半职，然后一帮子乡邻无赖不仅不帮忙，而且还冷嘲热讽看笑话。

母亲无法原谅吴起两件事情，散尽家财倒还在其次，母亲责骂他不该挥舞着大砍刀把一帮乡邻无赖砍得一个不剩。而且，那时就在母亲眼前，吴起受到莫大的侮辱，却还给他们一个个下了请帖，请来吃饭喝酒，等到他们一个个醉倒的时候，下了杀手。

先是刚刚过门的妻子田小璇来阻拦吴起。

“不能杀人呀！为何要这么痛下杀手？”

吴起已经不管不顾了。他脸上凶狠的表情从来也没有见过，这使得田小璇不停地叫喊着屋里的母亲。

“造孽呀！”

母亲从屋里走到庭院，看到一片人头落地的恐怖情景，一时间吓晕了过去。

“不当卿相，誓不还卫。”

见到儿子这么决绝，而且啮臂而盟，吴母心中一片悲凉。她看不到前路，可是又无法阻止儿子的出走。她的心灵深处罩上了一层隐约的忧愁和不安。她在担心，儿子长此下去，学业难成不说，走到哪里都无法立足呀。

“儿子，这个世界上，有才学的人不止你一个，千千万万的人都在争夺一个位置，可是最后拼的不仅仅是能力，不仅仅是水平，还有韧性，还要有好的人品，更需要学会与人相处之道。孩儿呀，骄傲自满可不行，谦受益，满招损。这个道理你不仅要懂得，还要学会落实在行动里。”

这些道理，吴起不是不懂，而是他已压抑太深，被埋没太久。他甚至无心跟着曾申先生去峄山览胜景，泰山观日出。踏着孔夫子的足迹攀登，越来越觉得并非他所需要的追求。曾申先生对他的态度，始终也是持着某种保留的看法。如果说，孔子登东山而小鲁，登泰山而小天下，那么吴起想要的是什么呢？即便连曾申也琢磨不透。

鲁国是吴起施展身手的第一站而已。能够得到这个机会，也就是吴起能做出杀妻求将的事情。萧琼与吴起在一起的两年多时间里，并未感觉到他是一个过于暴虐之人，恰恰相反，他在挑灯读书时，废寝忘食，如痴如醉。吴起向萧琼说起孔子的门徒颜回那种“一箪食，一瓢饮，在陋巷，人不堪其忧，回也不改其乐”的生活方式，并非他想要的。吴起在鲁国有六年不曾回家探视母亲，严重威胁着儒家提倡的“孝道”。既然，“父母在不远游，游必有方”，吴起回家的路也就两天，他却不曾一次回去。所以，吴起与曾申先生闹崩是早晚的事情了。

3

在魏文侯的侍卫找到吴起的同时，正好也有几个人在寻找他，看那打扮，不太像魏国的衣着，却又有齐国人的特点，比如衣着的领口和袖子比魏国人要宽大一点。这是由齐国人的身板和骨骼决定的。吴起认得正是当年在齐国接亲时见过送亲队伍里的熟悉面孔，当然也有陌生脸孔，但能够感觉到背后似乎有田大夫的力量。作为吴起曾经的老丈人，因为爱女被杀，也早已对吴起有了刻骨的仇恨。其实，吴起也能感觉到，似乎这种追杀就不曾消失过。这也是他种下的因，才有一辈子如影相随的果。

不能说仇人相见分外眼红，但也是一直让背后操作的田大夫耿耿于怀。一介书生出身的田大夫当初看走了眼，选择了吴起这个愣头青做了自己的女婿。埋怨谁呢？卫国地处黄河下游一块丰饶的土地上，东临鲁国，西接楚国。早在春秋时期，卫国四周有郑国、晋国、鲁国、楚国等国。也就是说，四周都被围绕着，属于一个内陆国家。这种多国接壤的关系，促进了商贸发展。所以，卫国人多喜欢经商。吴起的父亲吴猛就是这方面的佼佼者。

当时的田小璇并不想嫁到卫国，总觉得父亲把自己当作了廉价的处理品。她与继母经常打冷战。

“卫国虽小，但可不得了。卫国是周王室的嫡亲诸侯国，人们都说，燕赵多慷慨悲歌之士，卫地多礼节忠义之人。孔子在外周游十四年，在卫国就待了十年，也是君子相待的十年。就连见多识广的吴王弟弟季札也曾说，卫地多君子，其国无患。璇儿嫁过去一定享福啦！”

田小璇说：“享不享福无所谓，父命难违呀！”

时光不停地在田大夫眼前闪回，可是物是人非，一切看来不以人的意志为转移。

田大夫的这些日子，可以说是一次次自责不已，懊悔不已，心痛不已。他的心理压力也是空前的。尤其，他听说了吴起从鲁国狼狈逃窜到魏国安邑，而且东奔西走，还没有一个固定的去处。齐王也很支持田大夫惩治吴起的想法，遂派了几个穿着便装的武卒，随时对吴起进行就地了断。

田大夫得到齐王支持，浓浓的恨意顿时再次涌上心头。这次，总算是找到一个机会，他要让吴起用自己的命来偿还血债。

于是，魏文侯与齐王派出的人马都在步步逼近吴起。

吴起与萧琼沿着峡谷底部的索道向上攀缘，脚下是冰清玉洁的溪流。一步步走，满目是白色的牡丹、槐花和相思树，在过宽阔的溪流时，突然风起云涌，卷起一阵水浪，把过溪石吞没了。

大峡谷里岩石有许多形状，有的像各种动物，包括企鹅、青蛙、乌龟和大象等等，还有的像人形，比如老僧、道士和尼姑等。攀到山顶，却有下山的缆道。这是一种人工缆道，而实际上是“垫子缆道”。所谓“垫子缆道”，就是每人屁股上绑一块大垫子，从铺好的坡道上往下溜而已。这样的缆道也算罕见了。他们屁股上绑好一块特制的超大号厚垫子，彼此看上去很怪异，又很搞笑，有一种史前人类裹着树叶做成衣服的感觉。然后，吴起让萧琼在后面，坐在两边有围挡的坡道上，沿着之字形的缆道滑下山。

滑动的时候，两脚贴在坡道的围挡边沿，以求下滑中保持正常的速度。有的难以自持，速度加快，无法控制时，发出尖叫，或者追尾，直接把两脚踢到前面滑行人的屁股上了。下来后，他俩的鞋底也快磨出火来了。

再走不远，是一处依偎着湖水修建的寺院。萧琼却在兴奋中叽叽喳喳着，还即兴发挥，加上一些她自己的想象。比如为何叫红豆峡谷，她就编出很多传说，不过最主要的是峡谷里的野生红豆到处疯长着。红豆编织的手链，让人觉得“红豆也相思”。吴起就说，又是你瞎编的吧。萧琼在寺庙里得到一个长鸡鸡的送子娃娃，却在半路上不小心把鸡鸡给弄掉下来了。

吴起拍拍萧琼肩膀，说刚才真的是虚惊一场。高空缆绳奔逃之路，险象环生，其实也就是能够容纳一个人，他们两个人挤在一起，然后自高而低滑向湖区对岸。人在湖面上凌空而过，颇觉得恐怖。尤其后面的围追堵截，让他们在缆绳上滑翔的时候，一脸惊惧之色，而脚下就是开阔的湖面。

他们午饭吃了当地特色的山野菜，比如槐花、苦菜等，还有面食，很地道的老陈醋之类。在峡谷里行走，抬头看天，顿然觉得有了别在洞天的感觉。虽然，生活在这种奔走的过程之中，为生存，为出仕，为实现对母亲的承诺，以及有了更多的负重，乃至种种之累所牵绊，但也无所逃避，无所选择，只有一往无前地走，走着这不归路。

吴起与萧琼在红豆峡谷就遭到远距离弓箭的射杀，幸亏没有射中，但也让他们虚惊一场。他们跌跌撞撞地从峡谷的湖水上凌空走缆绳飞过。萧琼趴在吴起的背上大气也不敢出，脚下是深不见底的湖水，凌空往身后一望，就见得追杀的人也想如法炮制，可惜吴起背着她一飞过去，就把缆绳斩断了。吴起喘着粗气，体力消耗巨大。他们刚刚狼狈不堪地逃出峡谷。没想到运气差到了极点，峡谷的唯一出口，早已有几个不明身份的人守在那儿了。

4

正当吴起与萧琼步入寺庙的时候，追赶他们的两路人马却在不远处的峡谷出口那儿开打了。

双方的战斗素质本来就半斤八两，但魏文侯的近卫毕竟占据地理先机，而齐国追杀的人马则有点躲躲闪闪，何况在红豆峡谷中躲藏了数日，早就有些疲惫不堪了。刚刚又被魏文侯的近卫打了一个措手不及，士气顿消。所以，随后的乘胜追击中又被打得溃不成军，魂不附体。跟随田大夫的两个家丁见势不妙，急忙赶着马车逃离。至于其他穿便服的武士则完全成为魏文侯近卫发泄怒气和仇恨的替罪羊了。

吴起从抓住的一名武士口中得知，齐王征战鲁军大败，主因就是吴起的装疯卖傻，向齐军的使者示弱。很多时候，吴起自己也记不得那个齐国进犯鲁国的时间了。据后来的史料记载，有这样三个时间点，一是周威烈王二十三年（公元前四〇三年），有一说是公元前四一〇年，还有就是鲁元公十九年（公元前四一二年），吴起被任命为鲁国大将的。出征那天，鲁国的百姓争相来相送。他奉命率两万人马前去迎战来犯的齐军。初为大将，不用说别人，就连吴起自己也感觉到一种飘忽不定，不知道是不是有“将在外，君命有所不受”的自信。

“我以为起用吴起是开明之举，不拘一格降人才。那些兵书烂熟于心，滔滔不绝，像《黄帝阴符经》《六韬》《三略》《孙子兵法》等，很多用兵之道，谁能说过他？再说，他齐国的妻子也被处理了，难道还不能表明他决绝的心迹吗？”鲁国的卿相公仪休却深知吴起，自然相信他一定会不负众望。

而齐军这边的国相田和亲自披挂上阵，冷笑道：“吴起杀妻投鲁，名声很坏，又从未打过仗，我们不要怕他！”

于是，田和率领齐军大摇大摆地开到距离鲁军一河之隔，扎下营寨。他站在山坡上眺望吴起那边，只见炊烟四起，鲁军在埋锅造饭。遂又派使者去鲁营探听虚实。田和不打无准备之仗，让使者去劝降吴起。田和得到消息：“鲁军那边老弱病残居多，军纪涣散，三五成群聚在一起起哄聊大天，根本就没有准备打仗的样子。大将军吴起跟士卒一块坐在地上，谈得很起劲，没有一点架子和威风，还跟士卒们一块吃饭、喝水呢！”田和一听，就是一阵哈哈大笑：“我说这个吴起，就是一个不会领兵打仗的雏儿，树立不起将军的威严，谈何军令如山，军中无戏言，他倒好，竟然与士卒打成一片，这个成何体统？”

齐军的使者名叫张丑，刚进入鲁营，就得到吴起的热烈欢迎。吴起说明自己无心恋战，让把这话带给田和，只要田和撤军，吴起也会收兵回营打道回府。张丑则把田和教他的话鹦鹉学舌了一遍。早就听说吴起这个人会没来由地发脾气，甚至喜欢拿着大砍刀杀人。张丑心里一凛，四处寻找大砍刀。

"你在找什么呀？"

"不、不、找什么。"

吴起一听张丑结结巴巴，就又说："你名叫张丑，实际上人很老实，一看说的话里没有掺一点假。"

张丑不敢再东张西望了。营帐里还有两三个五十多岁的老头。鲁军真的是没有人了，就连吴起身边的士卒都是这么老，更不用说整个鲁军的战斗实力了。

吴起说："开战在即，两军讲和。这说明田相国很有战略眼光，站得高，看得远。本将军还真想在三日之内与田相国去和谈呢！毕竟，本将军的夫人是齐国人呢。"

"你不是把夫人砍死了吗？"

"这都是那些别有用心的人在造谣。本将军的夫人是病死的。现在夫人尸骨未寒，又让本将军去打齐军，这让地下有知的夫人怎么想？本将军绝对不会与齐国为敌！"

张丑一听，自然很高兴，就说："我一定回去禀告相国。"

田和一听三日之内，吴起要来和谈。田相国遂决定后日就向鲁军发动总攻击。谁知，第二天齐军营外的河滩上鲁军的战车冲杀了过来。田和连忙仓促去迎战。但他刚走出大营，就见轰隆隆作响，一下子驶来了十来辆战车。最前面的战车上高高插着一面鲁军的大旗，吴起挥舞着大砍刀，站在车辕那儿，身边一左一右各立着一名拿着弓箭和长戟的士卒。

吴起大声吼喊着什么，刚开始听不清，却是随风过来，听清一句："活捉田和！"

齐军大营后面是一座大山。田和连忙带着一彪人马边打边退，到了山上，鲁军的战车就发挥不了大作用了。而现在齐军大营里十几辆鲁军战车的碾压声不断传来，齐军士卒的哀号声此起彼伏。

田和带着齐军刚爬到半山腰，山顶上突然响起了一阵阵急促的战鼓声。田和不用竖起耳朵听，就明白怎么回事了。鲁军已经截断了他们的后路。只见山顶上的一支支弓箭组成一堵黑压压的高墙，田和说：“快举起盾牌！防箭！”话音刚落，鲁军无数的利箭嗖嗖嗖地凌空而下，利箭之后又是轰隆隆的滚石像一条能够吞噬一切的洪流席卷而下，冲到半山腰的齐军都惊呆了，然后又转头向山下跑去。而吴起带着鲁军又从后面包抄上来了，形成上下夹击之势。

田和组织了十几个盾牌，围成一个快速移动的圈。然后，他们向侧翼撤退。田和远远望去，吴起组织侧翼方向的人马追杀过来了。齐军大营里的众多士卒，群龙无首，在鲁军来回碾压的战车下早已血肉横飞，还有被杀死的、射死的、跌倒互相踩死的也都不计其数了。

5

现在回过头来说一下翟璜这个人物。翟璜不仅仅是魏文侯手下的三大能臣之一，而且他一段时间以来也专门负责为魏文侯选拔重要的人才。

这几天，在府中忙于公务的翟璜，总是有些心烦意乱。其实，他早就听说了吴起在鲁国打了胜仗却招致落井下石的事情，也托人打听到吴起已经启程来到了安邑城，住在一个偏僻的小客栈里。他已派人找过好多次，都没能遇上。吴起带着女扮男装的萧琼整天游山玩水，实际上也在躲避着鲁国那边派来追杀的人。翟璜也与魏文侯谈及此事，遂派了魏文侯的近卫去暗中保护吴起。

也正在这个时候，红豆峡谷垭口两帮人马厮杀的工夫，吴起一下子判断出另一帮穿便服的人马来自田大夫府中。这个田大夫固然是田小璇的父亲，甚或与齐国的国相田和有某种牵扯不清的关系，但一直追杀吴起到魏国地界，而且在安邑都城里潜伏半个月。这次在红豆峡谷遇险，吴起早就有了防范，才逃脱了魔爪。魏文侯的近卫自然起了保护作用。

翟璜在府中坐不下去了。他站起身来，把官服脱掉，换了一件长衫，然后牵出一匹枣红马，直奔红豆峡谷而来，半道却遇到了司马飘香。这个司马飘香是卫国人，与吴起是老乡，这次暗中参与了对吴起的保护行动。也正是基于这一点，司马飘香对吴起有直观的了解，更加仰慕不已。尤其是鲁国打败齐国，吴起名声大振，司马飘香一直念叨着吴起这个名字，并向主公鼎力推荐。

“魏文侯用人一向如此，只是一直在乎吴起的德行。那些在卫国滥杀无辜的传说，母逝不归，杀妻求将，这就使得吴起的面目变得有些扑朔迷离。魏文侯只是犹豫不定，没说不用。这不，还让我派你去暗中保护吴起嘛！”

“从现在看来，吴起走投无路了。所以，魏文侯如若不用，他就想去赵国。”

“赵国太小了，吴起要去也会是去楚国。你现在赶紧策马回去，让吴起直接去百花庭找我！”

百花庭在安邑主长街的一条胡同里，灯火通明，花车云集，来往客人多半都是达官显要。百花庭的门口放置着上百种花卉，争奇斗艳，更有妖娆的华服女郎弹奏着古筝来迎接着各方的客人。

百花庭的布局就是一个古色古香的大庭院，而在庭院的一个幽深去处，则多半是一些身份显赫的客人聚会密谈的场所。当然，类似翟璜这类的客人，来上茶的华服女郎也不便多问，照例会给他送上杏花村酒一桶，上等好肉一鼎。

等了不到半个时辰，司马飘香带着吴起和萧琼来到了翟璜所在的雅间。

“早已耳闻，欢迎欢迎！”翟璜先伸出手去，而吴起谦恭地垂下头来，然后拉着萧琼坐到了一边。

“这位女扮男装的女士是——？”

“啊，看来穿着男士的衣服也无法躲过您的法眼呀！她从鲁国一直跟随在下到此。原来是吴国人，后被掳到鲁君的宫里当了歌姬。”

萧琼站立起来，然后说：“鲁穆公把奴婢赐给了吴将军。”

翟璜然后话锋一转，说道：“魏文侯要召见吴将军，望吴将军做好准备。”

“有啥可准备的。这些闲暇的日子，我倒是把左丘明的《左传》读了一遍，又有几章增补的心得体会。”

“喜欢《左传》呀？”

“怎么不能喜欢？”

“魏文侯的案头就放着竹简版的《左传》，经常让我抽空给他朗读一段，以解国务操劳之累。”

6

这一年是魏文侯四十一年，或者更早，吴起似乎记不大清了，一切都像是梦魇一般。

正如身处于繁花似锦的百花庭，让人感觉到几许飘飘欲仙，正是西河郡的杏花村酒起到一种微醉的作用力。于是，吴起说话就有些直截了当，口无遮拦。

“魏文侯用人与鲁穆公比，不知道咋样？最怕伴君如伴虎，打了胜仗，还落个亡命天涯的下场。”

“魏文侯不是鲁穆公，用人朝前，不用人朝后。”

吴起凭感觉是遇上了知己。记得在鲁国时，被曾申逐出师门的吴起，先投奔的是季孙氏，做了他的门客。季孙氏的鼎力举荐，使得吴起才进入了鲁穆公的视野。而后来季孙氏被杀，也正好是吴起在鲁穆公那儿失宠之后顿感走投无路的时候，越加感觉到一种雪上加霜的悲凉。现在到了魏国，在百花庭一看到翟璜，就觉得与季孙氏有几分相像，他就觉得这次又选对了人。很多时候，人与人之间的缘分，全凭第一次见面的气场，甚或某种冥冥之中的心灵感应，不用多说一句话，却已有万语千言的力量。

“还有一个人很推崇你！”

“谁？”

“李悝。魏国的国相。”

过了几日，翟璜带着吴起进入魏文侯的后殿。揭开竹子编织的门帘，然后向里一拐，是一条长长的甬道。再接着，一个宽敞明亮的厅堂，顿见魏文侯在一个屏风后面的方桌前正襟危坐。

魏文侯并未看翟璜身后的吴起，只是问：“这两天，让翟爱卿找的那个人可否找到？”

“据密报，齐国田和国相以及田大夫等派来行刺的便衣，日夜在追杀那个人。”

“那个人现去往何处？”

“微臣几日前正好遇到，刚刚带来了。”

魏文侯沉吟良久：“如今秦国屡屡来犯，河西之地，岌岌可危，尤其百姓中也有趁乱闹事的。请问翟爱卿，可有合适的人选去为寡人把守河西？”

翟璜随即把身后的吴起推到前面来，然后道：“下臣认识的那个人，就在眼前，论文韬武略，足以担当把守河西的重任。”

“寡人前几日听李悝提起过，说是有一个大才之人，从鲁国跑到魏国来了。”

“李悝国相推荐的人可是吴起？”

“正是此人。”

吴起听后，连忙向魏文侯一拜。

“啊，你就是那个杀妻求将的吴起啦？”魏文侯虽然居于庙堂之高，但也早就耳闻“杀妻求将”的吴起了。

“真的有这回事吗？”

吴起却一言不发，只是依然保持拜见的姿势。

翟璜看了一眼吴起，叹了一口气，然后不紧不慢地回答：“如果论一个人的品行，很难追求完美，吴起是一个胸有大志的人。他的所作所为，固然与孔老夫子的七十二贤人和三千弟子比，有些距离；但论才能，吴起不比他们差，单就领兵打仗而言，在魏国诸将中怕是没有比得上他的人了。”

“果真这么神奇吗？”

既然翟璜如此推崇吴起，魏文侯也觉得有必要与吴起再深入交流一番。这个鲁国来的“第一能将”，如何才能在魏国发挥其优势，魏文侯心里还没个谱。

“魏国不比各个诸侯国，寡人派你去西河郡，你意下如何？”

“去西河郡没有什么问题，关键是能给微臣多少士卒？”

魏文侯似乎有些难以启齿。“总共有五六万吧，寡人能拿得出的就这么多兵力。”

“也就够了。比起鲁穆公给微臣两万士卒，已经多了两三倍。关键不在士卒多，而在于精。”

“这个精是指什么？”

吴起抑扬顿挫地说：“微臣会在常备军力之上，成立一支精锐的武卒部队。”

“何为武卒？”

“具体点说，这次齐国田和国相与我的老丈人田大夫派来暗杀的刺客启发了微臣。当然也兼有殿下侍卫武士的优势。对付秦军，比拼人数，咱们比不上。所以，通过这几日的深思熟虑，微臣建议组织一支能够出奇制胜的武卒部队。”

“如何装备他们？”

“具体很多事情，陛下不必要操心。力争在安邑先征招一批，然后去西河郡再征招一批。不过，首先有一个前提条件，不可大张旗鼓地进行，而是秘密征招，半年内封闭性集训。等到武卒初见成效，微臣会择机带五千精锐武卒夜袭秦军河西大营。”说着，吴起向魏文侯送上一大札竹简。

“这是什么呀？”

“这是《孙子兵法》。”

“寡人有好几个版本的《孙子兵法》了。”

“这是微臣批注过的版本，后面还有微臣写的兵法经验之谈共十二篇。”

魏文侯这才站起来紧紧握住了吴起的手，两眼放光道：“寡人收下了。寡人有了吴起，也从此就有了魏国自己的武卒。这必将是魏国的精锐之师，虎贲之师。”

第四章　精兵强将

1

吴起一直有这样的认识，即便有千里马，但如果没有伯乐，也是白搭。记得吴起在鲁国季孙氏门下当门客时面对众多听众进行演讲，赢得了掌声再响，但这一切还是让吴起觉得不太满足。站得高固然看得远，只是也会高处不胜寒。在季孙氏热热闹闹的院落里，吴起时不时地有了一种更深的孤独感。这种孤独感，让他在鲁军迎战齐军的前线依然存在着，挥之不去。在幽暗的大帐里，在战前最黑暗的时刻，吴起的眼前都会出现田小璇幽怨的眼神，然后嘴角的鲜血在流淌着，浸染到她的脖子里了。吴起甚至无法面对那一刻究竟发生了什么事情，他早已喝醉了，然后是田小璇抢过了自己的大砍刀，自刎而死。可是，当时的事实却并非如此。既然这样，为何萧琼会看到吴起拎着田小璇的脑袋走到鲁穆公面前的一幕？这又如何解释？

吴起见了魏文侯之后，那种从鲁国跑到魏国留下的心理阴影反而更加浓重强烈了。吴起的痛苦正在于无法控制自己的情绪，即便作为一个平民百姓，也无法承受这一切所带来的恶果。

“会有什么恶果吗？”

季孙氏突然听到吴起莫名其妙的一句话，就反问：“你在说什么？”

“唉，先生，我是在说自己早年时候犯的那些错。”

“每一个人都会犯错，这个世界上不可能有完人！”

“可是，我这不仅仅是错，而是大罪，以至于我总是被噩梦所缠绕着。”

其实，季孙氏的脾气与吴起有一比。这番对话之后，没过多久，季孙氏府上来了一帮子闹哄哄的宾客。季孙氏即表现了一种高傲冷漠的态度，并对这帮蛮不讲理的宾客立马下了逐客令，结果引发火拼，他竟然被杀了。

吴起听到这个消息，简直难以置信。他闭门谢客，也不再去季孙氏府上开讲了。也没这个心思了。由此，吴起也反省自己早年的爆脾气，以及性格中存在的缺陷，尤其在酗酒之后更是无法控制自己。酒壮屃人胆，吴起简直换了一个人。平日里，吴起还是温良恭俭让的，简直是母亲的翻版，但一旦酗酒之后，就把父亲吴猛的那股子疯牛劲儿发挥得淋漓尽致。

现在，魏文侯给了吴起如此重任。吴起首先声明不会再带兵打仗时酗酒了。少喝一两杯没事，再多就会演变为大闹天宫的孙猴子了。吴起一旦谈到自己的用兵韬略时就滔滔不绝，如同黄河之水天上来，有了一种滚滚而来的磅礴气势。吴起把自己的兵法篇章意义对魏文侯一一阐述，《吴子兵法》主张内修文德，外治武备。并说抽空还要整理成竹简，亲自从西河郡送到安邑都城，让魏文侯多多指正。

吴起不需要向天下人证明自己绝不是浪得虚名之辈，但可以向魏文侯这样的伯乐展现自己千里马的绝技。

“就拿大王出行的车乘看，外面包装着牲畜的皮，就连车轮也用坚硬的皮革包着，甚至打猎时穿着皮革的衣服。这种衣服冬天不能保暖，夏天又不凉爽，大王这是为何？尤其那些士卒的长戟，长的有两丈四，短的也有一丈二，出行车辆的车门、车轮和车毂都蒙着这种皮革，既不美观，又显得不够灵便，其用意何在？”

“吴起果然是才华非凡，名不虚传。这些果然是用来打仗的。”魏文侯此时此刻极为庆幸自己听从了翟璜的谏言，有了吴起坐镇西河郡，等于魏国有了靠得住的大后方。

“微臣在安邑招兵买马之后，会即刻启程。”

魏文侯拊掌道：“如果寡人能够早日得到吴将军辅佐，何愁秦军来犯之忧？现在镇守西河郡的人马，除了已有的两万，再给吴将军三万如何？魏国是小国，寡人能够拿得出手的也就五万人马，如果对抗秦军几十万大军，如同以卵击石，太过于寒酸了。唉！”

吴起接过魏文侯递来的兵符，声音洪亮地道：“五万人马也不错啦！当时鲁国危亡时，微臣带领两万人就打败了数倍于鲁军的齐军。用兵之道在于出其不意，攻其不备。”

“这话说起来容易，真正在战场上就得考验战将的应变能力。这个，寡人治下的魏军优点是稳妥，但一向缺乏骁勇，一旦战场上出现突变，就不知所措，缩手缩脚。”

也就在安邑都城的宗庙前，魏文侯与魏夫人一起斟酒，在众多大臣面前宣布任命吴起为大将军的决定，并择日派他去坐镇西河郡。

2

吴起的西河郡大营有好几处。他的老营设在了极为险要的狼狐岭垭口处的一个避风位置。那儿处于一片白桦林之中，再往上走，一处悬崖峭壁，傲然耸立的是对面蝎子崖上的不老松。漫山遍野笼罩着五颜六色的奇花异草，寂静的谷底就是一处处宿营的帐篷，头顶的阵阵雁鸣传来，顿觉与安邑的繁花似锦形成一种比照。

这些天，吴起从赵国离石邑城回来后，心里总觉得有些不踏实。也就在这个老营不远，有一个开阔的谷地，权当作训练场。从安邑招来的三千人马由翟璜推荐的司马飘香担任了训练的督导，另外两千人马也由吴起刚刚提拔的韦成梗带队。韦成梗现在由什长成了刚刚成立的武卒统领。另外，吴起上次把离石邑城的铁匠吕老七也收编进了武卒队伍里了。

“吴将军，俄（我）还是在离石邑城打俄（我）的铁吧……”

“犹犹豫豫，患得患失，一个大男人，啥事都干不了。”

“俄（我）一个赵国人，给魏军干事，不会被定性为赵奸吧？”

“多心啦，现在是什么时代，本将军一个卫国人，不也先跑到鲁国，后来又跑到魏国来的吗？”

吴起说是魏国军营里需要吕老七这样的打铁好手，这样很多坏损的刀剑器具都可以重新回炉加工，对魏军战斗力的提升不可缺少。原本他还想把小舅子田园收编进来，可是萧琼有些不同意见。吴起对萧琼的很多意见只是作为参考，虽然孔子说过“唯女子与小人难养也”，但他还是很尊重她。尽管不一定能够影响他的决策，但她的一些思路却是独辟蹊径，让他很多时候茅塞顿开。站到刚刚建立的兵寨垣墙上向西眺望，绵绵延延的东川河直奔离石邑城方向。雾霾笼罩的天地交接之处，模模糊糊，宛若浩渺的汪洋，亘古未变，只让他心里一片苍凉。

士卒的战斗力一下子提升起来很不容易，这是因为很多客观条件所制约，比如在这个放眼望不到边的狼狐岭，除了一山更比一山高的梁峁沟塬之外，就是野狼与狐狸的天下了。山地作战需要更加灵活的单兵作战能力，尤其对刀剑、长戟和射箭的灵活使用，以及攀爬能力和长途奔袭的能力等等。吴起首先决定举办一个教头培训班，由他来亲自授课。随后，让各个教头分到精心挑选的武卒队伍中因地制宜去施教。

“司马飘香：官职中军和训练督导；武力八十五分；智力八十六分；体力九十五分；技力九十五分；应变力七十八分；弓射三千步……”韦成梗把一捆竹简抱到吴起跟前。

司马飘香是翟璜推荐过来的中军，还曾当过魏文侯的侍卫。在齐国田和国相和田大夫派人对吴起的追杀中，司马飘香总是在暗中保护着吴起。自从吴起坐镇西河郡之后，不仅从安邑跟随来了一批精选的人马，前些日在离石邑城也获得了蔺天成的默许，招募了一批当地人来作为魏军武卒三千精锐的一分子。魏国各地的郡守也都请求派膂力过人的年轻士卒来充实队伍。这样，魏武卒精锐分子初步达到了五千人。

魏文侯最害怕秦军从西河郡侧后突然派重兵来攻打，而魏军自己的兵马太少，一直捉襟见肘，顾头顾不了腚，安邑都城外围黄河以西需要更多的主力防范秦军突袭。所以，吴起的大胆构想，并择机主动出击，或能带来胜算。天下大势，诸侯纷争，不能坐以待毙，吴起和几个谋士一讨论也就欣然同意了这个择机主动出击的计划。

蔺天成并不担心背后吴起率领的魏军，关键还是黄河对岸秦军的虎视眈眈，让他忧心如焚。吴起主动出击，并借道离石邑城，蔺天成虽没有大张旗鼓地支持，但也默许了。赵军必须联合周边各国来抗秦，才有艰难生存的机会。吴起的所谓偷袭，试图渡过黄河去扩展河西大片疆土，想归想，真正实施怕要凭的是实力了。安邑那个向西的方向，属于秦军主力，吴起从狼狐岭到离石邑城，然后剑走偏锋，从这儿或找到秦军的薄弱环节。虽然狼狐岭吴起的魏武卒与离石邑城并不远，但秦军一旦打过来，离石邑城能否得到吴起救援都得打个问号，赵军失守就是分分钟的事情了。所以，藺天成一直想让吴起的一部分主力先行驻扎下来，以免秦军一旦突袭，他还能有一个转圜救援的余地。

而此时的吴起却开始了教头的训练。他的主讲是教导所有教头如何去训练士卒。首先是常规的体能训练，比如让这些教头就地取材，一人抱着一棵白杨树学爬树，然后是负重爬山，接着又训练这些人的站卧起坐，接着是近距离的格斗拼杀。

这些教头回到各自的营地以后，那些精选出来的士卒先行就是比负重爬行，逾越障碍物，以及在战马上拉弓射箭，等等。任何的强化训练，都是需要一个具体量化的过程，欲速则不达，一定得找到一个行之有效的办法。初见成效还不够，必须在一个封闭性的架构中，尽快步入发展的快车道。吴起的忧虑也正在于此。

3

那天，五岁的小吴期在吃饭的时候看到了吴起，但并不知道他是谁。所以，小吴期还警觉地看他，并冲着他做鬼脸。藺天成的府邸常有一些陌生人来往，小吴期也司空见惯了。虽然迎面碰到，但却没有打一声招呼。要在平时，田秋月会拉着小吴期让他叫陌生人叔叔什么的，并常常说要懂得礼貌，要做一个知书达理的孩子。

“什么叫知书达理呀？”

田秋月总是耐心地回答小吴期。很多时候，她已把他当作儿子来看待，甚至对她自己的三岁女儿藺冉冉反倒有些照顾不周了。藺冉冉都是柳婶来带的。

“大人说的知书达理，就是不仅要懂得书中的道理，还要学会领悟，并自己努力去做到。”

小吴期就不再犟了。然后，听田秋月给他读《齐风》里的《鸡鸣》。

鸡既鸣矣，朝既盈矣。
匪鸡则鸣，苍蝇之声。
东方明矣，朝既昌矣。
匪东方则明，月出之光。
虫飞薨薨，甘与子同梦。
会且归矣，无庶予子憎。

然后，小吴期让田秋月一句一句给他解释。“虫飞薨薨。”小吴期读作“虫飞嗡嗡。”田秋月说不读“嗡嗡”，这儿读作“哄哄”。小吴期不服，说是夏天的苍蝇就是这样叫的，古人写错了。

“古人圣贤怎么会写错？哄哄可以，嗡嗡也可以，但这个薨字就是读哄。”

“不对，就是不对，错了还不改，原来大人都是这样子。哼！”小吴期说着一嘟嘴，就从田秋月身边跑了。

小吴期跑到了西跨院正在舞剑的田园身边。田园的剑法有了长进，天天要让小吴期跟着他练。

“舅舅，我问你一个问题，你不可以不回答，说这是大人的事，小孩子都不能过问。”

“你想问什么就问吧。”

“你为何总是提起我的父亲就怒气冲冲？”

“期儿，你为何会突然问这个？”

“还记得前些日吗？你与秋月姨妈提起父亲就吵架，还和那个魏国来的陌生人差点打起来啦，那天我很害怕，躲在柳婶那儿。我怕你们不要我了？”

田园不再舞剑了，走到小吴期跟前，说道：“傻期儿呀！姨妈和舅舅都这么爱你，怎么会不要你？”

“我听到你们要吵吵着把我卖给那个从魏国来的凶巴巴的陌生人。”

“哪个陌生人？说什么呀？那次在院子里打起来，可不是因为你，是一场游戏，你不要当真，再说了，打架也只是大人们的事情，告诉你，你现在也不懂！”

“我懂！我怎么会不懂？我知道我母亲去了很远很远的地方……”

“就是跟着那个魏国的陌生人去的。”

“唉，傻孩子，你父亲即便站到你跟前你都不一定知道他是谁。”

“我知道，我就是知道，他是一个领兵打仗的魏国将领！”

“你还记得父亲？”

“记得，父亲有一把大砍刀……”

“那现在我手里的宝剑呢？”田园挥舞着手中的宝剑。

“这把宝剑和我父亲手里的那把大砍刀不一样。”

“是不一样。”

“我想跟着舅舅练好剑术。”

“小孩子说话不算数，三天打鱼两天晒网。”

“什么是三天打鱼两天晒网？”

“就是做什么事情，都要有始有终，不能今天想干就干一阵子，明天不想干了，就闷头睡大觉。”

“不会的，我会一直坚持下去的。”

“一言为定。”

“好，一言为定。”

4

也就这两天，离石邑城谣言四起。据密报，秦军的斥候已在西南处抓走赵军的几个士卒，其中还有一个尉官。秦军不日就会云集城下，大军压境，小而险要的离石邑城戒备更加森严了。吴其昌一直负责东城门对狼狐岭魏军的防守，现在魏军那边倒是没什么动静，加之前两日吴起与蔺天成达成了魏赵共防秦军的协议，魏军也可以过境离石邑城。蔺天成见形势吃紧，就把吴其昌的人马调到南门附近防守西南来的秦军。每个城门口都安排了一个百户长带着亦兵亦民的众丁严查防守。

傍晚，田秋月等着蔺天成回家，但迟迟等不到。柳婶问：“再等等开饭吗？”田秋月只是不吭声，很焦急的模样。而旁边的小吴期在玩耍着弹弓，竟然趴在门框旁拉开了弹弓，一颗小石子飞射出去，打在对面墙上的一只黑猫身上。黑猫遭到袭击，“喵呜”哀号一声，飞也似的跑没影了。田秋月没好气地把他手里的弹弓夺走了。

“你给我！”

“不给，你打了人怎么办？”

柳婶把小吴期的手拉住，然后向厨房走去。柳婶说：“别和你姨妈较劲，后厨有你最爱吃的油糕！”

田秋月对柳婶说：“别宠着他，照这么下去，和他老子一样无法无天……”

柳婶不以为然地回了一句：“他老子是谁，他都不一定知道。恐怕蔺将军更像他的老子。”

小吴期嚷嚷：“什么老子呀？要多难听有多难听，那是叫父亲。父亲！”

“谁不知道是父亲呀，可是你父亲都不知道你在哪里？”

正在说着话，蔺天成进屋了，一脸愁眉不展。这个时候，他哪儿有其他心思呢？这秦军打进来，以赵国的实力，恐怕是要凶多吉少了。离石邑城的防守连魏韩两国的袭扰都防不住，更不用说秦军啦。

“你说，吴起会不会与离石邑城的赵军真正按照协议去共防呢？”

小吴期正在低头吃着一片油糕，嘴里油汪汪的，然后抬起头来问了一句：“吴起？叫我干吗？”

是吴起，不是吴期。此吴起非彼吴期。可是，这话小吴期并不懂的。所以，蔺天成说：“悄点声，别让孩子听见大人话。”

田秋月对柳婶说：“把孩子抱到西跨院去吧！”

小吴期被柳婶刚带走，田秋月迫不及待地问：“天成，吴起会不会在离石邑城遇到秦军攻打时救援咱们来呢？”

“这话你问我，我还想问你呢？你那样的姐夫你还不知道呀？”

“什么呀，在鲁国时他与你不都是名儒曾申门下的弟子吗？再说，你们还签订了一个什么共防协议？”

两个人你一嘴，我一嘴地顶着牛，可是也不解决任何问题。

“我晚上都做噩梦醒来，一下子以为自己做了秦军的俘虏。”

“你这么害怕，你还是离石邑城的守将呢。你可不能预先就下了软蛋！”

“吴起这个人，虽然与我同窗，但一直琢磨不透，他是不按照常理出牌，有时又不与你讲游戏规则……”

“可是，你为何与他签订共防的协议呢？”

“没有办法呀，仇家宜解不宜结，更何况赵国所处的周边环境比魏国都糟糕。”

“有些仇恨是永远也消除不了的，也是难以原谅的。唉，谁知道这次秦军进攻会有什么后果？”

“你别说，抵抗不住，没准我们得准备撤离到狼狐郡那一带。”

“真的还要靠吴起来救我们吗？”

“毕竟他的儿子在我们这里，他应该也知道，那次他来离石邑城，说是商谈共防，其实也是来看他儿子的……”

“你要让他们父子相认，我可不答应，毕竟孩子跟上那样的父亲，不会有一个幸福的童年，对孩子将来的成长也很不利。”

“不管怎么说，吴起是一个领兵打仗的天才，要不然魏文侯也不会让他来独当一面。”

“他是啥天才呀，鲁国那个将军怎么换来的，你不知道吗？打了一次胜仗，也是瞎猫碰上死老鼠罢了。反正，这个人我就是恨不得杀了他，为我冤死的姐姐报仇！”

其实，田秋月也在想着吴起接下来会怎么办，真的会在第一时间来驰援离石邑城吗？这一夜，他们都没睡好，窗外的大风刮得很厉害，也不知道什么时候停的，院子里满地都是枯黄的落叶。

5

东川河就在萧琼的脚下汩汩流淌着。河水并不深，清澈见底，岸边一颗颗鹅卵石总是硌着她的脚，使得她走起来有点一摇一摆。岸边卵石踏出来的路，萧琼偏偏不走，专门挑着凹凸的地方下脚，随即笑着，然后向狼狐岭垭口眺望。

从安邑繁华之地来到狼狐岭，一下子有些不适应。前两日的离石邑城之行也是匆匆而过，原本去一趟染坊，还想去看看赵国的铸币工厂。离石邑城的铸币工厂不仅在赵国数一数二，在各个诸侯国也打出了好名声。秦国早已对离石邑城的铸币工厂觊觎已久了。就连吴起也私下对她说过，只要有他吴起在，赵国的离石邑城将会属于魏国的领地，到那时别说袁记染坊，即便铸币工厂也会由她来掌管。

吴起的口气一向都很大，但魏军面对的不仅仅是赵国蔺天成的守军，还有虎视眈眈的秦军。据说，五万秦军已经过了黄河东岸，从孟门一带北上，直指离石邑城。

“共防协议里有魏军可以过境离石邑城这一项，但还有危机时候驰援的条款。与五万秦军正面交锋，只能是以卵击石而已。”

萧琼问：“那您会怎么办？”

“驰援是要驰援，就看这仗如何打。要打就要避开锋芒，不按套路出牌，要出其不意攻其不备。”

“打仗的事情我不懂，我还是更在乎有了离石邑城的袁记染坊有好衣服穿，有了离石邑城的铸币工厂有钱可以花。”

“正是妇人之见。这些日子，我还得带领武卒在狼狐岭垭口训练，不能天天陪你啦。”

“谁让你陪啦？谁让你陪啦？你也不是我的夫君，你是我的什么，而我又是你的什么？我是你的一个物件吗？我是你妻子田小璇想拿走就拿走的脑袋吗？”

“你在说什么呀？我不是你的夫君，不是我不想，是我心里有障碍，心里有个坎，一直过不去。别在我跟前提我那早已死去的妻子田小璇，否则我会发疯的……”

“你会发疯吗？怕是你先让田小璇发疯，现在又想让我为你发疯，而你却在一个个发疯的女人那儿找到一条出将入相的上升通道……”

“也就只有你这个曾受到鲁穆公恩宠的吴越歌姬敢这么无的放矢地指责我。换了别的女人……”

“换了别的女人，要咋样？要她的脑袋吗？这个算啥本事，你是魏国的大将军，想要谁的脑袋，就要谁的脑袋。我萧琼还就不怕啦！听说在田小璇之前，你还赶走过吴氏。是为何呀？你一天不明媒正娶我，我一天到晚就会与你唠叨到底！那些什么袁记染坊呀、铸币工厂呀，我都不想要，我只想要你的一颗心，你会给我吗？”

萧琼站在一个河湾的高坎上，遥望狼狐岭垭口那片白杨树林的方向。那儿是吴起领着二百五十名精选的武卒在训练爬树。离得太远，看不清人影，只有一片隐隐约约的树影。偶尔能够听到牛角号的发令声……

6

到了傍晚，该是吴起带着训练的武卒们收兵回营的时候了，可是一直到吃饭时还未见个人影。怎么回事呢？

在狼狐岭垭口处的白杨林，吴起训练士卒们一次次攀爬碗口粗的杨树一直到树梢，然后再出溜地溜下来，继续攀爬。也不知道攀爬了多少次，吴起只觉得汗水淋淋，手脚都有些发木、发麻，甚或蹭出几处小伤来了。不远的几棵树上分别有韦成梗、司马飘香、白从德等部将。韦成梗一直从鲁国跟随他到了魏国，一直当着什长，现在是吴起的统管了。司马飘香则是翟璜推荐来的，安邑到西河郡，很快适应了环境。白从德是一个白面书生，整天子云孟曰之乎者也，甚或还与吴起探讨孙子的兵法之道。

> 孙子曰：夫用兵之法，全国为上，破国次之，全军为上，破军次之；全旅为上，破旅次之；全卒为上，破卒次之；全伍为上，破伍次之。是故百战百胜，非善之善者也；不战而屈人之兵，善之善者也。

吴起听白从德这么掉书袋，也欣然接了一句：“故曰：知彼知己者，百战不殆；不知彼而知己，一胜一负，不知彼，不知己，每战必殆。”随即，众武卒都站在树杈上停留片刻。吴起则向大营方向眺望，说道：“该是晚饭时分了。”

还没等众武卒搭腔，吴起听到天色幽暗下来的白杨林里有一只耸着耳朵的野狐在嗷嗷嗷地一边叫着，一边在吴起爬着的那棵白杨树下转着圈，尾巴像一只大大的鸡毛掸子，浑身毛茸茸的，眼睛忧郁而深邃，脸颊修长。

“嗷——”

又是一声凄厉的叫声响彻山谷。吴起一下子又想起那个夜晚，他被野狐的叫声所蛊惑，一直从营帐跟随到了一片坟地。然后，他与背后的那只公狼搏斗，后来他又砍杀头狼，惊散了墓地开会的群狼。吴起觉得这只富有灵性的野狐仿佛总是盯着自己，无论自己在狼狐岭的什么地方，它都可以感同身受。

吴起刚下完众武卒返回营地的命令，却被这只玫瑰色的野狐所迷惑了。

“嗷——，嗷——”

凄厉的叫声，一下子超越了时空，超越了狼狐岭，回到了不堪回首的老家左氏，那一幕疯狂砍杀的画面，一下子定格在他的脑海里。吴起的大砍刀，如同收割的左镰一般，他是左撇子，疯魔的酒醉之中，对跌东倒西的左氏街市上的二三十个泼皮无赖一阵砍杀。

“骂呀，继续骂呀？怎么这会儿不骂啦？一千金一万金买你们的人头又如何？”

“你疯了吗？儿子，你疯了吗？你喝多了吗？”母亲在身后抱住了吴起，让他停止继续砍杀，可是他把母亲也推倒了。

然后，再然后就是田小璇眼睛里的惊恐之色。

“我怎么会是你的妻子？”

“你为何会是齐国人，齐国人就是鲁国人的敌人。我这齐国人的女婿，鲁穆公怎么会让我带着鲁国的兵去打齐国的军队呢？”

吴起仿佛又一次闪回了那个时候最为惨烈的一幕画面。不忍回想，却是无时无刻在回想着。不用他吴起刻意地去回想，在狼狐岭的每一个夜晚他都能看到她的眼睛，然后是野狐的嗷嗷叫声。这种叫声并非勾起了吴起的回忆，而是加深了他的罪恶感。这种回忆不需要勾起，而是如同一幕幕自动播放的皮影一般，来无踪去无影，正如这只玫瑰色的野狐。

吴起觉得死去的田小璇正是幻化为这只野狐来到狼狐岭，并一直跟随着他。

“你还想干什么？”

“我不想干什么。听说在我之前，你吴起就娶过一房夫人，却是因为超额完成为你纺花织布的任务被你休回家啦。”

“为什么？”

“诚信。”

“杀人也是你的诚信吗？”

白杨树上的吴起看到野狐两眼里泪光闪闪。

“你为什么杀我？这就是你在曾申老夫子那儿学到的仁义礼智信吗？”

“我、没有、杀你、我没有……”

到现在，吴起都不敢确定是否向田小璇举起了那把沉重的大砍刀。他浑身直打哆嗦。他感觉是父亲吴猛传给自己的那把祖传宝剑（其实不是）对准了妻子田小璇。记得是最后关头，吴起犹豫不定，就是下不了手。田小璇从睡榻上转过身来，两岁的小吴期在她的另一边睡着了，或者被他的姨妈抱走了？吴起也不记得了。那一刻，吴起的大砍刀，抑或祖传宝剑，是如何刺进妻子田小璇胸口的？他好像记得是田小璇两只手紧紧握住了锋利的刃口，是在阻挡他用力，还是帮助他用力呢？吴起真的记不清了，那个晚上他喝得太多了。酒醉㞞人胆，更何况街坊邻里都说他一掷千金，一掷万金，把父亲一生积攒的万贯家财挥霍殆尽，也没弄到一官半职。

“我砍死你们，我砍死你们，一个、两个、三个……七个、八个……二十九、三十……”吴起大喊着，而另一旁的母亲早已吓晕过去了。

田小璇死不瞑目。当吴起一手拎着大砍刀，一手拎着田小璇的头颅，步步逼到鲁穆公的面前时，田小璇依然睁着一双大大的眼睛盯住了鲁穆公，直把鲁穆公当场吓得簌簌发抖。

“姐姐，你走吧。吴起要带兵打仗了，扬眉吐气了。姐姐，你闭上眼，上路吧，一路走好……”

鲁穆公殿堂上的众多歌姬都吓跑了，只有萧琼带着一种很超然的平和与悲悯，走到田小璇的头颅跟前，然后一边喃喃自语，一边为田小璇合上了眼睛。

第五章　虎贲之师

1

玫瑰色的野狐更加凄厉的叫声，让吴起有些诧异。他向白杨树下望去，竟然看到密密麻麻的狼群正在向他聚集着。其中一只年轻的公狼，在上次头狼被吴起砍死之后，刚刚在激烈的竞争中战胜两个对手，成了新的头狼。只见头狼的两耳在傍晚的风中愤怒地竖立着，抖动着，抬起高傲的头颅，直勾勾地盯住了它们的仇人吴起。

另一棵白杨树上的司马飘香立马在树杈上站稳，正要拉弓射箭，被吴起喝住了。二百五十名训练的武卒，其实只有司马飘香的箭筒里带着二十支箭，根本无法射杀所有的狼，而且容易激怒狼群。所以，吴起只能再去想别的办法打退狼群。

韦成梗与吴起隔得更远，不过他有些奇怪，为何狼群在吴起爬着的杨树跟前聚集呢？包括白从德也不解，只是他们都在各自的树上，因为狼群而无法下来。怎么办？

韦成梗在战阵中属于协调前方和中军的统管，离吴起的战车不远，这些天的训练也是让他体会到了吴起的信任。但在这个时候，树上的二百五十名武卒与树下的几百头狼对峙着。在对峙的过程中，还有更多的野狼从各个方向赶了过来。

这只新的头狼没有再叫，而是伸出了利爪，在刨抓着吴起爬着的白杨树的根部。另有三五只也冲上来了，都在连抓带咬，它们的牙齿嘎巴嘎巴直响，树身开始有些抖动了。一会儿，开始摇摇欲坠了。司马飘香把腰间的索钩扔了过来，吴起拽住索钩，然后凌空一跃，转而就飞到了另一棵树上了。这棵树离韦成梗爬着的树近了，然后吴起下令，吹响牛角号。

韦成梗作为三千武卒的统管，战阵中与司马飘香一起居于中军，腰间还有一个紧急关头时用的牛角号。在战阵向前冲锋和后撤，或者变化战阵队形时，作为统管的韦成梗会站在吴起的战车上吹响牛角号。这些日子的战阵训练早已让韦成梗熟悉了每一道战阵的程序。平时闲暇的时候，韦成梗给大家用牛角号吹过一首欢快的歌曲《金牛望月》。他穿着一个对襟的马夹，两只粗壮的胳膊弯成弓状，两手把住牛角号角，鼓动腮帮，身子摇来摆去，吹了起来。不过，这次是吹的紧急号角，自然有了一种急促的爆发力，使得呜哇呜哇呜呜呜哇哇哇的牛角号角吹到很远，吹到了魏军大营。

也就在这一瞬间，新头狼与另外三只狼把吴起刚才爬着的白杨树咬断了。那是生死决斗的瞬间。新头狼在绕着圈子咆哮着，耳朵在谛听着，寻找着更加有利的机会。新头狼发现吴起跳到了另一棵树上了，它并不忙着去撕咬这棵新的白杨树，而在不断地转着圈，盘算着新的一招制胜的办法。上次的记忆里，新头狼还只是老头狼的随从，它亲眼看见吴起只身蹿入狼群向老头狼挥起了大砍刀。那个时候它来不及多想，不顾老头狼的安危，竟然顾自跑了。其他的狼也一样，差不多是一哄而散。而它的父亲——也就是那次砍杀老头狼之前爬到吴起背上的公狼，当时也被吴起突然一声怒吼吓跑了，只是这一跑，却是栽到了一旁的万丈深渊里了。

洁白如玉的月光，树林里影影绰绰的群狼身影，都在发出低沉的互相鼓劲的咆哮。新头狼早就在三五里开外闻到了仇人的气息。之前，它追逐过那只玫瑰色的野狐，因为野狐太烦人了，冲着吴起攀爬的那棵树嗷嗷嗷地直叫。新头狼受不了野狐的叫声，于是放开了步子追逐着野狐，却是怎么也追不上，结果是意外地收获一只小鹿。新头狼没有吃它，只是把它咬伤了，然后拉扯到这儿，先围攻了仇人吴起再说。

整个林子里，突然没有了任何声音，即便狼群也是静默不动了。它们在等待着进攻的时机。这个时候，一片树叶落下来都能听到动静。现在，狼群步步逼近，依然围住吴起所在的那棵新树，不动声色地等待着，苦熬着。狼群不会说话，但是新头狼成竹在胸的眼神似乎在说，别怕，看谁能熬过谁。它们眼睛里闪亮着绿莹莹的光芒，它们毛皮上的气息袅袅上升，而吴起和他的武卒们也在树杈上养精蓄锐，没有理睬狼群的缓兵之计。

2

秦简公六年，也就是魏文侯三十八年，即公元前四〇九年。三十一岁的吴起正带队训练的时候，数万秦军正在继续东进着。

原本过了黄河的秦军，却因为下雨，在孟门一带耽搁下来了。雨过天晴，太阳晒干地皮的时候，一个年轻的秦军将领一下子跳到了战车上，然后面对着滚滚而来的战车和战车两边行进的士卒挥挥手。大军所过之处，颇有一种豪气逼人的力量。

这时，一辆战车突然“嘎嘣”一声，倾覆到一个因下雨塌陷的深坑里了。其他战车依然在缓缓行进，两边的士卒中找出十来个，其中是一个什长下令前来救援。年轻将领正是邢让。

“这个什长，你叫什么名字？”

“在下孟翔。”

邢让喝住一辆战车，用长长的钩索套住深坑里的战车挂钩，然后与其他兵卒一起使劲拉着。

“一二三，一二三，加油！”

“加油，加油！一二三，一二三——”

倾覆在深坑里的战车被拉上来了。掉进深坑的士卒有一个被压住胳膊，还有一个被压住腿的，但基本上无碍，受了一点皮外伤，没有生命危险。

“孟翔，老家是哪儿？”

“秦河那边的，靠近大秦边地了。”

邢让也就二十二三岁的样子，而孟翔也就是十八岁，看上去稚气未脱。

“害怕与魏军作战吗？”

“在下听说过了离石邑城那边有魏国的吴起在镇守着，大不了一死，怕个鸟卵！”

邢让顿时想起秦简公在雍城与自己交谈的情景。秦简公担心邢让此去不仅要面对赵韩两国的军队，还要与吴起的魏军决一死战，究竟如何？秦简公心里也没底。

“爱卿，这次东渡黄河，先占据孟门吗？”

“末将正是这样的想法，先在孟门稳住阵脚，然后攥紧拳头向软肋处攻击。”

“何为软肋？”

“离石邑城赵将蔺天成那边是一个突破口。占据之后，对秦军进一步东扩，意义重大。”

秦简公哈哈大笑，并封邢让为东扩大将军，授以兵符和官印。然后，在锦绣宫让一队袅袅婷婷的吴越歌姬给他唱起了饯行的《无衣》，并赏赐一千金和戴芙蓉、修嫦娥等两名吴越美女。

这次黄河东征，邢让自然觉得稳操胜券，因而让戴芙蓉和修嫦娥也随军前行。那个时候，邢让下令把戴芙蓉、修嫦娥两个人招来，一起高唱一曲《无衣》：

> 岂曰无衣？与子同袍。王于兴师，修我戈矛，与子同仇！
> 岂曰无衣？与子同泽。王于兴师，修我矛戟，与子偕作！
> 岂曰无衣？与子同裳。王于兴师，修我甲兵，与子偕行。

这个时候，阴云密布，风声鹤唳，电闪雷鸣，又要下雨了。修嫦娥吓得直往战车后面的士卒队伍里钻，而戴芙蓉依然挺立在风雨中高唱着，她脸上早已分不清是雨水，还是泪水，能够听到她唱到后来已经是泣不成声了。邢让从战车上跳下，把自己的一件战袍披在了戴芙蓉的身上。戴芙蓉只是向他看了一眼，然后继续高歌着，以至于到后来是声嘶力竭地哭喊着……

修嫦娥看看戴芙蓉，满面的忧戚之色，然后从士卒队伍中跑出来，一头向那个大坑栽了进去。战车刚刚拉出来，修嫦娥又栽到大坑里了。一旁的孟翔二话没说就跳到了大坑，然后把修嫦娥托举起来。几个士卒手拉手把修嫦娥拉了上来。

“你这是干吗呀？不想活了？”邢让呵斥了一声。

“邢将军，你就不能好好说话？你不知道修嫦娥是受了你们男人的惊吓呀？”

“在大秦都城雍城那是享福，怎么会是惊吓？”

“对于男人是享福，但对于我们做女人的就是活遭罪！”

邢让一阵默然，然后让孟翔带她们二人去后面的车辆去，待在厢轿里避雨。

3

夜晚的寂静中，依然有一双窥视的眼睛。吴起爬着的白杨树上唰啦啦的树叶作响，如同他在翻动一片片竹简的声音，每当他在大帐里探究兵法之道时，都会感觉到背后有这样一双眼睛。吴起觉得那只富有灵性的野狐就在附近蛰伏不动。吴起还是喜欢练兵场上洋溢着生机勃勃的活力，宛若现在白杨树里的汁液在涌动，漫长岁月里茁壮成长。招摇的叶子，欢叫的蟋蟀，嘎声四起的信狐，甚或在凝神去听，远处东川河潺潺流淌的声音，如同大自然的乐曲。一切都在伺机而动，随着季节的变化，展现了一种奇异的色彩和美不胜收的景观。

牛角号吹响之后，并未吓退狼群，反倒激活了它们昂扬的斗志。吴起与他的武卒们在等待着驰援。也就过了不到半个时辰，甚或更短，抑或一袋烟的工夫，只是他们与狼群的对峙使得时间显得极为漫长。

入秋以来，当离石邑城还很燥热的时候，狼狐岭垭口杨树林里却是有一种冷凉，即便迷恋打猎的当地人在这个时候也应该满载而归了。也就在杨树林左侧的一个陡坡，再往下就是卵石林立的河滩，那里有一块潮湿的、被河水冲刷出来的黄沙地，东川河正在这卵石、沙地和一人多高的水草中妖娆地穿行而过。垭口两边斜坡上长满了野生的植被，一个深邃处流淌出来的山泉在不远处潺潺作响，走得再近一点，就会听到快活的叮咚与东川河的水流交汇的一刹那，撞击出新的交响曲。山泉周围长满了青苔，绒毯一般的青草上还留着白天阳光的热气，人躺在上面软乎乎的，宛若天然的睡榻。吴起带领的武卒们训练累了的时候就会躺在这儿休息一下，然后喝一口甘甜的山泉，起身再次练起了射猎等训练科目。

正在这个时候，魏军老营副将乐羊挑开守将吴起大帐的门帘，然后问从河岸回来的萧琼："吴将军还没回来吗？"萧琼弯下腰正在母羊身下挤着奶，头也没抬地回答："还没回来，与那么多武卒在一起，应该没事的。"乐羊刚从大帐出来，就突然听到垭口杨树林方向传来急促的牛角号声。不好，出了什么事？这可是需要驰援的牛角号声？萧琼也从大帐中急急跑出来，问："不是有啥急事吧？"乐羊一向很沉稳，他的年龄比吴起还大几岁，一直在魏军里从士卒干起，久经沙场，所以，这种时候还很能沉得住气。乐羊带着老营里的三千士卒，带足刀剑和弓箭等武器，迅速集合起队伍向杨树林方向进击。

乐羊率先占据有利地形，跳到一个高坡上，与围着吴起所在杨树周围的狼群还隔着两百米，就拉开长弓，瞄准那灰白的新头狼，射出一支利箭。新头狼脑后中箭了，血糊狼藉的中箭部位上，又有一支从树上射来的箭，扩大了新头狼脑后的伤口。这支箭是被同样困在树上的司马飘香射来的。新头狼疼痛难忍，在原地蹦跳、嘶吼，并回转身来望着远处的乐羊，然后又抬头向树上的司马飘香嗷嗷叫着，无可奈何，却又愤怒异常。不一会儿，新头狼就倒地身亡了。

不过，狼群没有因为这只新头狼的死去而恐慌，相反整个狼群转移了攻击的目标。它们没奈何树上的司马飘香，却是对树下两百米开外的乐羊扑去了。

几百只狼群向乐羊发起攻击的时候，乐羊身边的武卒们已成一个扇面拉开了无数支弓箭。

"弓箭手，放箭——"

乐羊一声号令之后，离弦之箭瞬间组成密密麻麻的铁网，宛若箭之雨，剑之魂，嗖嗖嗖，只见冲在前面的十几只公狼中箭，随后又是几十只公狼倒地，紧接着又是一批，颇有点前赴后继慷慨赴死的架势。

直到剩下最后十来只母狼和狼崽子了。甚或还有一只身怀六甲的母狼冲到中箭公狼的身边哀叫个不停。旁边三五只狼崽子依然在撒着欢，不停地转着圈。

乐羊和三千武卒冲杀到了吴起等人所在的树下。吴起率先从杨树上溜了下来，紧接着是司马飘香、韦成梗和白从德，剩下爬在树上的武卒们都溜下来了。

所有的武卒们呈现一个扇面的战阵，弓箭手都拉满了弓，对准剩下的十几只母狼和小狼。

身怀六甲的母狼一阵仰天长啸之后，凝望着围成扇面的一支支弓箭，然后毫不犹豫地向着身后的一处悬崖一跃而下。又有几只年轻的母狼一个个跟随着身怀六甲的母狼跳了下去。剩余三五只小狼嗷嗷嗷叫了半天，最后也一只只地跳下了万丈深渊……

直到过了很久很久，吴起依然能够听到悬崖深处那些母狼、老狼和小狼慷慨赴死的惨叫在山谷之间回荡……

4

这一晚对于离石邑城守将蔺天成来说，辗转反侧，夜不成寐。不知道什么原因，刚睡下，他就起来了。他也没有掌灯，而一边的田秋月也被他弄醒了。夜很深沉，却让他突然间有了一种惊恐之色。

“你起来干什么，坐在那儿吓人一跳。”

“你睡你的，我看看期儿他睡着没有？”

两岁的女儿蔺冉冉在田秋月怀里睡着了。而小吴期则自己一人睡在侧后的小屋，就在蔺天成夫妇卧室隔开的过道对面。蔺天成推开门一看，小吴期在酣睡着，两只小胳膊都露在外面。蔺天成走过去给他把裸露的胳膊掖回被子里面去了。

正在这个时候，大门外有了一阵急促的敲打声。蔺天成赶紧走出屋门，住在下院里的柳婶早已开了大门，只见是汗水淋漓的吴其昌冲了进来。

“蔺将军，大事不好了，秦军开始攻城了！”

“啊，秦军，谁的人马？”

“听说是一个叫邢让的年轻将领，南关那儿已经打起来了！”

“你亲自带两名精干的士卒前往狼狐岭魏军大营找吴起火速驰援，恐怕坚守到明日巳时或有胜算。要快！”

“南关守城怎么办？”

“本将军守土有责，与所有离石邑城的士卒们共存亡！”

那个年代的武器开始还是铜制的，戈、矛、戟、剑、弓矢等，秦军中样样俱全。长矛的顶端可以把对手的铁甲刺穿。戈的刃部呈弧线形，装柄的“内”部有锋刃。由矛和戈相结合的长戟，兼有刺和钩的作用。射出的箭镞也由开始的双翼式转为更加具有杀伤力的二棱式。矛、戟、剑等武器铁制居多了。

秦军具有远射程的弩。魏秦都有擅长远攻的弩，而赵军在这方面处于弱势。

蔺天成开始在南关城墙上拦截秦军架起的云梯，还用上了魏军前几日支援的大量钩拒，云梯就是用钩拒合力推下城楼的。听到云梯上秦军士卒一连串摔下来的惨叫声，让蔺天成多多少少松了一口气。直到天大亮了，秦军出动了轒辒战车，并抬着粗大的圆木撞击城门。

这个时候，吴其昌又赶回来了。他刚刚爬上南关城头，蔺天成劈头就问道：“怎么回事？让你去狼狐岭搬救兵，为何又返回来啦？”

吴其昌说：“情况这么危急，乘着出城机会，我把蔺将军的夫人及两个孩子送到吴起那儿去吧？”

蔺天成挥挥手，怒斥道：“这个时候，本将军家眷的一举一动，必将影响军心民心。夫人和孩子就留在邑城里，你快去快回！”

吴其昌只好从城头下来，但还是绕道到了蔺天成将军的府邸，敲开大门，急奔到前厅。田秋月与小吴期、蔺冉冉都在里屋。一会儿，田秋月来到前厅，抬头一看，见是吴其昌，就问：“这么匆忙，有事吗？”

吴其昌开门见山地说：“夫人和孩子立马跟我去狼狐岭！”

“我去狼狐岭干什么？”

“啊呀，夫人，你是真不知道还是假不知道，离石邑城快守不住了。”

“天成呢？”

“蔺将军在南关守城，与秦军打起来了。”

“天成到哪儿，我就跟到哪儿。”

“嘿，夫人，都到这个时候了，还这么固执。”

“反正吴起的领地那儿我死活不会去的。再说，天成也不会让我去的。”

吴其昌还在规劝田秋月时，田园进来了。只见田园披挂着征战的铁甲，一手拿着一副上好的弓箭，一手拎着沉甸甸的箭袋，准备出征。

“吴副将，你别劝我姐了。我姐不会走的，即便我姐夫发话，她也不会走。”

田秋月说：“吴副将，战事这么紧张，你还是快走吧！”

吴其昌只好带着两名士卒策马向狼狐岭直奔而去。

5

这时的狼狐岭反倒显得异常平静。吴起在大帐里点灯熬油研读竹简。他通常会先研读一段《左传》，然后才会读《孙子兵法》。在这个基础上，吴起会有新的心得体会。吴起自言自语地道：“天下战国，五胜者祸，四胜者弊，三胜者霸，二胜者王，一胜者帝。是以数胜者得天下者稀，以亡者众。”大帐外，夜色漆黑，不时地有野狐的呼号，似乎还是那只与吴起有缘的野狐，母性的哭喊里又有一种让他有些胆寒的警示。

田小璇的面影与此时此刻睡榻上正在酣睡的萧琼再一次重叠在一起。吴起不由得想到那只怀孕的野狐在深夜里呼号意味着什么？《孙子兵法》里写道：“兵者，国之大事，死生之地，存亡之道，不可不察也。”吴起也在检讨他自己，甚或田小璇完全可以不会死，是他的罪孽导致的。他那次亲耳听到鲁穆公拒绝自己统率鲁军去征战齐军。“齐国的女婿会带领鲁军去打齐军吗？”这一质问，让吴起对妻子田小璇突然心生恨意，由不得拎起酒坛咕咕地灌了下去。那时，田小璇还在睡榻上看护着两岁的小吴期睡觉。小吴期睡着了，田小璇则看着吴起喝酒喝红的眼睛睁得很大，就像要爆裂出来了。

“你想干什么？”

“干什么？说，你快说，你是不是齐国派来的奸细？”

“夫君，你在说什么呀？你喝酒喝多了吧？”

“我没有喝多。你快说！鲁穆公说你是齐国的奸细，你是齐国人，你就是齐国的奸细……”

“我不是！”

“你就是！”

“不是！”

“就是！”

“你说是就是。”

“你是齐国的奸细了？”

“是呀，我就是齐国的奸细，气死你！”

“你——”

吴起一下子僵在了那里。他开始有些不知所措，后来就把酒坛举在了头顶。

“你砸呀，你就把我们娘俩都砸死吧！”

吴起顺手把酒坛向后一掷，只听“咚”的一声砸在了身后的几案上。剧烈的炸裂声，以及酒坛的碎片四散飞开，一下子把两岁的吴期惊醒了。

萦绕在吴起的心里，田小璇成为一生挥之不去的梦魇。吴起总是想让时光倒流，可是总是不能够，锐利的刀刃已经刺进了田小璇的心口了。这不堪回首的一幕，几乎每一个白天黑夜都会缠绕在吴起的心头。所以，吴起只有疯狂地操练着队伍，疯狂地干好西河郡郡守这份工作。他恪守职责，甚至有的士卒腿上生疮流脓，都要亲自过问。吴起在赎罪。他感觉自己时时刻刻在赎罪。他想忘掉田小璇最后闭上眼睛时的神情，可是不能够。吴起即便跪在属下士卒身旁吸吮他的化脓伤口，都无法忘记那一切。他在忙忙碌碌之中总强迫自己去忘掉，越想忘记却反倒更难忘记。尤其，怀孕野狐在吴起大帐后哭号，不仅让吴起睡不着觉，甚至也让刚刚提升为三千武卒统领的韦成梗也受不了。这个愣头青韦成梗一跃而起，拿着弓箭想射杀夜夜在吴起大帐外哭喊的野狐，被吴起拦住了。

吴起说：“野狐爱叫就让它叫吧！这声音我倒是爱听！总是想起卫国老家那把早已失落的古筝！”

韦成梗作为曾经的贴身护卫他的什长，现在又被任命为三千武卒的统管，发起冲锋时战阵的中军。吴起之所以提拔韦成梗正是因为他的忠勇顽强，而且一直跟随自己多年。在鲁国打了胜仗的吴起，却被鲁穆公解职，众叛亲离的时候，唯有韦成梗追随着他。

在西河郡，吴起好像没有一个朋友，他把大帐外哭喊的野狐当成了自己的朋友。这个朋友，即便韦成梗也不知道，直到吴起阻拦他去射杀野狐，才让韦成梗明白了其中究竟。

就在吴起焦躁不安的时候，大帐外传来一阵急促的马蹄声。在漆黑的夜里，赵国离石邑城吴其昌和两个求援的士卒赶到了。吴起体悟到马蹄声中隐藏着即将爆发的巨大风暴。狼狐岭在两天前刚刚经历了一场三千武卒围歼群狼的战斗。吴起把这场人与动物的争斗当作了一场实战训练。三千武卒毫无疑问，在多半年的训练中已经形成了强烈的吴军风格。言必行，行必果。一击制胜。吴起经常强调要抓住瞬息万变的战机，不能一鼓作气，再而衰，三而竭，必须先声夺人，一招制敌。狼狐岭上几百只狼一个个被三千武卒逼进了死穴，一个个非死即伤，没死的也视死如归地跳进了杨树林旁的万丈深渊。

吴其昌浑身被汗水浇透了，而座下的马匹已经累得半跪在地上了。

“离石邑城危在旦夕，唇亡齿寒，魏军一定会出手相救！”吴起不假思索地说。

吴其昌松了一口气。“关键是要连夜出兵，五万步卒天明无法到达，需要派新成立的铁骑武卒，方可奏效！”

吴起立马让副将乐羊招来韦成梗和司马飘香两员大将，急命三千铁骑武卒在营前集结，每个士卒带足五十支箭镞和随身的剑戟，以及三天的口粮。萧琼也被惊醒，出了大帐。

“成梗，你这次随我出征。上次对离石邑城的地貌特征清楚吗？”

“大体还晓得。”

“离石邑城已成为危邦险地，司马飘香，你晓得吗？”

“属下略知一二。”

“三千武卒出征，司马飘香为前锋，韦成梗与我为中军，副将乐羊殿后，白从德留守大营，有不服从命令者和后退者立斩！”

萧琼走上前来，说：“这次恶仗，还有一个任务，就是能够带出将军的小公子吴期。”

吴起看看萧琼，然后转向韦成梗和司马飘香说：“这是武卒成立之后的第一次实战，我军必战而胜之，但要速胜，需要在其背后的秦军老营完成一次成功的偷袭。”

6

说归说，但如何完成这次偷袭呢？吴起亲自带领三千魏武卒，去对付邢让率领的两万秦军，无异于以卵击石。但是，吴起脸上流露出胜券在握的表情。

那时的剑戟是一个士卒必备的武器。魏武卒的剑戟经过离石邑城请来的吕老七专门加工。戈和矛浑然一体，早在西周就有过，但始于吴起的魏武卒，长戟上不仅有啄、刺、钩的三种功能，还能在这个基础上连装三五个戈，其中刺杀的力度加大，并让吕老七又在刃的强度上下功夫。这些剑戟的运用，车战布阵是必须的，但在惯于夜战和偷袭的魏武卒中，尤其类似于殳的击打武器，有着菱形的铁锤，却是有着两三米长的木杆。吴起还让吕老七在菱形的铁锤上又增加了尖利的铁刺和锋利的尖角。当然，魏武卒首要的武器是弓矢，每一个武卒携带五十支利箭，还有三天的口粮，然后一声号令就出发了。

每一辆战车上配备五个武卒，共五十辆战车和二百五十名武卒先行开路，其余两千五百名武卒的盾、甲和胄等装备装在辎重车上了，由吕老七压阵。

这个时候，邢让率领的秦军再次攻击离石邑城了。南关城头那儿已经一片火海。

次日巳时了。蔺天成府邸内，田园力劝田秋月撤离。可是，田秋月依然在等着蔺天成击退秦军的好消息。南关城头的火海，以及一阵异常激烈的厮杀声，让小吴期也无心玩游戏了。两岁的蔺冉冉已经吓哭了。

“冉冉，你别哭，哥哥给你玩具玩！”小吴期过去抱住蔺冉冉。

柳婶也有些慌乱。“这怎么办呀？秦军打进来，如何是好？”

田秋月却说：“有蔺天成守护着离石邑城，保证没什么事情。”

田园叹了一口气说：“吴其昌去狼狐岭搬救兵管用吗？到现在还没有任何动静。”

“算了吧，请神容易送神难。吴起来了，也不是奔离石邑城而来的，是来接他的儿子的……”

小吴期连忙插嘴说："谁是吴起的儿子？这个吴起，怎么和我的名字一样呢？"

"不一样。"

"为何不一样？"

"吴起的起，和吴期的期，写法完全不一样。吴起是起来的起，而你的这个吴期是日期的期。"

田园也不再避讳什么了，跺跺脚，喊道："他连我姐都杀，更何况儿子……"

田秋月使了一个眼色给田园，说："别老当着孩子说这些。"

"迟早有一天会知道的，还用咱们说吗？"

这还正说着，刚刚出去的柳婶慌慌张张地跑进来了。

"秦、秦军，秦军、打进来了……"

田秋月问："秦军从南关打进来的吗？"

"不是，是一小股秦军迂回从东南角找到一个突破口。"

蔺天成府邸的大门被粗暴地推开了，撞进一对挥舞剑戟的秦军兵士来，带头的是一个秦军的什长，正是孟翔。只见孟翔腰胯佩剑，一头撞了进来，如入无人之境。

"这就是蔺将军的府上？"

田秋月挺起胸膛，凛然道："是，你要干什么？"

"你就是蔺将军的夫人？"

田园冲上前把田秋月拉在了身后，说道："两军对垒，这是男人们的事情，关女人何事？"

孟翔一挥手，上来两个面无表情的秦军士卒，一把拉住了田秋月。"跟我们走吧！"

田园突然冲上前去，一下子左踢右打，把两个秦军士卒打倒在地。然后，让田秋月带着五岁的小吴期和两岁的蔺冉冉快走。

"还想走，没门！"

孟翔再次一挥手，又上来七八个秦军士卒，把田秋月拉住了。小吴期冲上去，把一个士卒的手给咬住了，被那个士卒一脚踹开。

"把这个小男孩也带走吧！"

蔺冉冉哭喊着妈妈，又步履蹒跚地去拉倒在地下的小吴期。田园还想挣扎，可惜已被冲进来的更多秦军士卒团团围住。

这个时候，蔺天成府邸大门口又是一阵喧嚣的声音，然后一个士卒跑进来，说："吴起的魏武卒包抄了邢让将军的后路啦，攻城大军已经溃散了。"

"啊，那带着蔺夫人和这个小男孩赶紧撤！"

蔺府门口停着三辆秦军的战车。孟翔把田秋月和小吴期带进了最前面的轒辒战车上了。战车顶部有绑扎在一起的圆木，还有蒙在上面的牛皮，而车厢里装满着攻城的士卒。刚被带入轒辒战车上，只见里面漆黑一片，还有一股男人的尿骚味儿，挤得挪动不开手脚。田秋月就这样被他们裹挟着带走了。她的怀里躺着小吴期，过了一会儿，他就睡着了。

轒辒战车里幽暗、憋闷，一个个都是秦军士卒，还有那个孟翔，却坐在田秋月旁边。

"天成呢？天成现在也被抓住了吗？"

孟翔说："抓不住蔺将军，倒是把他的夫人抓住了。"听他的声音里，有了一种得意，这让田秋月心里一沉。

也正在这个时候，吴起带着韦成梗等一千士卒赶到了。他的副将乐羊带领魏武卒两千铁骑偷袭了秦军驻扎在邑城外二十里处的安国寺临时大营，并一把火烧了个一干二净。

吴起因为放心不下小吴期，就带着韦成梗和剩余的士卒杀回了离石邑城。南关城头上却不见了蔺天成，那个时候，魏武卒已经烧掉了邢让两万秦军的临时大营和所有粮草。邢让已经放弃了攻城计划，丢盔弃甲，早已不知去向，只是蔺天成这个时候又去了哪里呢？

第六章　出奇制胜

1

蔺天成扼守在险要的离石邑城南关城头，说不上固若金汤，但拖延到次日巳时吴起的援军到来应该不成问题。只是忽听另一个副将派人来报，说是东关城头东南角有一小股秦军从破碎的城墙豁口处攻了进来，而且直奔赵国的制币厂而去。

蔺天成随即带领着一个后备队杀向了老城夫子庙所在的制币厂。所谓离石邑城，就是西周时代出现天上的陨石，离这邑城不远处，陨石砸出了一个天坑，所以邑城才被称为“离石”。那时候制币厂的金属一部分来源于陨石，当然一开始主要使用的金属还是以青铜为主。铁器被称为“恶金”，只能用于农具的制作。而礼器和兵器主要还是使用青铜，所以被称作青铜时代。

早在公元前十二世纪，商王盘庚时期，波斯人的庞大帝国，也是靠着铁制武器建立起来的。但他们的铁都是熟铁，温度低，不溶化，从炉子里取出来的时候，还会损毁炉膛，因此产量也低。这种不熔化的软乎乎的铁砣子，像半生不熟的鸡蛋黄，只能敲打成形，所以做不出太精细的器皿。铁的冶炼，包括制币，发明了皮囊鼓风技术，这个皮囊子一呼一吸（被老子比喻为宇宙），几十上百人一起鼓动它，可以把火扇得很旺，以至于获得了比西方高出两百度的高温，达到一千两百度上下。在这样的温度下，陨石甚或铁矿石熔化了。纯粹液态的铁水从炉子中流了出来，赶紧把铁水浇铸进精致的槽具里，冷却以后直接成型。这就是最早的制币。早在春秋后期，赵简子用铁水浇铸出了一个大铁鼎。赵简子还能在铁鼎上铸出法律条纹。这在战国时期，赵国的铁水浇筑和制币厂与各个诸侯国比起来都是走在前列的。

对于离石邑城的制币厂，秦简公觊觎已久了。这次出征前，秦简公就亲授邢让机宜，拿下河东孟门之后，择机攻打离石邑城，尤其离石邑城的制币厂技术、规模和产量，对于秦国来说正是如同雪中送炭。蔺天成唯恐制币厂被秦军破坏，随即带领后备队赶到夫子庙，并占据了有利地形，对来犯之敌予以迎头痛击。

制币厂刚刚布防停当，却见西街策马过来一人，细看是田园。蔺天成还不以为然，招呼田园下马一块商讨如何更加合理布防制币厂的大计，结果田园很不耐烦。

"姐夫，你还有心在这儿优哉游哉呀？"

"怎么啦？出什么事啦？"

"夫人和小吴期被突袭进城的秦军掳走啦！"

"你说什么？这怎么可能？他们的目的不是制币厂吗？"

"什么制币厂？夫人和小吴期是死是活，都很难预料了。一个叫孟翔的秦军什长带着他们上了一辆輶辒战车，不知去向。"

蔺天成颓然坐在了制币厂里一座铁炉旁，叹了一口气，"嘿，这算啥事呀，怎么没有想到邢让会用这一招？"

"早知如此，还不如秦军刚攻城那会儿，让夫人和小吴期跟着吴其昌去狼狐岭就好啦！"

唉，现在说这个还有什么用。蔺天成心里着急，可是又不能在士卒面前过分地失态。还能怎么样呢？

"吴起的援军呢？"

"吴起的副将乐羊带着魏武卒点燃了秦军二十里以外的大营和粮草库。邢让立马就退兵了。"

正在这时，吴起的战车来了。离得老远就听到吴起向蔺天成叫喊，也不知道叫喊着什么。一会儿，战车近了，吴起跳下来，质问蔺天成："怎么保护的妻儿老小？要你这个守将还有何用？"

蔺天成当下抹不下面子，就说道："你吴起一个魏军将领，管起我赵国的事情来了？"

"怎么？你还不高兴？老婆孩子都让秦军掳走啦，还有心思在制币厂里瞎转悠？"

"谁瞎转悠啦？我这是保护赵国的经济命脉，制币厂的破坏，可不敢大意……"

吴起劈头打断了蔺天成的话，然后直截了当地问："我儿子呢？"

"你儿子？"

"现在还装什么装，我儿子被秦军掳走了！"

"我老婆也被掳走了，你怎么不管？"

蔺天成一边据理力争，一边布置追兵，争取把夫人和小吴期半道截回来。

"你这晚了，我已派韦成梗带着一个预备队追出西城了。"

"吴其昌呢？"

"吴其昌也去了。但能否追得上，就看造化了。魏军的战车没有秦军的輶辒战车跑得快呀！"

2

早在一年前，吴起对魏武卒的军事训练大多在营地中进行。依次进行，就是从伍长到什长，从士卒到伯长，随后是前锋与中军，中军与殿后的队列衔接，以及各个副将之间的随机应变能力。所谓兵教之法，奖优罚劣，即明刑罚，以正劝赏。什伍的教练，重在严谨的秩序感和仪式感，以板为鼓，以瓦为金，以竿为旗。

绵密的雨丝从绿叶的缝隙间穿行而过。零零碎碎的积水在地面上形成一组组变化莫测的图案。哗啦啦的雨声如同一种不紧不慢的伴奏，与训练场上的板、瓦、竿的击打和舞动声形成了呼应。魏文侯在安邑都城问过吴起，坐镇西河郡有什么要求？吴起并无要求，却是提出需要一个副将，他相中了乐羊。乐羊？吴起也知道，打中山国时，自己还曾是乐羊的部属，现在让乐羊当吴起的部属，人家愿意吗？

魏文侯说："没啥愿意不愿意，寡人一句话的事情嘛。"

"乐羊到了西河郡，虽然是副将，但他有与以往一样的决断权力。"

乐羊一副憨厚的模样，与他小时候与一只小羊相依为命有关。乐羊说："很小时就与小羊吃在一起，睡在一起，原本我不叫乐羊，可是父母一看我整天与小羊待在一起乐呵呵的，就起名为乐羊了。"

乐羊乐呵呵的性格感染了吴起。吴起在老家左氏的早年经历，让他的性格变得阴郁沉闷，甚至有时会陷入沉思发呆之中。但在征战中山国的时候，吴起发现乐羊总能在艰难的行军和漫漫的长夜之中找到生活的乐趣。他喜欢与乐羊在一起聊天。他甚至把自己二十岁那年从左氏去朝歌的搞笑故事讲给乐羊听。吴起总是在朝歌见门就进，见王爷就拜。吴起在左氏给那里的衙役送礼一出手就是一百金，但到了朝歌这样的大地方，一千金、一万金，那些王爷都不眨一下眼。吴起的父亲吴猛是左氏出了名的商贾巨富，但也经不住吴起这么出手大方地一股劲地送。这叫肉包子打狗——有去无回。吴起对乐羊说，二十岁出头就想当官，于是就靠到处求门子找关系，见王爷，拜码头，千万金散尽不复来，但还是没能求到一官半职。去朝歌时，吴起还是挥金如土的公子哥儿模样，一两年重新回到左氏时已经一贫如洗了。吴猛挣的万贯家财都被儿子吴起散尽了，却没有捞到一丁点好处不说，回来后变得更加狼狈不堪了。直到回到左氏，吴猛被强盗杀害后，在从前阔绰的院落里大摆家宴时，吴起喝醉了，一伙不怀好意的人分别来向他敬酒，嘴里说的都是一些冷嘲热讽的恶心话。酒壮㞞人胆，吴起喝醉了，进了家门拿出了大砍刀，然后把院门关上，把那些冷嘲热讽他的地痞恶霸一个个就地砍杀起来。吴起的母亲和妻子都吓傻了。

乐羊听得都瞪大了眼睛。吴起拍拍乐羊的肩膀，说道："你放心，兄弟！我再不会像二十几岁时那样冲动了。我现在只想在西河郡，在魏文侯交给我的五万人马里挑选精干人员，组建一支魏武卒，具体实施就由你负责。"

乐羊并不害怕，其实他也是一个见过大世面的人，不用说吴起在左氏那些没边没沿的烂事了，就是开打中山国大敌当前被团团包围住的时候，他都面不改色心不跳。乐羊是一个早已把生死置之度外的人。乐羊也给吴起讲童年时期的那只小羊长大后被宰杀的命运，当时乐羊刚刚十二岁，亲眼看见了那只陪伴他童年的小羊长大成一只壮年的羊然后含着泪被宰杀的那一刻，就不再对这个世界上任何惨无人道的事情抱有哪怕是一丁点的恐惧心理了。尤其，乐羊儿子被中山国王宰杀，并派人送来他儿子的一碗肉汤，他都能够从容地喝下去。

只是吴起不一样，有时他的情绪像在剧烈颠簸中依然前行的轒辒战车，咕噜噜咕噜噜地上下起伏着波动很大。也就在副将乐羊带着魏武卒杀向秦军二十里外空出的老营时，等邢让的秦军主力撤走后，吴起带着几百人与守城赵军会师，却看不到守将蔺天成的踪影。吴起在蔺府见到了田园，才得知田秋月和小吴期被秦军掳走的消息。那时，他怒火中烧，遂下令追击。柳婶哭哭啼啼地说：“原本小吴期是没事的，秦军在抓田秋月的时候，他扑上去拽她，却被一块抓走了。”柳婶身后的蔺冉冉则在哭闹着喊道：“我要妈妈！我要爸爸！”

蔺府大门外停着一辆魏军的战车。吴起抱着蔺冉冉上了战车，然后向制币厂驰去。

蔺冉冉远远地看到制币厂大门口的蔺天成，就挥着手，喊：“爸爸，爸爸！”蔺天成从吴起怀里接过了蔺冉冉，然后问道：“妈妈呢？”不问不要紧，这一问，蔺冉冉又放声大哭了。“妈妈被坏人抓走了。还有期儿哥哥也被抓走了。”

吴起一声不吭，让蔺天成上了战车。回到蔺府门口，蔺天成把冉冉交给了站在大门外瞭望的柳婶。吴起让战车再次加快速度，疾驰如风。“这是去哪里？”蔺天成也不好问，直到出了南关，远远看到乐羊得胜回朝的队伍，才明白了几分。

乐羊对吴起说：“邢让带着秦军主力虽然扑回了大营，但是他们已经晚了。秦军的大营和粮草都被烧光了。邢让现在已经无心攻城，已经向西南方向的孟门撤走了。”

“没有看到秦军掳走我们的人吗？”

“谁被掳走了？”

吴起一言不发，却是身后的蔺天成说：“我的夫人田秋月和小吴期被秦军掳走了。”

“又出来一个吴期？”

“是吴期的期，日期的期。吴起的五岁儿子。”

乐羊还是一副平和的态度。“我们在秦军大营俘虏了两个吴越歌姬，一个叫戴芙蓉，一个叫修嫦娥。”

“两个歌姬？那又能怎么样？”

“可以用她们两个歌姬，换取蔺夫人和小吴期。”

吴起眼睛里突然有了一丝亮光，但很快又熄灭了。“两个吴越歌姬换取我们的人，这个邢让会答应吗？”

蔺天成说：“行不行，可以试试。人命关天，我觉得可以派吴其昌作为特使到秦军大营去一趟！”

一边的吴其昌刚刚追赶被秦军掳走的蔺夫人和小吴期未果。他看了一眼蔺天成，说道：“我可以跑一趟，或许有希望。救人要紧！”

3

吴其昌此去能否救回蔺夫人和小吴期，谁也无法打保票。但是，如果放任不管，邢让的秦军过了黄河就更加麻烦了。趁着秦军还在孟门一带，蔺天成派吴其昌去，也是为了探听秦军虚实，也顺便把戴芙蓉和修嫦娥这两个吴越歌姬带上，但不能一下子带到秦军大营，先看邢让是否有此意向再相机行事。

蔺天成觉得虽没有多大把握，但也只能死马当成活马医了。千不该万不该，早就应该考虑田秋月和小吴期他们在吴其昌前往狼狐岭搬救兵时一起转移就好了。可是，田秋月当时也不想去，一看到那个杀了姐姐的姐夫吴起就气不打一处来，再加上田园也坚决反对，甚至都没有相关的应急预案，才使得他们一下子落入了秦军之手。

吴起也一直不敢面对小吴期的眼睛。尽管上次在离石邑城时小吴期并不知道他的真实身份，还弄不清自己的父母究竟去了哪里，一直在向姨妈追问个不停。田秋月总是搪塞，说是小吴期的父母去了很远的地方。如果，当时突然把小吴期送到狼狐岭吴起身边，他自然会问起自己母亲的下落，到那时就更加被动了。再说，蔺天成也不太相信吴起会对小吴期好，更不用说尽到一个做父亲的责任了。当秦军攻打离石邑城时，蔺天成没有想到会发生妻子和小吴期被掳走的事情。蔺冉冉泪汪汪地找妈妈，也让他手足无措。

谁能知道邑城内会蹿进一小股秦军来呢？蔺天成只是觉得两军交锋，一定与女人和小孩无关，于是带人先去守护赵国在邑城的制币厂。结果，顾此失彼。那一小股由孟翔带领的秦军只是去了蔺府带走女人和孩子做人质，蔺天成根本没有想到秦军会来这一招。现在蔺天成看看吴起，觉得他也没有一丝一毫打了胜仗的喜悦。这件事情，无论让谁说都觉得是一大失策，虽然秦军大营和粮草烧掉了，攻城的秦军也撤走了，但蔺天成被掳走了妻子田秋月，吴起也瞬间丢失了儿子，自然大家都有些高兴不起来。

说句实话，离石邑城危在旦夕之间，蔺天成作为守将先去保护赵国的制币厂，也是职责所在。吴起上次与小吴期见过面，但没有相认。一是小吴期根本不认识他；第二是吴起也没有做好面对儿子的准备；第三，田秋月和田园也不想让他与小吴期在这个时候仓促间父子相认，怕给孩子带来二次伤害。所以，那次从离石邑城回到狼狐岭魏军大营，吴起又陷入深深的自责之中。因缘果报，一切都是定数。既然一开始就酿成悲剧，那么接下来就无法避免相关的频发后遗症和次生灾害。

每到夜深人静，吴起坐起身来，去读《左传》，读不下去；再读《孙子兵法》，还是心不在焉。他只是盯住了睡榻一侧的萧琼。萧琼的鼾声又让他想起那些往事。而大帐外的风声中，能清晰地辨别出那只熟悉的野狐哭喊声。玫瑰色的野狐幻化成一只千年的白狐，只因为在寻觅此时此刻的吴起。

“妈妈，妈妈，你在哪里？你还我妈妈！你还我妈妈！”

耳边传来了小吴期的哭喊声，却是一愣神，闭着的眼睛再睁开，却是什么也没有，只有大帐外挂着的一盏孤灯，还有哨兵的脚步声。

“你把妈妈带到哪里去了？”

小吴期的声音只是吴起的一种幻听。这段时间，吴起总是在幻听。他后悔上次在离石邑城没有父子相认。父子之间有什么话不能交心的呢？可是，田小璇的死，成为缠绕在吴起和他儿子小吴期之间的藤蔓，无法走近，却又无法松开。

吴起眼前出现了更加清晰的一幕。那是一辆正在疾驰的带有厢轿的马车。田小璇的眼眸里有一种亮光一直照耀着吴起。原本不想去，可是吴起母亲非要让他去一趟齐国。

“我们吴家不能让人家田大夫小瞧呀！嫁出去的闺女，并非泼出去的水！”

所以，母亲让吴起跟着田小璇一起回门。从卫国左氏到齐国临淄一路顺风。新婚后的回门让田小璇始终面带笑容，眼眸里的笑意让整个车厢充满了温馨感。马车一会儿在颠簸中飞跑，一会儿在陡坡上攀升，一会儿又是飞流直下三千尺，不断地从坡顶滑落。然后是狭仄的山路，叽叽咕咕的木轮在耳边作响。马车里侧是陡峭的山坡，外侧是万丈深渊。偶尔有飞鸟的叫声，让田小璇趴在窗口眺望。田小璇的曼妙身段形成一个妖娆的 S 形状，而一头长发散开来，让吴起有了抚摸的冲动。

“干什么？”

“我给你梳头。”

“我自己不会梳呀，还用得着你来梳。再说，你又没有梳子。”

阳光从车窗那儿打进来，在田小璇身上形成一股无法言说的光环。而吴起一直坐在阴影里，一言不发。

“我有点害怕你。”

“你怕我什么。我又吃不了你。”

田小璇的额头很像儿童般的天真，眼眸一汪汪溪流的闪亮，鼻梁端正，嘴巴微微翘着，白皙的脖子和微微起伏的前胸，让吴起觉得有一种惊若天人的感觉。

“我怕——”田小璇看吴起在看着她。“我怕你把我从悬崖上推下去。”

“这个可能吗？根本没有理由呀？”

“有理由，你想再娶一房。在我之前，就有一个姐姐被你休回娘家去了。”

“你怎么知道的？连这个你也知道。你可能不知道的是你说的那个姐姐没有按照我的要求做一件衣服……再说，那是很久以前的事情了，我喝醉酒就管不住自己了。”

田小璇涨红着脸。“你、你还杀过人。”

“你这个都是道听途说……”

“不是道听途说。邻里都说，你喝醉酒就换了另外一个人，无法无天了。”

吴起想了想，还真有这事。在左氏没人敢惹他。他吴起是挥金如土，但都是为了在仕途上有大的发展。几十金，一百金，这个不叫钱。到了朝歌那样的大地方，你总算见到一个通天的王爷，不断地动辄千金万金地花，倒也是见识过不少权倾一时的大人物，但他把父亲吴猛挣来的万贯家财全部散尽，也没能在卫国的都城朝歌换来一官半职。

“夫人，记住，我不会杀好人，杀的都是坏人。”

“谁的额头上会写自己是坏人呀，都是爹娘老子生养的，今后杀人的事情可不能再干了。”

吴起向田小璇做了保证，然后用手指给她梳理头发。田小璇轻轻推开他，然后拿出一个小包袱，从里面拿出一把小木梳子来了。

“夫君，我从悬崖上掉下去，你会救我吗？”

吴起接过田小璇递来的木梳子，然后给她梳着头发。

“你这只不会下蛋的小母鸡，你说呢？”

田小璇没有生气，只是柔声地说：“稻田收成好不好，要看种田人的手艺。”

“我不愿意做种田人。”

“种田人多稳当呀，不会有你这么多烦恼！”

“我的志向不在那儿。”

“那你想做什么呀？”

“我就想当一名领兵打仗的将军。”

“将军？那可是要杀好多好多的人。”

“我不会杀无辜的人！”

4

站在离石邑城南关城门口，能够远远地望到溃退的秦军。其实，对于邢让来说，秦军并非溃退，而是直奔二十里之外的大营。一片火海之中，秦军的粮草已经灰飞烟灭了。留守的两千人马死的死，伤的伤，还有的在乐羊偷袭的魏武卒撤走之后回来救火的，但也是无补于事了。邢让站在安国寺对面的土垣上叹了一口气。

“来人哪！把守护大营的副将卢胜给我带上来！”

只见一个一瘸一瘸的屯长走到邢让跟前，说道：“副将卢胜在乐羊绑走将军那两个吴越歌姬的时候就中箭身亡了。”

邢让想起了戴芙蓉和修嫦娥这两个秦简公送给自己的吴越美女，竟然还没有消受几日，就被魏武卒劫走了。唉！怎么就没有想到魏武卒会有这么一招。秦军主力并不害怕与魏武卒正面交锋，问题是他邢让正在攻打离石邑城的时候，魏武卒却在秦军背后干出了这种偷袭大营的龌龊事情，这算打的哪门子仗呀？天底下有这么打仗的人吗？除了这个吴起，看来还真找不出这样一个声东击西、专门打人家软肋的将军？什么东西？真可谓是可忍，孰不可忍？

现在，秦军的安国寺大营没了。邢让遂下令向孟门方向撤退。正在撤退的路上，背后传来一阵激烈的马蹄声。邢让下意识地向后打量，竟然是什长孟翔。这次孟翔带领五十人从离石邑城东南口突袭进去，原本是扰乱一下蔺天成的守城斗志，却没想到有了意外的收获。蔺夫人被掳回来了。另外还有一个更大的惊喜，吴起的儿子吴期也落在了他们的手里。

孟翔把轒辒战车上的田秋月和小吴期拉了下来。田秋月说道：“用不着你们拉，我自己会走！”小吴期见姨妈如此，也对秦军报之以仇视的目光。

“是你们把我妈妈抓走的吗？”

“你妈妈？”邢让一下子有些费解。他先看看田秋月，然后再看看吴期。

“你还我妈妈！”

“什么呀？这都是怎么回事？与这个孩子在一起的赵国女人不是他的妈妈吗？”

孟翔凑到邢让跟前耳语一番。邢让一下子明白了几分。“啊！原来这小子真是那个杀妻求将的吴起的小公子呀！好！魏武卒烧掉秦军大营，秦军可以拿吴起的儿子祭旗啦！”

田秋月把小吴期拉到自己身后。

这就是孟门所在的一处幽静的驿馆。邢让没有带进来一个士卒，只有孟翔紧随身后。等在花厅中坐定以后，田秋月就感觉到一种蹊跷，为何领她到此，而不是关起来。

“夫人不要疑惑，本将军与蔺将军交战是攻城略地的国家利益之争，并无私仇，只要夫人传话给蔺将军退出离石邑城，就会与这个小男孩一起回到蔺将军的身边，意下如何？”

田秋月看着邢让得意的眼神，又忽然想起吴其昌提议让她和小吴期在秦军攻城前转移到狼狐郡的事情来了，很后悔她自己意气用事，无法接受投奔到吴起大营的建议。毕竟，田秋月心理阴影一直很浓重，她可以接受可怜的小吴期在自己身边，而无法面对无情无义的吴起，到如今后悔也迟了。

“夫人在想什么呢？吴起的副将乐羊不仅火烧了我们安国寺的大营和粮草，还抓走了我两个心爱的吴越美女。吴起这是想要干什么？他妄想霸占我大秦的河西之地也就罢了，现在还欺压到我的头上了，开始与我争抢女人？听说，夫人是吴起从前那个妻子的小姨子，既然如此，能否与我做一笔交易？”

“什么交易？”

“一是让蔺将军十日内放弃离石邑城，二是用夫人和这个小男孩交换被吴起抓走的戴芙蓉和修嫦娥这两个吴越歌姬。如果夫人同意，本将军立马派人送你们回离石邑城。”

邢让说完话就出去了。花厅里只留下孟翔和两个士卒看护着田秋月和小吴期。

5

打了胜仗，吴起回到狼狐岭没两日，却在蔺天成亲自邀请下，再次到了离石邑城的蔺府。

蔺天成的心情并不好，夫人田秋月被抓，尤其小吴期的下落也牵扯着吴起的心。可是，你再着急又有什么办法，任何问题都得一步步去解决。

蔺天成原本想让吴其昌当这个特使的，但后来在吴起的建议之下，还是起用了荀康。荀康这个年轻人不一般，自从那次在离石邑城见过之后，就又去了秦地临晋云游。这不，吴起又在安国寺遇到了正在大殿中上香的他，就问他愿不愿意当这个特使去救人，荀康倒是很爽快地答应了。荀康说过两日即去孟门秦军大营。荀康在临晋给邢让看过一处宅院的风水，邢让一定还能记得他。

这日，蔺天成吩咐柳婶摆了一桌酒宴。在酒席中，蔺天成首先起身恭敬而又谦逊地给吴起敬酒。吴起则摆了摆手，转身把乐羊拉了起来。

“这次离石邑城之围，功在副将乐羊。蔺将军，没有乐羊出其不意地袭击秦军二十里之外的大营，并毁掉其粮草，怕是邑城危矣。”

“那是，那是。”蔺天成随即把满满的酒杯向乐羊敬去。

乐羊谈起带兵之道，也是滔滔不绝，不愧为吴起专门在魏文侯面前点将的副将。通常五人为伍，设伍长，十人为什长，五十为屯长，百人为百将，五百人为五百主，千人则是二五百主，设立将军了。吴起在驰援蔺天成时，亲命打造的武卒方阵由其指挥。所谓“魏舒方阵”，又称五阵，前后左右，中间是空的，这也是在狭窄的奔袭路线过程中瞬间变换出的队形。

乐羊在此次出征时，又对单个武卒有严格的要求和挑选。这次袭击秦军大营的武卒，每个人按照规定手执一支长矛不说，身上还要背着五十支箭与一张铁胎硬弓，同时携带三天的口粮，总重量约五十来斤，并在三个时辰左右连续急行军一百里到达攻击的位置，甚至还要能够有力量立即投入战斗。

这次出征是在子夜时分，巳时还未到，吴起率领的小股人马对攻城秦军的侧翼展开佯攻。而乐羊已经在秦军二十里外的大营开战了。驻守在秦军大营的两千多人组织了临时的反击措施，并企图伺机突围。而乐羊在秦军对面的山顶上组织了每一排十对以上的弓箭手，每一次集中放箭都在二十排以上，轮流不间断地向下齐射，空中陡然间下起了剑雨，不给秦军任何喘息的机会。弓箭手前面立着一个一个盾牌，乐羊一声令下，万箭齐发，形成一张让秦军无处躲藏的箭网。结果很快就见了分晓。秦军组织的方阵刚刚出营，副将卢胜就中箭身亡了。秦军方阵一下子群龙无首，竟然一哄而散了。

吴起站起身来，再次对蔺天成说道："这就是乐羊。"然后，他又向后挥了一下手，让韦成梗把从秦军大营俘获的戴芙蓉、修嫦娥两个吴越歌姬喊上来，高歌一曲。

时令有些冷寒，厅堂上却温暖热烈，暖炕正烧得烈火熊熊。厅堂中间和周围各处都有着龙凤呈祥的精致火盆。只见火光闪烁，激情燃烧，诸多的香草和芬芳的花束沁人心脾。

戴芙蓉先款款而来，远远看去，并不像是被魏军掳获而来，倒像是主人的步态。再看戴芙蓉的面容上也是一种如梦似醉的神态，迷离朦胧的曼妙旋律中，竟然让吴起回到了朝歌的岁月。那些青春的记忆，在戴芙蓉的歌声中复活了。

吴起已经喝多了，舌头有些打卷，发木，甚或说话也有些颠三倒四。如果身边没有戴芙蓉的歌舞缭绕，以他吴起的脾性是要在酒醉的时候杀人的，可是他没有杀人，原本违抗军令的几名士卒也推迟了处罚。

戴芙蓉搀扶着吴起到了几案旁边的一个锦绣睡榻上，给他解开衣衫的时候，他就抓住了她的一双手，问道："你、你、愿不愿意留下来……"

戴芙蓉挣脱了吴起的手，只是委婉地一笑，猛然让吴起想起了远逝的田小璇。

"你是、你、一定、是、田小璇。"

"将军，你喝醉了。我只是一个被俘的歌姬。"

"你是哪里人？"

"将军，我出生在吴越，一年前被秦军掠夺到了雍城。"

"你是田小璇！"

"将军，奴婢不知道田小璇是谁？"

这个时候，修嫦娥前来扶着吴起，吴起推开她，只是拉住了戴芙蓉紧紧不放。

萧琼在后厨帮着柳婶打下手。不知道什么时候，她来到了吴起身边，然后不冷不热地说："夫君，你该认识奴婢吧？"说着，她把一个铜盘上的热茶杯递给吴起。"夫君，你醉了！"

吴起一把推开铜盘，铜盘上的热茶杯翻落在地下，正好烫了修嫦娥的脚。戴芙蓉要扶修嫦娥下去，吴起却说："慢，你留下！"

萧琼对吴起说道：“夫君——”

“我不是你的夫君！”

萧琼上前把吴起搀扶着，然后说道：“夫君，我重新给你泡一杯热茶，醒醒酒就好啦！”

戴芙蓉重新端上来一个铜盘，把热茶递给吴起，吴起就痛快地喝了起来。一旁的萧琼脸色变得十分难看。

吴起接过杯子并不松手，一边喝了两口，一边目不转睛地盯住戴芙蓉，然后说：“吴越之地，与卫国接壤，你我算是老乡了。”

戴芙蓉身段苗条，而且该丰满的地方丰满，绰约多姿，走起路来飘飘逸逸，娉娉婷婷，一步三摇，却是与萧琼完全不同的风格。只见她黑发若云，涟漪荡漾，面容姣好，细若凝脂，眉毛微竖，下巴轻扬，秋波顾盼，酒窝含笑，宛若沉醉的美酒，顿时让吴起目瞪口呆。

在低垂的粉红色纱帐外，戴芙蓉蜂腰若舞，裙衣似幡，在一阵行走如流水中，慨然高歌——

祈求佛把我化作一朵云
飘在你每天必经的路旁
那是前世的深深期盼
穿梭于战火中终于遇见
一种深邃绵长的默契
暗示心照不宣的秘密

悠扬的歌声里，充满了逃难奔走的辛劳和苦涩的泪水。吴起一时间听得也唏嘘不已，竟然在纱帐里大声叫着田小璇的名字，然后号啕起来：“报应，报应呀，小璇，我这次打仗胜利了，其实是打败了呀！我丢掉了我们的儿子！我对不起你呀，欠你的只能来世再还啦！”吴起撩开纱帐把正在唱歌的戴芙蓉拉到睡榻上了。

“将军，你要干什么？”

吴起把戴芙蓉拉进纱帐以后，又不知道自己要干什么了。幸亏，戴芙蓉经历这类突兀的事情太多了。修嫦娥把一个托盘递进来，上面有一杯温茶。

纱帐外的萧琼只是干着急，不敢进来，只是一个劲地叹着气。修嫦娥把温茶递给吴起之后，吴起不接，却是戴芙蓉把茶杯重新端起敬他，并左手搂住他的脖子，然后缓缓倒入他的口中。

“我，我还想喝你倒的茶……”

戴芙蓉就又转身倒了一杯，正在递给吴起的时候，吴起把她抱住了。戴芙蓉的腮帮、额头、眼睛、鼻子、嘴唇、脖子都被吴起疯狂地亲吻着……

6

荀康在纱帐外的几案上自斟自饮，偶或用眼睛的余光打量着吴起醉酒的丑态，不由得叹气。

英雄难过美人关，即便能征善战的吴起也难免这个俗，人都是肉身凡胎，在某种时候放纵自己，才可能是另一个真实的自己。酒醉心里明，吴起只是借着酒劲来发泄一种压抑的情绪而已。荀康的老师也是曾申，与早年的吴起有过交接，后来荀康又转而学习阴阳八卦，有时又会摇身一变成为察看风水的堪舆大师。无论是秦国的邢让，还是建立魏武卒而开始赫赫有名的吴起，在荀康的眼里都如同浮云。那些英雄豪杰大丈夫的所作所为，不见得都是光彩照人日月可鉴，恰恰相反，那些血腥的杀戮，那些你死我活的争斗，都是打着拯救水深火热中天下万民的诸多旗号，其实质都是蝇营狗苟，背后干着见不得人的勾当。比如吴起当年的杀妻求将，不仅在鲁国所引起巨大的争议，即便在各个诸侯国都成为万民茶余饭后的一个热点话题。荀康觉得吴起总是得不偿失。吴起是有着军事天才的，而且在领兵打仗的这一行当里总能开一代风气。

这两年来，荀康从鲁国先到了韩国，又去了秦国，再然后才来到魏国。荀康每次与吴起错肩而过，并不是别的原因，主要是他有些摇摆不定，很多时候无法认同吴起性格中的一些缺陷，但他的兵法思想里有一些让荀康拍案叫绝的地方。吴起说：“内修文德，外治武备。”吴起还说：“昔之图国家者，必先教百姓而亲万民。”尤其，吴起对战争的看法，“凡兵之所起者有五：一曰争名，二曰争利，三曰积恶，四曰内乱，五曰因饥。”吴起的很多理念，荀康是认同的，但这些再好的理念一旦进行实践就会走样。当然，荀康也会有一种失落感，虽然他自己多半时候追求的是云游四方的洒脱和自在，但也有几许落魄的无奈。拯救万民，实施仁政，只能出仕做官。当年吴起为了当官散尽万贯家财都没有在卫国捞到一官半职，反倒成为仇家的笑柄。只有手中掌握操控一切的权力，才有可能蛟龙出海。荀康现在看到吴起掌权后的威风凛凛，地位显赫，但出仕当官还是与其本性不符的。荀康清醒地认识到自己的缺陷，只能走一条与吴起完全不同的人生之路了。

这次与邢让在孟门的谈判如何应对，荀康并无太大的把握。再加上出行之前，吴其昌的使者身份换为荀康等一行的保护者。随行的几十名士卒和一名佰长由他负责。戴芙蓉和修嫦娥走出大营之后，吴起依依送了出来。戴芙蓉走到吴起跟前，说道："将军，让奴婢留下服侍您吧。可以吗？"吴起扫了一眼身后的萧琼，反问："为什么？"戴芙蓉就一下拜倒在地，说："奴婢虽是吴越人，但出生在睢阳。吴将军出生的左氏城，离奴婢出生的地方不远，往北去，仅仅隔着一条宋国的河流。这让奴婢总有一种君在长江头、奴在长江尾的感觉。相对而望，就连生活习惯都差不多。"萧琼远远地望着这一边，直到戴芙蓉已经随着修嫦娥走远，才走到吴起跟前。

吴起问萧琼："有事吗？"他还是有些心神不定地望着戴芙蓉，心思并不在萧琼这边。

"没事回了狼狐岭再说。"

萧琼说："我有事要说。"

吴起依然望着戴芙蓉远去的方向。一望无际的天空，没有一丝云朵，也没有一点风，除了湛蓝还是湛蓝，阳光打在吴起的身上，却是让他不由得叹了一口气。

"拿我和戴芙蓉换吧！"

"什么意思？"

"把戴芙蓉留下，我愿意去孟门，赴汤蹈火在所不辞。"

"这个行得通吗？邢让可是让戴芙蓉和修嫦娥这两个吴越歌姬回去。"

"既然夫君喜欢戴芙蓉，我宁愿自己去换。夫君，就让我再叫您一次夫君吧！我想戴芙蓉也情愿留下来。"

吴起低下了头，沉思良久，然后说道："邢让肯定不愿意交换。"

“邢让会愿意的。”

“为什么？”

萧琼说道：“这个兵荒马乱的年代里，女人还不如你们男人的一件衣服，都喜欢图个新鲜，女人不就是男人的玩物，不断地换来换去的吗？或如吴氏，不知现在嫁到哪里？或如小璇姐姐，死都不晓得为何而死的吗？”

吴起无语了。“可是，如此交换，邢让会放田秋月和小吴期回家吗？”

萧琼却说：“邢让这人并不陌生，早在吴国姑苏从学于楚国郢都的大夫时，我曾被他俘获过。邢让曾说过有机会一定要娶我的。只是后来，又被鲁国军队从秦军手中掠到了曲阜，随后才有幸遇到夫君。”

“唉，这都是什么事呀，剪不断理还乱，本将军也不知道该如何是好啦。”

“就让奴婢去吧。奴婢本就是一叶浮萍，漂浮在这个战火燃烧的乱世里。”萧琼抛洒了一掬清泪，然后倒身又一拜。

吴起语塞了。萧琼自作主张，骑上了吴其昌给她备好的白马。当然，还有慷慨激昂的荀康已经在前面开路了。不说为什么，只为了此行的勇敢，吴起给萧琼一个郑重的回礼。后会有期，其实是后会遥遥无期。萧琼知道这一切，所以刹那间潸然泪下。

与此同时，黯然离开的戴芙蓉却是欢呼雀跃，飞奔到吴起身边。众目睽睽之下，两个人却是久久拥抱在一起了。

“你为何要留下来？”

“在您身边有一种强大的气场罩着，好有安全感。”

吴起抱住戴芙蓉，目光却是盯住了远去的萧琼，无声地叹了一口气。

第七章　回首经年

1

漫天的风沙铺天盖地，遮蔽了荀康的眼睛。那是荀康来到临晋的日子。

早在多年前的某一天，吴起被老师曾申赶出了书院，荀康当时也在鲁国云游。荀康也曾拜在曾申门下。学过一段之后，曾申倒是有意收他为正式的弟子，并要举行仪式。那时吴起刚被赶走，曾申正想体现他那广纳天下英才的宽广胸怀，不料荀康也和吴起一样一根筋，不满意他在一些学术理念上固守刻板，甚至还屡屡提出相左的看法来针锋相对，以至于一点也不买他的账。这让曾申面子上下不来。曾申说荀康和吴起是一丘之貉。可是，荀康觉得自己和吴起不一样。吴起求仕当官沽名钓誉不择手段，荀康可不想这样。穷首皓经的日子一眼就能望到头，荀康只想一个人云游四方，乐得逍遥。

吴起当初的杀妻求将，荀康并不认同，甚或还认为这简直是一种泯灭人性的犯罪行为。但当鲁穆公趁着荀康给宫殿查看风水时说到吴起，并问能否重用此人？荀康说：“若要让鲁军去迎战齐军，眼下也只有吴起能够担当此任。”鲁穆公又说：“谁当这个上将军还真是一个难题，朝堂上大多数老臣一片反对之声，认为起用吴起，有失祖宗三纲五常伦理，杀妻求将乃大逆不道呀！”荀康又说：“热衷于空谈的人，并不会见诸行动，甚或不仅于事无补，还在很多时候坏了大事。依在下看，目前力挽狂澜之人还真非吴起莫属。”

随后，吴起得知荀康在鲁穆公跟前推荐自己，很是感激，就专程来曲阜郊外的一处农家院落拜见荀康，并找他占卜一卦。荀康对吴起的军事才能没有丝毫怀疑，但他在私下却问的是另外一个问题。吴起并不想回答，但因为荀康紧紧盯住他的目光，让他无处逃避了。

荀康问："我觉得田小璇并不是你杀的，外界只是以讹传讹。你觉得呢？"

吴起心里还是很难受，无法接受的就是田小璇死在自己刀下这件事情。

"我喝酒喝多了。"

"我不是问你喝酒的事情。"

"我知道。可是，我真的并不想让田小璇死去。"

"那么，为何？是她自杀的吗？"

沉默良久。吴起说："这件事情休要再提了，无数人问过无数遍了。我的脑子里白天黑夜都是她——田小璇真的是我杀的。不是自杀。"

荀康面色严峻地再次质问："天网恢恢，疏而不漏，你知道因果福报，善恶是非吗？"

吴起也是没办法，这次能够受到鲁穆公重用当上这个上将军，也是太不容易了，有时机会稍纵即逝，不抓住，他吴起在离开卫国左氏老家时对母亲的啮臂而盟就会落空了。

"落空又如何？不当这个上将军又如何？怎么活都是活呀？我不想干那些个为了向上爬蝇营狗苟出卖良心的事情，我荀康就喜欢云游四方的人生，这不也挺好吗？"

吴起无语了。就是那次交谈之后，荀康远走韩国，后来又到了秦国临晋。而刚到临晋那一日，就是漫天风沙，让他一步步挪动着，望见了临晋远远的城门楼子了。

只是记得迷蒙的天气里的黄土高坡，还有临晋城里那狭窄的街景，开始爬坡，紧接着一拐，又是一面坡，两边林立的商铺，还有吱吱呀呀的牛车，以及各种小贩的吆喝声。荀康当晚住在了一家南城的驿馆，到次日醒来，已经天光大亮，艳阳高照了。

一阵悠扬的卫国左氏歌舞喧闹声吸引了荀康的注意力。循着曼妙的乐声，他向驿馆外走去，只见左侧不远的早点铺后面，就是一个户外的戏场子。一个土台子上有一个白胡子盲老头在咿咿呀呀地哼唱着什么。荀康听了半天却一句也听不懂。再看白胡子老头身边却有一个身着素服的长衫少女。起先并未引起荀康的注意，但到后来就发现她托在嘴边的六孔陶埙，那一双手指也很不一般，白皙如玉却又灵动修长，这陶埙所发出的声音也很不一般，历经磨难，百折不挠，曲径通幽而又引人入胜。

荀康等到一曲吹完，走上土台子问道："老人家，你们可是吴越之地的人？"

白胡子盲老头表情平和，良久才摇摇头。旁边长衫少女微微抬起头来打量荀康一眼，然后又低下头。

"你们是卖艺的吗？为何流落到此？"

一旁的几个看客，都是一些吊着鼻涕的小孩子，都好奇地盯住荀康看。

荀康的心里不是滋味。如今的天下，七零八落，周王室偏居一隅，各个诸侯封国间领土之争，互不相让，战乱频仍，一个个打得你死我活，都在求贤若渴，寻求富国强兵之策，苛捐杂税，民脂民膏，穷兵黩武，才会有今日父母无依，儿女无靠，流离失所，田园荒芜。到处厮杀，人仰马翻，血流成河，饿殍遍地。到处都是掠夺、烧杀、抢劫、放火、奸淫；到处都是横尸遍野，易子而食，一片片哭喊声，一片片挣扎声，一片片悲叹声。想到这些，荀康顿然觉得长衫少女吹的六孔陶埙里面，冷色的曲调中有了几许苍凉之感。

荀康随手把衣袖里的一块金子递到长衫少女手里。"你们不要害怕。我是卫国人，只是一介书生而已。这是我从栎阳邢让将军手里挣到的一块金子。送给你们吧。"

这次，长衫少女终于抬起头来了，当即起身行礼，说道："感谢您，这个怎么可以？"

"为何不可以？请问你也是卫国人吗？听曲调像是老乡。"

长衫少女默然了，随后一阵轻轻地啜泣，然后说："我是宋国人，名叫何瑾薇，那边战乱，跟随父母逃难出来，可惜在长江渡口与父母走散了。幸好，半年前在栎阳碰到了这个好心的卖艺老爷爷。母亲从小在卫国左氏长大，所以左氏歌舞是母亲教我的。"

2

这个时候的魏国安邑都城里却是一片风平浪静。百花庭门口出入的顾客不少，但显耀的达官贵人一般都走另外一个不会引起人们注意的偏门。翟璜习惯于忙碌一天公务之后来到这儿找一个僻静的雅间，与友人会面，总要来一桶杏花村酒助助兴。今日见面的是从西河郡归来的吴起副将乐羊。两个人一见面就会打个哈哈，彼此相对而坐，就不由得聊起了此次魏武卒救援被秦军围困的离石邑城等情况。

“敢问此行，有何贵干？”翟璜开门见山地问道。

“一来看望妻儿老小，二来就是为了魏武卒制定的攻秦计划而来。”

“攻秦计划？”

乐羊看看走进雅间的一个侍女，等把手中托盘上盛酒的小木桶置放在玉案上，然后摆摆手，让她出去了。乐羊这才对翟璜说：“攻秦计划首先解决西渡黄河的渡船和粮草问题，首战选择了临晋，整个计划的第一个步骤，吴起想拿下秦国的五座城池。”

翟璜皱起了眉头，然后说道：“魏文侯做事谨慎，攻秦计划有些大胆了，怕是以魏国如今的军力，似有些勉为其难。”

乐羊说道：“翟先生有所不知，攻秦计划的制定和尽早实施，对魏军有利。秦军这次攻打离石邑城失败，也说明了接下来会有更大的动作。临晋等五座城池位于秦国的北部地区，一旦攻克下来，有利于缓和秦军东犯的态势。”

翟璜把小木桶的杏花村给乐羊递了过去，然后说道：“自己先倒上喝。回到西河郡大营里，怕是喝不到这么地道的好酒。”

次日早朝，乐羊拜见魏文侯。魏文侯亲自扶起他来，问到救援离石邑城的情况。当魏文侯听说，吴起儿子吴期被秦军掳走的事情之后，心里也很着急。

“寡人即刻派人去。”

乐羊看了一眼旁侧的翟璜，才说道：“吴起儿子吴期被掳走的事情，已经派人去了。”

“至于攻秦计划暂时缓缓，等小吴期等人被救回，再做行动。西渡黄河的渡船和粮草，寡人交给翟璜爱卿去办吧。”

乐羊又介绍了驻扎在西河郡魏武卒的情况，到目前为止已经达到七万人马。所属各部，主力驻扎在位于赵国离石邑城对峙的狼狐郡一带，现在有了新的名称。

魏文侯充满兴致地问道：“叫什么？”

“吴城。”

“还有一个位于吴城东南方向约百十里的平川村落里……”

“又叫什么？”

“吴屯。”

“梧桐好呀，家有梧桐树，飞得金凤凰。”

“是吴起的吴，屯兵的屯。”

魏文侯哈哈大笑道：“好一个吴起，以后可以把吴屯改名为梧桐，这金凤凰就是吴起和乐羊这样能够为国领兵打仗的干将呀。”

乐羊在魏文侯面前开始还有些不自在，甚至很紧张，后来就放松了。当魏文侯哈哈大笑的时候，他与翟璜也一起相视而笑。

3

孟门地处黄河东岸，鲧禹父子曾在此治水。赵国蔺邑府邸设立在此。而秦军邢让临时指挥所设立在孟门南山道院。源神主殿内，供奉着夏帝禹和禹之父鲧的石雕坐像。据传说，孔夫子携其弟子冉求、子路、颜渊等远道来游，误把山涧戏水道人误会为厌世者，差点命令弟子做出舍身救人的壮举。后来，又有晋国国君亲率文武百官缟素而来哭祭黄河。此后又过了数十年，三卿分晋，赵襄子将抚孤救赵恩公韩厥的玄孙韩康封为蔺侯，并赐姓蔺。蔺天成的祖父出生在此。这次交换人质事件没有十分把握，蔺天成让吴其昌配合荀康的解救工作。

荀康的车乘在前，萧琼与修嫦娥的车乘在中间，吴其昌与一队穿便装的士卒殿后。

荀康与邢让也久未见面了。那次栎阳一别，邢让很是佩服荀康的游说能力，而且在对风水的研究上，超过他所见过的堪舆大师。荀康一进门，也不喝一口水，只是眼观六路耳听八方，然后侃侃而谈。每个人的运势并非一成不变，具体的人要具体看待。他所处的生活环境中风水的影响，很多时候是不言而喻的。比如如何通过对住宅风水气场的改善和调节，从而起到强化运势的效果。一个人，乃至一个家庭的运气起落，一个是跟祖坟的运数有关，一个是跟居所的风水格局相连。而风水中各个方位，还对应了家中主人身体的不同部位，在风水勘察时，哪个位置出现问题，就可以准确知道身体会生哪个方面的疾病、哪年、轻重程度等。邢让听了荀康的建议，使得住宅大门的朝向作了改变，另外院子的采光和栽种的树木，又给他提出新的建议。

荀康告辞的时候，邢让出手大方，慷慨地拿出一千金来答谢。荀康有了这些金子，不日就去了临晋，这才有了与何瑾薇的一面之缘。离石邑城临行前，吴起和蔺天成送荀康与吴其昌出城。戴芙蓉临时起意留下，而萧琼却又有赴汤蹈火之决心，让他有些看不明白其中究竟。萧琼能有何本事，让邢让放弃戴芙蓉而对她刮目相看呢？一路上，荀康一直在琢磨这个问题。四处云游的生活洒脱归洒脱，却有时也很无奈。如果没有邢让这一千金，恐怕荀康的吃饭都快成了问题，还谈何资助何瑾薇一块金子？正在沉思间，只见前面听到了轰隆隆的黄河波涛声。离黄河还有十来里路，就能听到这种气势磅礴的喧嚣，难怪当年的孔夫子劳累一路，快到孟门时，远远听到这样的声音也会为之一振，说出那句千古名句：“逝者如斯夫，不舍昼夜。”

黄土路蜿蜒而行着三辆马车和一队穿便装的士卒，路人远远看上去既像官家，又像商家。荀康撩开车乘的窗帘，外面飘来一阵清风，然后猛听得一阵救命的呼喊。怎么回事？荀康跳下车，问行走的一个士卒。这时，第二辆车乘上跳下一个穿粉裙的小女子，感觉像是萧琼。她转过身来，对荀康说：“荀先生，那个叫修嫦娥的女子自杀了。”荀康连忙赶往第二辆车乘，掀开车乘门帘，只见一袭白裙的修嫦娥脖子里勒着一根白绫，眼睛紧闭，人早已不省人事了。

于是，三辆车乘都停了下来。荀康让两个士卒把修嫦娥抬到外面。萧琼把一块车乘的布帘铺在路边，然后把修嫦娥放在了上面。萧琼也不知道怎么回事，反正她正和修嫦娥聊天，谈及吴越的风土人情与西河郡的不同。修嫦娥还给萧琼轻声哼唱了吴越歌谣，很好听，温婉细腻，别人可能一句也不明白，但她们倒是都能听得懂。后来，萧琼就一阵困乏，睡着了。过了一会儿，她醒来就发现修嫦娥脖子里的白绫，人已经昏厥了。萧琼连忙跳下车来，连连喊着救命。

荀康蹲下身，把修嫦娥脖子上的白绫松开了，然后掐住她的人中，把头贴近她胸口细细倾听，一阵窒息后的停顿后，又有了微弱的气息。萧琼拿了一只饮水的葫芦，葫芦嘴对准修嫦娥的唇边轻轻灌了两口。过了一会儿，修嫦娥就醒了。

修嫦娥木然的表情，然后呼地站起来。她谁也不看，就莫名其妙开始扭动腰身，然后放歌一曲，正是给萧琼唱的曲调。

修嫦娥一边起舞，一边开唱——

儿欺娘，遭雷打。
秧门开，床门关。
大年初一，甜汤圆，
正月十五，元宵欢。
百花节，争斗艳，
清明节，团子祭，
五月端五，粽子端。
乞巧节，荷包满，
蚕花节，跑得欢，
何家乐，美江南。

修嫦娥的眼睛里充满了泪水。透过黄土塬，透过这望不到尽头的沟沟洼洼，这连绵起伏的一山又一山，修嫦娥似乎看到那些“水行山处，断发文身，以楫为马，往若飘风，去则难从”的吴越先人们。那儿处处是绿树成荫，鲜花盛开，火耕水耨，饭稻羹鱼，不忧饥饿，一直到年三十用米饭祭祀年为止，四时八节大小祭祀中的供品均少不了谷、米或用米做的食品。他们在江南一带生活着，歌唱着，虽并不被处于北方的魏赵等诸侯国所了解，故一直被称作“南蛮子”，但也一直自得其乐。

4

吴起从离石邑城回到狼狐岭的第二日突然发病了。说起来，也不是什么大病，别的都没什么，就是浑身上下奇痒难耐，胳膊和大腿上起来许多发红的小疙瘩。这种病症，不知道是天气的原因，还是狼狐郡特有的地理条件所致，苍蝇遍布，蚊虫叮咬，使得与士卒们同吃同睡同训练的生活受到了影响。尤其，身边士卒们也有了这种病症的发作。这可怎么办呀？找了几个郎中看了，也不管用。魏武卒有专职的医护人员，但他们除了战场上救死扶伤以外，对突发性的这类病症也是束手无策。

大帐外，夕阳冉冉西去，乱云飞渡，狼嗥狐叫，萧瑟秋风，人依然从容。狼狐岭上的魏武卒营帐一座座依山而立，吴字旗幡呼啦啦地飘荡着。狼狐岭不比离石邑城，也不如蔺邑所在的孟门，毕竟那里的一切还都是邑城所在，这里简直是荒郊野岭，一眼望不到头的怪石嶙峋和松柏山林，清清溪流潺潺从营地旁侧流过。戴芙蓉站在溪流旁的一块洗衣石上出神。她把吴起很长时间未洗的衣服被褥清洗好放在一旁晾晒。

一早，吴起与戴芙蓉去了狼狐岭附近的白马仙洞采药。他们身后跟着韦成梗和几个士卒。洞沟村九凤山上生长着不少奇花异草。戴芙蓉兴奋地喊道："吴将军，快来看！这边有好多种药草，真是踏破铁鞋无觅处，得来全不费工夫！"吴起也说，魏军驻扎在此，他也就来过两三次。戴芙蓉把采摘的一筐药草递给了韦成梗。从白马仙洞往里走，漆黑一片。吴起点燃了火把。从洞口至洞底，曲曲弯弯，足有一里路，继续往前走，却是下山的感觉。戴芙蓉有些害怕了，感觉越往前走，越感觉到一种怪异的心绪缠绕着。

戴芙蓉想起两年前的一个夜晚，她在昏睡中被惊醒了，然后听到一阵激烈的马蹄声。外婆出去查看，就被一箭射在背后。外婆传来的惨叫声，像极了白马仙洞深处哇啊啊的回声。

"我的外婆！"

"哪儿有你的外婆呀？"

吴起问了一句，一只手举着火把，一只手在戴芙蓉眼前晃了晃，然后拉住她的手。

“我真的看到了死去的外婆……”

“你没事吧？”

戴芙蓉扑到吴起怀里，害怕的声音也直打哆嗦。“我看到死去的外婆，还有我死去的爸爸和妈妈……”

吴起只好顺着戴芙蓉的口气问下去。“你还看到什么了？”

“看到了秦军士卒，一个个挥舞长长的剑戟，挨门挨户地砍杀。就在那个黑夜，整个村子里的人一个个遭到砍杀……”

吴起倒是有了寻秘探幽的兴趣，一直拉着戴芙蓉往洞底里钻，而且步子还越来越快。

“将军，你不会杀了奴婢吧？”

“怎么会呢？本将军看到你第一眼就相中你啦！”

“真的吗？男人都是这样！记得两年前喊打喊杀的秦军是这样，记得一个秦军将领也是一眼相中了奴婢，被掳在了马上，而且听到他喊，所有村子里的男人一个都不留，全部杀掉，只留年轻漂亮的女子，掳走带回了秦国……”

火把的火苗飘忽不定，在岩洞的石壁上映着放大好几倍的黑影，宛若鬼影幢幢。

戴芙蓉就在那时软软地倒在吴起怀里了。吴起把火把插在脚下的沙土上，然后把外套脱下铺在了地面上。戴芙蓉在吴起的怀里呜呜地哭了。

“你为何会哭？”

“我害怕！”

“害怕什么？”

两年前的吴越之地，被秦军占领的那个夜晚，十五岁的戴芙蓉就被脸上有疤的大胡子秦军将领按倒在大帐里，正如此时此刻吴起把她按倒在地。

“将军，地下太凉！”

吴起喘着粗气，宛若吕老七打铁的风箱般直喘。他的身体滚烫滚烫。

“将军你发烧了吗？可是、我、我、冷……”

吴起一下子进入了戴芙蓉的身体之后，又翻了一个身，让她伏在他那滚烫而又剧烈颤抖的身体上面。

“将军，你怎么了？”

“本将军的病被你治好啦，还得感谢你呢。”

戴芙蓉想起那个脸上有疤的大胡子秦军将军，那时候也是像吴起这么疯狂，折腾了大半夜，让她的身体软塌塌的，如同散了架，浑身都疼。尤其下身那儿有一种撕心裂肺的疼痛感。

吴起则不停地向着戴芙蓉摆动着身体，如同跃马扬鞭向秦军发起了一次新的冲锋。

“那个秦军将领是邢让吗？”

戴芙蓉摇摇头，只是伏在吴起的胸口一股劲抽泣着……

“唉，打打杀杀，真的是造孽呀，这何时是个尽头呀！”

就连吴起也不知道，只要自己站在营帐前，看到吴字旗幡高高飘扬，就又有了更高的雄心壮志。

后来，吴起站起身来，拉住戴芙蓉向洞外走去。火把突然熄灭了。周围陷入比刚才还要幽暗的漆黑之中。

“奴婢害怕，走将军前面，好吗？”

戴芙蓉在前面攀爬着，吴起在后面推扶着她。这个白马仙洞见证了吴起与戴芙蓉的一段深厚情缘。快到洞口时，见到了依稀的亮光，还听到了韦成梗的呼喊声。洞壁上有远古先民们祈雨祭祀、祈福求康的遗迹。洞中有八洞，洞中套洞，景中生景，具有深而险、险而奇的特点，洞中险境遍布，岔道错落，宽处可跑马阅兵，窄处难容一人。据说，白马仙洞是黄帝之别宫，周朝得道仙翁“赤松子炼丹之所”，史载晋高祖也曾进洞祈雨。

午时三刻，吴起与戴芙蓉早已回到了营地。戴芙蓉从一早采到的药草中，开了一副中草药。吴起让韦成梗叫来了军中郎中，然后按照方子熬药。

这个方子是生地黄、干草、牛蒡子、木通、地肤子、防风、当归、赤芍、川芎、白藓皮、白芷、荆芥、黄柏、苦参、百部、苍术等十六种中草药熬制成汤药，让患病官兵服下。

戴芙蓉说：“将军，这个方子熬制的汤药，不能说立竿见影，但也会有所成效的。”

“这个方子从哪里来的？”

“奴婢的外公就是当地有名的郎中。”

吴起连忙起身向戴芙蓉一拜，说道："谢谢你的救命之恩。你真是上天给本将军赐来的福星呀！"

"不敢这么说，还得等几日看效果。奴婢到营帐外的溪边给将军洗衣服去了。"

戴芙蓉一直沉思着，站到溪边竟忘记了收衣服。一阵风卷过来，还是韦成梗在她身后，把风卷走的衣服给半道截住了。

5

这一年也正是秦简公六年。雍城的宫殿里一片肃然。一大早的朝会，秦简公就秦军东进计划再做一次动议。据密报，邢让两万秦军东渡黄河之后在孟门一带裹足不前。早先曾对离石邑城的进攻也以失败告终。秦简公不由得叹了一口气，遥想当年他亲自率领大军攻打魏军时在郑城的惨状，被魏军从侧翼冲乱了秦军战阵，以至于首尾无法呼应，最终下令撤退。

卯时已过，朝堂上一片议论纷纷，秦简公还未上朝。政议殿在宫门正对的位置，步入两组台阶，每组九个台阶，站在下面望去很有气势。只见红墙绿瓦，画栋雕梁，廊柱环绕，双开的政议厅门的两侧各站着两名侍卫。当年秦灵公去世，留下了五岁小太子嬴师隰和其母亲流放陇西，听说现在不知去向。作为小太子嬴师隰祖父的弟弟，秦简公篡位，一直成为朝堂上下议论的焦点。秦简公也怀疑这些大臣们是否对自己忠心耿耿，总是心里不踏实。他吃饭和睡觉都留着一个心眼。现在，听说邢让属下孟翔策马回到雍城上报的消息，说是嬴师隰已远走魏国了。

秦简公问内侍总管梁向，这种情况该如何处置，是否继续东进，给魏国一点颜色看看。

"微臣听说，许丞相不主张伐魏，他认为魏国在各个诸侯国里是数一数二的强国。我大秦若要硬碰硬，不一定能够捡到多少便宜，更何况此时邢让将军率领的两万人马刚刚遭到吴起的重挫，所以……"

秦简公摆摆手，让梁向别再说了。他始终觉得逃亡的小太子嬴师隰是自己的一块心病，原本今日讨论伐魏大计正是为了挑明这件事情，可是面对朝堂上闹嚷嚷的众臣，他竟然一时间在政议厅内侧的一间密室里徘徊良久。

“梁爱卿，你说许丞相会不会在这次动议的政议厅上再次反对出兵魏国？”

“现在不是黄河东岸有我秦军邢让部两万人和西岸的十万大军吗？”

“寡人说的不是这个，邢让只是攻打赵国的离石邑城，杀鸡给猴看，试一试魏国的反应。岂料，魏军那个吴起，还有一个叫乐羊的，竟然出手援救，端了秦军的大营，粮草也被烧掉了。唉！”

“微臣以为，许丞相肯定会在出兵动议上提出反对意见的。”

“那可怎么办呢？”

正在这时，密室门口有侍卫与许丞相在争吵。秦简公让梁向出去看看。不一会儿，梁向把许明合丞相带进了密室。

“许爱卿，你知道寡人的侄孙公子连，咳咳咳，就是那个嬴师隰，是如何从陇西跑到魏国的？”

秦简公在用疑虑的目光打量着许明合，使得许明合有些不自在。“这个废太子，寡人的侄孙公子连的逃亡早有预谋，只是在防范甚严的情况下，能够脱逃成功，必有朝中权臣配合。”

“这个……”许明合有些吞吞吐吐。

“这个问题先不去说，爱卿认为今日伐魏的动议能否顺利通过呢？”

许明合不置可否。这个动议一旦实施，魏国就会知道二十万大军伐魏与前太子嬴师隰有关。嬴师隰就会成为烫手的山芋，到时他被驱逐出境回到秦国，许明合协助废太子叛逃敌国的罪名就会坐实了。据说，吴起也有西进攻秦计划。所以，许明合认为伐魏计划不如暂时缓一缓再说。

秦简公一听，脸色有些不悦，突然推开密室的门，径直沿着回廊向政议厅而去。许明合和梁向紧随其后。这时，三五位朝中大臣正在嚷嚷着从政议厅往外走，一见秦简公等进来，赶忙折返。

秦简公刚在政议厅正中高座上坐下，梁向就带着从孟门回来的孟翔来报。

“启禀陛下，我部在攻打赵国离石邑城时，已有充足的证据证明乃吴起的魏武卒偷袭，我部已退守孟门一带等待东进，二十万大军一到，拟再次攻打离石邑城。现在的问题，我部粮草能够维持半月有余，邢让将军请求粮草和车马支持！”

孟翔的前线急报，让政议厅上的大臣们一时间鸦雀无声。

许明合颔首点头，然后站起来侃侃而谈：“相对于魏国，我大秦的社会经济还处于弱势。秦国不实行分封，我们没有齐国的田氏，也没有当年晋国的韩、赵、魏氏和鲁国三桓那样有自己世袭领地的卿、大夫。虽然秦国有庶长，一些大的庶长的权力也很大，甚至影响到朝政，但无论如何，分封土地的事情秦国未有发生。这样，秦国虽然也有公室和私门之分，但这个私门，并不代表一种新的生产发展方式。当魏国迅速转变的时期，在我们秦国以庶长为代表的私门却不愿改变旧制，以陛下为代表的公室却又无力完成革新。这种情况下，贸然东进发动战争，微臣以为还是要慎重三思。打仗是要耗散国力的。”

秦简公一时无语，真没想到提出这样一个伐魏动议，却引来许丞相的一番三思而后行的劝诫。

内侍总管梁向看看秦简公的脸色，然后说道：“许丞相的一番高论固然好，但也是多虑了。不妨看看当年的秦庄公击败西戎，被周宣王封为西陲大夫，再次赐予秦（天水），连同原大骆之族所居的犬丘（咸阳）之地。后来发生周幽王被西戎所攻杀，秦襄公因率兵救周有功，而得到周平王的赏识。再后来的秦襄公派兵护送周平王东迁，被封为诸侯，又被赐封岐山以西之地。自此，我大秦国才正式成为周朝的诸侯国。遥观历史，我大秦国每次遇到历史性的机遇时，都是当机立断主动出手，微臣以为二十万大军东进，足以体现陛下的战略眼光。”

秦简公微微颔首一笑，刚刚要拍手赞同，却又招来一片反对之声。

一个身穿黄色朝服的大臣上前道：“出兵伐魏乃不义之举，涉及立国之根本，微臣以为还得慎重，以我大秦的实力，连年干旱，灾祸横行，粮食歉收，还是休养生息，以观静变，才是上策！”

一个青衣大臣也向前一拜，说道：“老臣以为许丞相所言极是。再说，嬴师隰逃亡魏国只是一个传说，还有秦人在鲁国看到过他，更有的说已经跑到了吴越之地，能否抓住这个废太子，老臣以为都很难说。我大秦没有必要与一个废太子过不去，一条丧家之犬，我们不去理他，也能体现陛下的宽宏大量。另外，据说吴起的魏武卒很能打，既有野狼的那股子凶狠劲儿，又有狐狸的算计和谋划。我秦军贸然出兵，有可能会带来意料不到的损失。”

政议厅里一片嘈杂，如同开水锅一般热气腾腾。秦简公脸色一沉，向梁向示意了一下。

今日朝会，秦简公与内侍总管梁向早已进行了周密的准备，大约两千忠于秦简公的大内侍卫已埋伏在政议厅周围。

秦简公把一支出鞘的宝剑递到梁向手里，然后凛然道："我大秦正处于内忧外患之际，公子连的出逃必有内应。公子连虽是废太子，也是寡人的侄孙，但我大秦不可小觑他，朝野上下支持他的人不在少数，另外，各个诸侯国也明里暗里在支持他，并把他作为一个筹码，让我大秦处于被动。我看这个公子连，很有可能会成大事。今日出兵动议竟然遭此非议，尔等中人一定会有帮助公子连叛国出逃者，现在只要这个人主动站出来，并能认识其错误的严重性，决心悔改，重新做人，寡人可免其一死。否则，今日祭旗开斩！”

政议厅一片肃然。首先是许明合哈哈哈大笑三声，然后说道："出兵要师出有名，有本事抓住公子连再说呀？岂有此理？”

梁向挥剑大喝一声："大内侍卫！”

两百名挥舞长戟的侍卫在政议厅外喊声震天，并有十几名挥舞长剑的武士冲进大殿，直接就把许明合按倒在地。

“你们想干什么？你们睁开眼睛看看，我乃大秦许丞相！”许明合挣扎着，然后向正中高座上的秦简公求救。

“据报，许明合利用丞相一职，私通魏国，并把前太子公子连从陇西送过黄河，直接送到了魏国都城安邑。可有此事？”梁向呵斥道。

“可有证据？”

梁向从怀里掏出许明合的一个白色布帛的手令挥舞着。这个手令是从陇西嬴师隰母亲那里搜到的。

许明合一看秦简公已不知去向，于是把眼睛一闭，昂首挺胸，一言不发。几名武士已把许明合五花大绑了起来。他们拖着许明合径直就往外拉。

“别劳士卒们费心了，老臣自己走吧！”

许明合说着，头也不回地一步步向外走去。顷刻之间，大臣们就听政议厅外一声“咔嚓”，然后是惨叫过后的抽搐声。大殿里的所有大臣都惨白着脸。

秦简公重新走向了正面高座上，然后一颗不忍目睹的血糊狼藉的人头被一个武士拎了上来，一路走，还一路滴答滴答地滴着血。

“请内侍总管查验人头，并给各位大臣传看一下！”

“喳！”

就此，秦简公的二十万大军伐魏计划在朝堂上获得了一致通过，无人再敢有非议。

6

太阳升起来的时候，秦军将领邢让站在孟门道院门口伸伸懒腰，哈了好几口气，望望远处黄河两岸的醉人风景，然后说道：“孟门早上的空气真新鲜呀！”

黄河雄浑的浪涛从遥远处的天际而来，正在一泻千里地冲到更加缥缈不定的远方。九曲十八弯之后，汇入壶口瀑布，汇入三门峡关口，一路向南，然后再一拐，向东流入大海。鬼斧神工的奇观，让你不得不站在那儿久久地注视。

这时，孟翔和他的战马从渡船上刚刚下来，雍城这一趟，让他带来了秦简公不日亲自带领二十万大军伐魏的消息。邢让听后有些激动，说道：“今日吴起派的使者送回我秦军的两个女人质，也要在未时左右到了。”

“哪两个女人质？”

“就是那两个吴越歌姬。”

“那又怎么样，吴起肯定是有什么目的。”

邢让哈哈大笑了，说道：“吴起想以此换回他那五岁的儿子吴期，顺便把离石邑城赵国守将蔺天成的夫人田秋月也换回去。”

“邢将军，您会按照吴起的想法去做吗？”

“笑话，本将军会让那个比野狼还要凶狠、比狐狸还要狡猾的吴起耍玩吗？你看着吧，今日在道院里准备两口大铜鼎，里面放满水，用柴火点燃烧开，先把牲畜放进去，然后，这个咔嚓……”

孟翔心领神会，说是马上派人照办。随后，两队士卒抬着两个大铜鼎向下院里搬运。

邢让对孟翔说道：“大铜鼎就放在上院吧！另外，通知蔺邑的赵国官员前来观看今日的祭祀活动，不得以任何理由推拒！”

蔺邑府距此有两里路左右，处在内陆清河与黄河的交界处一面高坡上，单门独院，却是颇为庄严。蔺邑府不远是一条熙熙攘攘的街市。秦军的到来，似乎也并未影响到老百姓的生意往来。

未时不到，荀康一行的三辆马车进入了孟门地界，在一个秦军的关卡处被拦截住了。经过通报，三辆马车和随行穿便装的士卒都放了进来，直奔道院而来。

荀康走进了道院，首先碰到的是上院里两个正在不断用柴火加热的大铜鼎。而大铜鼎里的水已经沸腾了。

“这是要干什么？”

没人回答荀康心底的问话，只有铜鼎后面高台阶上站着佩剑而立的邢让。荀康连忙上前，在高台阶下向邢让一拜，然后说道：“荀康特来此拜见将军！”

邢让走下了高台阶，然后一阵仰天狂笑，说道：“今日怎么会是荀康先生到此，有何贵干？”

荀康身后走过来了吴其昌，荀康介绍起来，“这是来自赵国离石邑城的吴其昌统领。”

“荀康是本将军栎阳家府的座上宾，这个吴其昌没听说过，好像离石邑城守将是蔺天成，他的夫人田秋月正好关押在此。现在，可以带上来了！”

田秋月被押上来了。可是，吴起的五岁儿子小吴期呢？

“小吴期呢？”

“吴起的儿子吴期吗？”

邢让听荀康一上来就问到吴期，就又招了一下手。只见小吴期从一个偏殿里跑了出来。

“吴期！”

荀康先叫了一声，接着是吴其昌，但小吴期却径直跑到田秋月怀里了。吴期手中拿着一只小风车，然后呜呜呜地叫喊着转圈，嘴里说道：“嗷——今日小吴期与姨妈要乘坐着小风车飞回家去了！”

“回家？”吴其昌有些诧异。

“这有什么好诧异的。今日送这孩子与蔺将军的夫人一起回家。”

“真的吗？真的让我与姨妈回家吗？”小吴期问道。

邢让又挥了一下手，然后孟翔就上前来。

“出去看看，把被魏军掳走的戴芙蓉、修嫦娥那两个吴越歌姬带上来。”

一会儿，修嫦娥最先疯疯癫癫地跑了进来，围绕着大铜鼎转圈，然后与道院看门老头无师自通地唱起了秧歌。

这首耳熟能详的秧歌是这样的——

为求下雨把猪献，
雨点点也没啦见，
庄稼晒成盐末面，
还不见你显灵验。
一拜天神寿命长，
二拜天神眼不花，
三拜天神多心好，
四拜天神的胡须，
还是这么这么长……

修嫦娥唱到兴头上，就在道院看门老头的胡须上拉了好几下，直逗得几个秦军士卒哈哈哈大笑。

邢让则黑着脸，然后说道：“这有何可笑的？”

修嫦娥却转身跳到邢让跟前，竟然摸着邢让光光的下巴，唱了一句：“还有将军的胡须长又长！”

“这是什么乱七八糟的，好好的一个吴越歌姬被魏军掳走后回来怎么就疯疯癫癫的？”

吴其昌躲开了邢让质询的目光，而荀康则说：“这个修嫦娥半路上，不知道受到什么刺激，差点寻死，后来才被救下。一路上，我们可保证没有虐待。”

“我们还有一个人呢？”

道院门外的萧琼傲然走了进来。

“我就是。”

“我们的另一个人可不是你，那个叫戴芙蓉，不是你。而你，你又是谁？”

萧琼继续一步步走近了邢让，而邢让则一步步后退着。

“你——，你可是……”

“不记得了，好多年前，邢将军属下的一个马夫把我掳走，在马厩里扒掉我的衣服，可是您救了我，还把马夫就地处决了。”

“是你，原来是你，萧琼，那时你才十三岁……”

“邢将军说过，等我长大后，会回来娶我，可惜不久我又被鲁军掳走，到了曲阜，后来又来到了魏国，在西河郡生活也有一两年了。”

邢让一下子回忆起那个黑暗的夜晚，秦军征讨楚军时误入吴越之地。那个五大三粗的马夫一直跟随邢让征战，甚是卖力。马夫当时按倒萧琼的时候，邢让原本想睁一只眼闭一只眼的，但听到萧琼一阵比一阵揪心的惨号声，就心软了。再一看，萧琼才十三岁，那双暗夜里雪亮的眼眸里有一种痛彻心扉的哀怨，在邢让犹豫不决的时刻打动了他。

“邢将军，您当时说过还会回来。您还说，您要娶了我！”

邢让尴尬地向四周望望，然后说：“本将军说过这话吗？戴芙蓉没能回来，为何却来的是你？”

萧琼提到了戴芙蓉不愿意返回秦军大营的原因，然后话锋一转，说道：“两军对垒，比拼的是双方的智慧、勇气和力量，把对方的女人和孩子当作要挟的人质，我想不会是您的本意。”

邢让沉吟片刻，然后话锋又一转，说道：“本将军倒是听说吴起在狼狐岭驻扎，他不仅如狼似狐，就是训练魏武卒也如此，加之他一介布衣出身，却听说他得一美人，从鲁国跟随至魏国，可否问一下，这个美人就是你萧琼吗？”

萧琼怅然若失地强颜欢笑，然后说道：“那都是以讹传讹的说法而已，我虽然曾多年追随着一个人，却是一直没有任何名分，即便有过雷电霜雪，但也早已云散高唐，水涸湘江。”

邢让感受到了一种内心的悸动，遥想到楚国与吴越之间的那次放马驰骋，还有萧琼那双雪亮如红狐般的眼眸，都让他心动不已。

看来这个小女子生来就是他邢让的红粉知己了。他也不再想追问下去了。她对自己外表冷硬内心温柔的软肋一眼就看穿了，可是自己作为秦军将领必须表现出不近人情的一面，为了尽到为国君效力的责任和使命感。他又不得不如此。

邢让下令：“祭祀开始！”

孟翔传令：“开吊！”

一队队秦军武士环绕着两只热气腾腾的大铜鼎，然后往里面扔进去活着的猪和羊。道院看门老头嘴里念念有词，而修嫦娥也紧随其后，不断唱着自度曲目，咦咦哇哇的吴侬软语，一句也听不懂，也听不清了。唯有看门老头的祭祀秧歌却是一句句字正腔圆。

看门老头扬起脸，开唱道：

你休慌，你休忙，
本院祭祀有主张；
邢大将军上殿堂，
求神显灵供猪羊。

看门老头这一唱，就把邢让唱得心花怒放了。邢让大步跳上高台，然后振臂一呼：“今日祭祀，既是孟门乡民求雨拜神，也是我大秦国军队开拔伐魏的战斗号角！我宣布，把魏国大将军吴起之子吴期扔入烧沸的大铜鼎之中，大家意下如何？”

邢让的这一宣布，让整个道院一下子炸了锅。萧琼也睁大了眼睛不敢直视邢让了，但她沉吟片刻，还是大胆地挺身而出，想继续据理力争一番。

“能不能先停一下这样的祭祀？”

“为何？”

邢让有些不悦，甚或是恼羞成怒的模样，但萧琼也不管不顾了。她上前挡在了小吴期面前。

第八章　黯然失色

1

嬴师隰记得那年自己刚刚十岁的时候，在秦国陇西的一个偏远村落里居住。原本母亲与他相依为命，日子过得很平淡。嬴师隰五岁那年被秦简公从高贵奢华的雍城秦宫发配到了这里。他并不知道叔祖父秦简公为何要让自己与母亲住在这儿。嬴师隰隐隐约约记得自己当时问过母亲，为何父亲秦灵公去世后，他们只能住在这么破烂的房子里？而在雍城的家则是整天生活在众星捧月的宫殿里，直到有一天叔祖父派来几个武士把他们从宫殿里赶出来，在发配的马车上走了有十几日才到了陇西。

这一日，母亲从外面匆匆回家，关上屋门，说是村口来了几个不明身份的黑衣人在打听公子连呢。嬴师隰的另一个名字就叫公子连。母亲让嬴师隰藏在了菜窖里，然后出去到院门口瞭望。一会儿，几个黑衣人策马的声音由远而近，在嬴师隰母亲面前停了下来。

“请问这处院子是公子连的家吗？”

嬴师隰母亲狐疑地打量着黑衣人，其中一个叫庞勇的武士摘掉黑面罩，然后露出一张年轻的脸，急切地说道：“秦简公过几日要对公子连下毒手，今日前来找到公子连，马上安排他逃亡魏国。”

“你们是什么人？”

“我们是丞相许明合派来的人。”

嬴师隰母亲还是不敢相信，直到庞勇拿出丞相许明合的令符和锦帛上的书信，她才相信了。当年如果没有嬴师隰父亲秦灵公的提携，许明合恐怕也没有今日丞相的位置。这种知遇之恩，许明合是不会忘记的，只是在发配嬴师隰母子的时候，他没有帮得上忙，明面上还是支持了秦简公的发配指令。当嬴师隰母亲去许明合府上恳求他在秦简公面前说情的时候，许明合是一口回绝，还下了逐客令的。

“许丞相说请夫人相信他这一次，因为三日之内秦简公派的武士就会到了。到那时再要走就来不及了。”

嬴师隰母亲急忙走进院子，走到屋后菜窖旁，揭开一块盖着的木板，然后喊道：“公子连，公子连，快出来吧。”

当时已十岁的嬴师隰爬出菜窖，拍打着两腿上的泥土，然后问道：“母亲，你是要把我交给这几个不认识的黑衣人吗？”

嬴师隰母亲语塞了。她一把抱住了嬴师隰，说道：“孩子，今日你必须离开母亲，去魏国吧，那里你才有可能活命呀！”

嬴师隰哭了，说道：“母亲，我不去！要死也要与母亲在一起！”

“快走吧！母亲给你带上一路所需要的行李，还有一百金做盘缠！”

“母亲，我不要！就是不要！我不相信叔祖父秦简公会杀我！”

庞勇着急了，说道：“快走吧，时间不多了，马匹在外面等着，连夜出发，快马加鞭，到魏国还得东渡黄河，许丞相都安排好船只了。”

“母亲，你也一起走吧！”

“母亲得留下来，还要装作你还在家的样子。母亲与你都走，目标太大，家里没人，官家会马上发现我们出逃的，到时谁也跑不了的。”

庞勇说：“让夫人受累了！”

嬴师隰母亲说：“这是什么话呀，我这还不是为了自己的儿子呀！作为母亲，这是我的责任所在。”

天黑了。嬴师隰和母亲又抱了抱，然后哭着上了庞勇的马匹，直到走了很远，他还向母亲挥着手。由于走得匆促，六孔陶埙是从宫里带到陇西的唯一心爱之物，也在出逃时忘记带上了。

“母亲，再见了！儿子一定会回来接你的！”

现在的嬴师隰自从跑到魏国后，经常得到魏文侯的召见。魏文侯听说这个十来岁的秦国废太子还住在安邑的驿馆里，立马给他一处院子，还派了武士随时保护着他。可是，嬴师隰来到魏国五年了，与母亲的见面却依然遥遥无期。

嬴师隰听说了丞相许明合因为反对秦简公二十万秦军伐魏的动议而被处斩了，心里更加冰凉了。何时能够回到故国，何时才能够再见自己的母亲，他现在也觉得希望越来越渺茫了。从秦国一起与嬴师隰跑出来的就是庞勇了。平日庞勇只是嬴师隰居住在魏国安邑都城一处老宅院的管家而已。嬴师隰的饮食起居都由庞勇负责了。

原本丞相许明合还想有朝一日接嬴师隰这个废太子回国，并有着某种东山再起的宏伟计划，但他这一死，就让嬴师隰断了更多的念想。加之，嬴师隰年龄还小，魏文侯每次召见他，都是礼节性的宴会让他去作陪，很少有深入交流的机会。

这一日，庞勇走到嬴师隰的房间，见他在读着秦灵公留下的一沓竹简。

“公子连，听说魏文侯已经授予吴起上将军的称谓，而且批准的攻秦计划里有攻克陇西之地。您有望见到母亲啦！”

嬴师隰毕竟还是一个十来岁的小男孩，一听庞勇此话，就兴奋地问道：“这是真的吗？我真的能很快就见到母亲了吗？”

“肯定会的。”庞勇说，“我曾有幸见过吴起一次，看那气度，不亚于许丞相当年的风采。”

提到许明合，嬴师隰刚才亮起来的眼眸又一次暗淡了下来。他说道：“是我连累了许丞相！”

“唉，秦简公毕竟是您的叔祖父，怎么会动了杀心？他唯恐您将来成为一面吸引朝野上下反对力量的旗帜。”

2

邢让挥剑的那一瞬间，道院的那两口大铜鼎里沸水已经被投入的活牲畜的血染红了。五岁的小吴期被两个武士高高举在了头顶，然后绕场一周。吴期吓得连哭都不会哭了。萧琼被推到了一边。

“姨妈、姨妈、快救、救我……”

田秋月试图挣脱身上捆绑的绳索，却是无济于事。她一头向离自己最近的大铜鼎冲去，被身边的武士用力拽住了。

“你们这是干什么？放开我！”

站在高台上的邢让喊道：“放开她，给她松绑！”

田秋月被松绑了。她向举着吴期的两个武士冲过去，却被飞起一脚踢在了一旁。

“求求你，你们别这样对待我的姨妈好不好？”

田秋月一只胳膊被擦破了，流着血。她又一次站立起来，然后愤恨地向邢让看了一眼，就三步并作两步飞一般地跳进了就近的那只热气腾腾的大铜鼎里了。

“姨妈，我的姨妈，还我的姨妈……”

邢让吐掉嘴里的枣核，说了一句：“这孟门的红枣太酸，一点也不甜！”

孟翔下令让两个举着吴期的武士行动，今日祭祀的高潮就是以吴起的儿子吴期来祭旗。

这个时候，刚刚赶来的蔺邑府的赵国官员们都一字排开，跪在了邢让的脚下，要求赦免五岁的小吴期。他虽然是吴起的儿子，但毕竟才是一个小孩子呀！

“即便小吴期的父亲吴起十恶不赦，也不能拿他五岁的儿子来斗气呀！请求将军放孩子一马！”

邢让不为所动，依然要下令把小吴期扔入大铜鼎的沸水里。可是，萧琼这个时候再次出场了。

另一边是蔺邑府的蔺大夫，已有八十岁的年纪了，手里拄着龙头拐杖，却还精神矍铄，红光满面。刚才跳进了大铜鼎的田秋月，是蔺大夫的侄孙蔺天成的媳妇。上次蔺天成从离石邑城来还给他带来了上好的礼服和土特产。当蔺大夫眼睁睁地看到田秋月跳进了滚开的大铜鼎里时，就再也忍不住了。

“邢将军，你们不是号称正义之师、仁义之师吗？为何连一个小女子也不放过？”

邢让见这个德高望重的蔺大夫站出来说话，才不得不解释道：“并非本将军下令让蔺夫人跳进翻滚的大铜鼎的，那是她自己找死，可不能怪他人！”

蔺大夫顿顿脚，然后仰天长叹：“老天爷呀，这可是造的啥子孽呀？”

旁边唱秧歌的道院看门老头来扶蔺大夫，被蔺大夫一下甩开了。

“您老歇一会儿，我来唱一段秧歌！”

“你别再唱了，赵军来了你夸赵军多么了不起，魏军来了你又说魏军多么神勇无比。这秦军来了，你又唱秦军的丰功伟绩，你还有没有作为蔺氏后裔的骨气？”

看门老头羞愧地低下了头。无论是赵军，还是魏军、秦军，他都不敢得罪呀。看门老头毕竟老眼昏花，有时把来到道院的军队旗幡张冠李戴，唱出的秧歌就颠三倒四，甚至有一次因为他把魏军夸成赵军，差点没让魏军把道院给放火烧掉。

修嫦娥还如入无人之境地在院子里疯来癫去地跳着、跑着，看门老头便打着拍子又唱了起来：

让我唱来我就唱，
你方唱罢我登场。
赵军魏军都是军，
不敌秦军走四方。

一旁的修嫦娥随着看门老头的节奏在不断踢打着脚步，甩开了臂膀跳出了一个眼花缭乱的长袖舞。婉约之中投射着奔放的节奏感，不断将长袖甩向邢让的方向，幻化成一个又一个变化莫测的弧形，然后不断地抛出一个又一个媚眼。两袖形成一个曲里拐弯的S形，而身体也组成一个灵动摇曳的S形，飘似浮云，翩若惊鸿。

看门老头唱罢，也配合修嫦娥跳了起来，并龇牙咧嘴地做出各种丑角的扮相。

一旁的蔺大夫则叹着气说道：“吴越歌姬不懂这亡国的恨呀！世风日下，成何体统！”

邢让却伸出手掌拍着，还和着节奏轻轻哼唱起来了。

看门老头一边拍手跳着步子走，一边凑到蔺大夫耳边低声说：“别惹恼秦军，防备他们点燃道院。”

这时，萧琼大步向前走了两步，然后又开始说话了，“我不反对祭祀，但是我反对用活人来祭祀。刚才蔺夫人已经成为牺牲品，吴期这个五岁的孩子也要用来祭祀就太残忍了。这不是一支文明之师所应该做的事情。”

“照你说，本将军应该怎么做？”

“我建议，赶紧把蔺夫人救出，活祭小孩的事情就不要再搞啦！”

萧琼这边说着话，那边荀康、吴其昌等人把田秋月从大铜鼎里拉了出来。幸好，抢救及时，田秋月只是把大腿以下部分烫伤了。

“你们别救我，让我就此去吧！”

“去哪里呀？蔺将军还在等您回家呢！”吴其昌劝说着她。

“让我去吧，刚才我在那个翻滚的大铜鼎里瞬间看到我姐姐田小璇了……肯定是、是她、她在向我笑着……”

“田小璇？”荀康有些不解。

五岁的小吴期听到了“田小璇”这个名字，连忙大声地喊道：“田小璇是我的母亲！”

“是你母亲，却也是你姨妈的姐姐，她在天上朝着我笑……”

邢让也有些忌惮地下意识朝天空望了望，什么也没有，只有一片黑云正在头顶向着道院逼近。

“当年邢将军在郢都的时候可不是这样的人，你从那个流氓马夫手里救出了我。但是今日，您为何如此凶残呀？竟然还要对一个五岁小孩下手？”

邢让强自镇静了一下，干咳两声，然后说道：“嗯，可是，你要知道这是祭祀……”

荀康插嘴说道：“祭祀也不能拿活人做供品呀，我希望邢将军能够放弃如此祭祀行为！”

吴其昌也说：“这次我们从离石邑城出发，就是要把人质带回去……”

“是的，用我萧琼和修嫦娥来交换。”

邢让说道：“交换可以。我的两个吴越女歌姬里，缺了一个戴芙蓉……”

萧琼说道：“戴芙蓉不愿意返回秦军大营里来了。这是她自己的选择。邢将军如果同意，用我萧琼来代替戴芙蓉，好吗？”

邢让站在道院正殿高台那儿来来回回踱着步子，过了差不多有半个时辰，才郑重地点点头，决定了这样的交换条件。

“好，那你——你就陪本将军到底啦？”邢让一副征询的口气，一反刚才的凶神恶煞的模样。

“甘愿奉陪到底！”

“好，你萧琼从此就是我邢让的女人啦，这可是你说的，一言为定！”

“一言为定！”

邢让一阵哈哈大笑。他觉得这锤子买卖并不亏，甚至还赚大发了。那年邢让与萧琼匆匆分开，真没想到在此又遇见。这就是难得的缘分。

萧琼已经不再有任何退路了。她现在甘愿充当戴芙蓉的角色。她此去秦国后，估计再要见到吴起就难了。反正，吴起的儿子小吴期得救了。这一点，倒是吴起迫切所要达到的目的。他终于达到了。小吴期就要回家了。萧琼觉得自己能够救出小吴期，也算是对得起他的父亲吴起了。

3

嬴师隰的车乘从安邑城出来，一直北去。他无心游山玩水，但却想到赵国的离石邑城去看看，顺便还要去魏武卒占据的狼狐岭看看吴起。离石邑城对嬴师隰的吸引力，主要来自魏文侯给他安排的一个叫郑三郎的魏军五百长，专门负责对他的安保工作。而从秦国陇西跟着自己一起跑出来的庞勇也听从这个郑三郎的调遣。郑三郎是赵国离石邑城的人，从军前种过田、盖过房，后来做生意赚钱了，却跑到魏国在乐羊手里当了百户长，后来升到五百长。郑三郎把离石邑城说得神乎其神，还有好多传说，让嬴师隰觉得十分有趣。且不说龙凤虎三山，还有白马仙洞、狼狐岭以及驿沟口的城墙，等等。

沿着黄河东岸向北的官道上，能望见对岸秦国的土地，这让嬴师隰心情变得忧郁。他想起了自己还在陇西的母亲，现在也不知道怎么样了。早就听庞勇一个从秦国临晋过来的表兄弟说是在那儿看到过自己的母亲。嬴师隰得知自己的母亲住在临晋，然后又听说吴起不日要打到秦国去，这就有希望把她也接到魏国来了。这次去离石邑城，先与蔺天成见见面，参观一下那里驰名的制币厂，然后在狼狐岭见到吴起时想托付这件事情。不知道吴起会不会答应呢？嬴师隰想让庞勇跟着吴起攻秦，一到临晋先找到母亲。这已经成为嬴师隰的一块心病了。

郑三郎长得矮壮，脸色黝黑，目光炯炯有神。他做生意挣钱之后，乐善好施，帮助过很多人，在赵国也有口碑。他在乐羊属下当了五百长之后，曾征伐过中山国，后来还去过郑国、韩国、楚国等邻近的诸侯国，所以见多识广。基于这一点，魏文侯就把郑三郎调到了嬴师隰身边做了侍卫长。嬴师隰刚逃到魏国时也就十岁左右，随着当时有二十岁的庞勇到处流浪，曾经是打一枪换一个地方，生怕秦国的探子发现他。事实上秦国的探子一直想把嬴师隰干掉，但一直找不到机会。这都是庞勇的功劳。

嬴师隰突然坐不住了，两腿有些酸麻，想下了车乘走走。

“公子连，这官道上不安全，还是早一点到前面的驿馆再打尖吧？”

嬴师隰毕竟是一个十几岁的孩子，有些小任性，一听庞勇的话，反倒更激起了他的兴趣。

一上午，嬴师隰的车乘绕过了秦军把守的孟门，然后继续驱车北上。走了有半个时辰，嬴师隰就想下车走走。黄河对岸的秦国土地，与赵国这边山色景致别无二致。前面垭口就是魏国的一个关卡了。嬴师隰得知正是吴起在此下令把西河郡的石界向西推了几十里的地方。这儿的地界说是属于赵国，其实魏武卒在此驻扎，实质上已经成为魏赵共管的区域了。所以，嬴师隰在此百感交集。吴起这人开疆拓土确实本事了得。嬴师隰久久望着对岸的临晋出神，然后喃喃自语：“母亲，公子连一定要把您安全地接到魏国，儿与您团聚的日子为时不远了。”

也正在这个时候，嬴师隰望见前面远远地走来两个人，其中一个白胡子盲老人拄着拐杖，而旁边一个清秀的少女手里拿着六孔陶埙在吹。这一老一小正是荀康半年前在临晋救助过的卖艺人。陶埙发出的沉重音调感染了嬴师隰。这让他一时间又想起了秦国故土。还没等嬴师隰上前问个究竟，就听少女先开了口：“请问公子，离石邑城距此还有多远？”

嬴师隰也不清楚，便转身去问身后的郑三郎。嬴师隰长得眉清目秀，而郑三郎则长得黝黑不说，还有点凶狠。这让二胡少女接连向后退了好几步。

“别怕，车乘上下来的是公子连，我是公子连的卫士长。”

“公子连？”

“是的，我叫嬴师隰，人们也称为公子连。”

白胡子盲老人很激动，紧紧抓住嬴师隰的双手，说道：“早有耳闻了，秦国朝野上下都在传说着公子连的大名。”

二胡少女也说："我叫何瑾薇。宋国人。父母在逃难的路上走散了，早两年一个人流落到了秦国。在秦国，确也听到公子连大名，说你早就逃到魏国了。这不，一过黄河，就能碰到你，也是有缘。"

嬴师隰说："快上车乘吧，既然是一路，就一起同行吧。"

何瑾薇还有些犹豫，可是白胡子盲老人说道："上车乘吧，反正是一路，公子连是一个好人。他可是正经的秦国小太子呀。"

何瑾薇马上说道："还是小心些为好，毕竟秦国现在是秦简公的天下。这儿离秦国的地界也太近了。"

"怕他做啥？咱们已经离开了秦国地界。这儿又不是临晋。"白胡子盲老人转向嬴师隰说，"唉，公子连的母亲从陇西流落到临晋，可是被官家给拘押起来了。可怜呀！"

嬴师隰一听此话，心里一阵揪痛。"什么？我母亲她、被拘押……"

郑三郎安慰着嬴师隰，说道："这次去了狼狐岭，我们与吴起一定要谈及此事，让他攻打到临晋时一定解救您的母亲！"

嬴师隰的情绪依然很低落，在前往离石邑城方向的官道上，一直低着头，一言不发。

4

嬴师隰一行在雨夜中行走着。车轮在车轴上磨得叽叽咯咯地响叫着，其声凄苦，似钩抓心，只见笨重的木车轮在泥泞的山路上蜿蜒而下。厢轿的顶棚雨滴在不停地敲击着叭叭叭直响，车下穿着斗篷的郑三郎和庞勇一前一后在护卫着车乘向前行进，不一会儿左面的木轮陷入了污泥之中，郑三郎在车后推，庞勇在车轮那儿一边推一边垫着石头，然后发出轧轧轧的响声。

厢轿里，何瑾薇说道："公子连，奴婢还是下车吧！"

嬴师隰说道："不用，一个弱女子，下去也帮不上忙。你不如吹吹埙，给大家鼓鼓劲。"

白胡子盲老人也要下去，被嬴师隰拦住了。"您下去只会添乱，还是公子连下车吧。"说着，嬴师隰就下了车，到了车后与郑三郎一起推车。

“公子连，怎么您也下车啦？”

“为何公子连就不能下车呢？”

正在这时，何瑾薇的埙也不吹了，也跳下车，与他们一起推车。郑三郎把自己的斗篷给了公子连，庞勇把自己的斗篷给了何瑾薇。大家推让着斗篷，然后一起合力，车乘从泥坑里推了出来。

嬴师隰说道：“何姑娘，你快上车！”

“公子不上车，我也不上。”

嬴师隰只好跳上车乘，又把何瑾薇也拉了进去。下坡道了，郑三郎和庞勇都坐在了车辕那儿，车乘一下子加快了速度，飞奔起来。

车乘下坡之后，又停了下来。只见离石邑城在望，却是被横隔在前面的北川河挡住了去路。由于下雨，北川河暴涨，轰隆隆的浪涛声，早已把原来的小木桥冲垮了。车辆不能行进，只有从凤山另一侧背后绕过去。子时已过，车乘还在路上颠簸着，从凤山另一侧走了没多远，又受阻了。他们只好找到一处破庙里避雨。马匹也淋得够呛，庞勇把马匹从车辕上卸下，也拉进了庙里。

“何姑娘，你去离石邑城做什么？”

何瑾薇答道：“早些时候在临晋认识了一个叫荀康的好心人，后来听说他来到了离石邑城。所以，我和爷爷去投奔他。”

“听这个老爷爷的口音与何姑娘不一样呀？”

“是呀，逃难时候与父母失散了，后来在临晋碰到爷爷，就跟着学唱卖艺，相依为命。”

嬴师隰叹了一口气，说道：“刚才听老人家说，我母亲也在临晋，只是不知道何时才能团聚？”

马匹在庙门口安详地吃着草料。大家挤坐在一起聊天，然后吃着干粮，不一会儿都依偎着睡过去了。郑三郎与庞勇守在庙门两侧，但也因为太累，一会儿鼾声此伏彼起，尤其他们两人在梦里也用鼾声比个你高我低。

这个时候，只有白胡子盲老人没有睡。他也睡不着。大约过了丑时，突然听到一阵急促的马蹄声由远而近，白胡子老人惊出了一身冷汗。他连忙推醒庙门口的郑三郎和庞勇。随后，嬴师隰也醒了。“外面来了什么人？”

郑三郎悄悄地说道：“不太清楚。我出去看看。”

庞勇拔出了利剑，也悄悄地出去了。

“明人不做暗事。请问你们是什么人？”

“我们是什么人，这个不重要。重要的是我们要公子连的人头。让公子连出来吧！”

雨夜里一片漆黑，可谓伸手不见五指。怎么办？郑三郎与庞勇背对背各自挥舞着剑，只等对方来攻击。

“你们听着，公子连这个废太子今日死定啦！他休想跑出我们的包围圈！”

“你们休想得逞，除非从我们俩的身上踏过去！”

“别和这两个傻蛋多费口舌，公子连一定就在这个庙里，赶紧的，从后面绕过去，先放一把火！要快！”

“对，前面这辆车乘一定是公子连的，先放火烧掉！断掉他逃跑的念想！”

形势越来越紧张，这可怎么办？庞勇有些慌乱，郑三郎让他镇静，别被这几个歹人所吓倒。雨开始下大了，天空越发黑沉沉了，陡然间传来歹人们的诈唬声，但这不足以吓住嬴师隰——嬴师隰已经紧紧把一把古老的秦剑握在了手中，大不了来一个鱼死网破。这个时候，大家只有去硬拼啦！

5

嬴师隰感觉到一种风雨如磐的力量轰然响起，原来是歹人四处发出的呐喊声。来者甚多，气势汹汹，并有亡命之徒先在官道垭口处放起了火，噼噼啪啪的声音很快传到了这边。那些黑衣人个个下了马匹，一步步向着郑三郎和庞勇守着的庙门逼近。

“放下剑戟，投降不杀！”

嬴师隰身边只有郑三郎和庞勇两个人，在庙门口吸引着十来个歹人，而且先行开打起来。

庙门口走出来白胡子盲老人，手里拿出一杆长笛吹起来，而何瑾薇则吹起了六孔陶埙。

歹人突然被惊到了。

“这是什么人？”

长笛里吹出的是《无衣》，也就是《秦风无衣》，是秦国的曲目。这首曲目的背景是，周幽王十一年（公元前七百七十一年），西周内讧。申侯联合缯国、犬戎攻打都城镐京。而当年“烽火戏诸侯”的周幽王自吞苦果，因无援军而兵败被杀，西周灭亡。秦国距离镐京极近，其国君秦襄公主动出兵救援，并派兵护送周平王东迁。随后秦襄公被周平王封为诸侯，赐予岐山以西之地，并受命驱逐犬戎。在秦军与戎人交战过程之中，演绎出了《秦风无衣》。

何瑾薇竟然随着长笛的伴奏唱出了歌词，在这个昏昏沉沉的雨夜之中让周围这些黑衣歹人一时间不知所措。

岂曰无衣？与子同袍。王于兴师，修我戈矛。与子同仇！

岂曰无衣？与子同泽。王于兴师，修我矛戟。与子偕作！

岂曰无衣？与子同裳。王于兴师，修我甲兵。与子偕行！

这股歹人疑惑不解的是，嬴师隰身边何以有秦国人？加之，歹人也是秦国人，早些时候偷偷化装入境，一直从秦国渡过黄河进入了赵国。其任务就是暗杀嬴师隰，以消除秦简公的后患。秦简公当时派人对他们说，暗杀嬴师隰，这是在维护大秦国利益。漆黑的雨夜里，眼见得已经围住了嬴师隰所在的破庙，却是听到了流传在秦军的《秦风无衣》，悲壮慷慨的视死如归，竟然在这个时候激起了歹人的回乡情绪，不由得合着白胡子老人的长笛和何瑾薇的领唱，一起唱了起来。

无论是嬴师隰一行人，还是要暗杀的歹人们，都一起合唱着《秦风无衣》。

“不许再唱！要赶紧行动！活捉公子连有重赏！”

重赏之下必有勇夫。有几个亡命之徒又开始与郑三郎打了起来，而庞勇也主动迎战，一连刺倒了两三个黑衣人。

这样又僵持了半个时辰，雨又下大了。嬴师隰对白胡子盲老人说道：“老爷爷，本公子不连累您及何姑娘了。快走吧！”

何瑾薇插嘴说：“这个时候了，还能跑得了吗？四周都是他们的人！”

也就在快要天亮的时分，突然一阵牛角号吹响了。由远而近，牛角号是魏武卒的号令。

“不好了，吴起的队伍来了！”

歹人们开始一哄而散了。牛角号过后，冲过来七八个武士，其中有吴起，随之而来的还有乐羊、藺天成、韦成梗、司马飘香、白从德等，只见一阵噼里啪啦，歹人一个个夺路而逃了。

“吴将军，原来是你呀，果然名不虚传！”

“快跑吧，丧门星吴起杀来了！”

吴起让乐羊和司马飘香乘胜追击那些歹人，而庙里的嬴师隰走了出来，一眼就盯住了吴起。这是他们第一次见面。嬴师隰上前一把拉住了吴起的手，十分激动，感慨地说：“来得真及时呀，再晚一点，我公子连怕是做了这些歹人的刀下鬼！”然后，他把郑三郎、庞勇介绍给吴起。

“赶紧走吧，回到离石邑城就安全了！”

吴起前日就从狼狐郡赶到了离石邑城，早就得知嬴师隰此行要来见他。魏文侯的快马从另一路赶到了魏军大营，从时间上算计，嬴师隰最晚也应该昨日就到了离石邑城，可是吴起左等右等，没能等到人。凌晨有百姓先行通报，说是邑城北边五里许有一小股化装入境的秦军在围追客商，吴起当即亲自带领魏武卒一路杀来，没想到就在这里救出了嬴师隰。

“真的感谢吴将军的救命之恩。”

吴起则说：“还客气啥呀，大家都知道公子连是魏文侯所看重的座上宾，并派快马来通知了你的行程。这是本将军理应做的事情。”

6

赵国离石邑城闻名遐迩。嬴师隰知道齐国有临淄、即墨、平阳，鲁国的曲阜，卫国的朝歌、左氏，魏国有安邑、大梁，韩国的郑、长子，楚国的郢都、宛、寿春，吴国的姑苏、越国的会稽，秦国的雍城、栎阳等。这些地方，嬴师隰大多一一走过了，只是离石邑城早已耳闻，并且也属于这些诸侯国之中驰名的邑城之一。这次吴起前来迎接，并在嬴师隰遇袭时营救，让他心怀感激。

吴起的故国，位于黄河中段一块肥沃的地段。嬴师隰曾漫步在卫国朝歌的街市上，但心里还是闷闷不乐。他这时对吴起说：“还真想到将军的老家左氏去看看呢。”吴起则表示，左氏也没什么可看的了。这是因为吴起母亲早已病死好几年了。从左氏到朝歌，都弥漫着一股崇商的萎靡气息。吴起并不喜欢，却在离开多年之后又经常会想念。人都是这样一种奇怪的矛盾体。

“吴将军，何时出兵攻打河西之地？”

吴起有些警觉了。他看了嬴师隰一眼，觉得这个废太子毕竟还是一个秦国人。

“吴将军多虑了。公子连只是在魏文侯那儿听说您有过这个攻秦计划，首战是临晋……”

“公子连是想说什么？”

“本公子的母亲从陇西赶到了临晋，一直想见到我这个不孝之子。如果，吴将军出兵之际，我可派庞勇跟随着吴将军作战，攻入临晋之后伺机救出我的母亲。”

吴起松了一口气，然后说道：“这个自不在话下，救出公子的母亲，也是本将军的职责所在。”

嬴师隰连忙向下一拜。吴起赶紧扶起，两个人一起上了同一辆车乘。

刚进入离石邑城北门，就远远望见南关方向驶来三辆车乘，吴起一看那个熟悉的厢轿，就突然想起了萧琼。

“萧琼回来了吗？”

驶过来的车乘突然停在了吴起的面前，前面一辆车乘厢轿的门帘揭开，是好几日未见的荀康。

“这次怎么样？”

“倒是萧琼此去，还真的换回来了你儿子。”

荀康把小吴期从厢轿里唤了出来。小吴期怔怔地看着吴起，却是有些不知所措。他还是不认识父亲吴起，谁也不说这是他的父亲。所以，小吴期一直在躲着吴起。

“他是谁呀？”

荀康这才笑着对小吴期说：“这是你的父亲吴起呀。快来认认你的父亲。”

“怎么他与我的名字一样？”

“以前就与你说过了。读音一样，写法可不一样。你是日期的期，你父亲是起来的起。”

“这样呀，干吗要与我的名字一样。不喜欢！”

荀康佯装要生气的模样，对小吴期说道：“不喜欢，不喜欢他也是你父亲。”

“唉——，孩子认生呀，全怪我！”

吴起身穿红色的衣甲，腰间的佩剑插在剑鞘里，这倒是引起小吴期的兴趣。

“我想玩剑。”

“叫一声父亲，就会给你玩！”

荀康看着小吴期有些羞怯，却是回头看着他，然后在他的鼓励下，才向吴起犹犹豫豫地走过来。

“父亲，我玩一下你的剑。”

吴起盯住了小吴期看，比两年前长高很多了，尤其这孩子长得有点像田小璇，圆圆的脸蛋，双眼皮，挺直的鼻子，尖翘的嘴巴，无不让他想起不堪回首的往昔。尽管，小吴期看到吴起还是有些不适应，尤其现在，扭扭捏捏的，有点不好意思。

“有啥不好意思的，我是你父亲，不是冒牌的。你的名字还是我给你起的。”

“真的吗？”

“当然真的了。这还有假。”

“我听姨妈说，我的名字是妈妈给起的。”

提到田小璇，吴起有些愣怔了。他转而换了一个话题，说道：“走，去看看你的姨妈吧。”

小吴期竟然听话地点点头：“好！”

随后，蔺天成看到夫人田秋月也从第二辆车上下来了。田秋月是被几个士卒抬下车的。两条腿烫伤很严重，几乎无法动弹了。田秋月却笑着对小吴期说：“过姨妈这儿来，咱们回家！”

小吴期用一双小手摸摸吴起的佩剑，然后跑到了田秋月跟前。他们一行向蔺府走去。田秋月故意没有看吴起一眼。吴起站在一边，只能默送着小吴期跟着他们走了。

荀康说：“蔺夫人为了救出你儿子，竟然跳进了滚沸的大铜鼎。”

这个时候，吴起又向田秋月那儿看了一眼，却又想起了此去不复返的萧琼，不由得深深地叹了一口气。

吴起身后的嬴师隰说：“去蔺府一块看看吧。”于是，吴起一边陪着嬴师隰向前走着，一边自言自语：“唉，再要见到萧琼怕是要很难啦！”

这时，荀康又向后看，发现了何瑾薇与白胡子盲老人，竟然有些激动。何瑾薇还是上次那个长衫少女的打扮，只是有些疲劳之态，反倒显得更加迷人了。荀康上前说：“怎么你们也来到了离石邑城？”

何瑾薇说：“感谢荀康先生上次在临晋出手帮助。自从那次一别，原本与老爷爷一起学唱挺好的，可是被临晋封地最多的庶正玖看上了，逼着当他的第八房太太，我一口回绝了。随后，连夜与老爷爷乘着渡船来到了河东，一路饿得走不动时，幸亏碰到了好心的公子连。”

“那你还要去什么地方？”

何瑾薇盯住荀康的眼睛，一字一句地说：“哪儿也不会去了，这次就是投奔荀先生来了。荀先生到哪儿，我和老爷爷就跟到哪儿。”

荀康笑了，说：“真的吗？我也正打算找你呢，可是不知道如何才能找到你。既然这次遇到，就跟着我好了。”

何瑾薇投向荀康的目光一下子变得温柔了许多，脸也有点红。幸亏，她身边的白胡子盲老人看不见，却也体会到两个年轻人情感的微妙之处，十分豪爽地朗声大笑。

“爷爷笑什么？”

白胡子盲老人说：“听说离石邑城东关有一个很好的戏园子，这一下，何姑娘能好好地尽情唱一番啦！”

“唱不唱倒不打紧，关键是今日一到离石邑城就碰到了荀先生，也是造化了。”

“我也觉得不仅仅是造化，而是十年修得同船渡，以后就能常听你吹六孔陶埙啦！”

吴起把蔺天成拉过来借步说话，主要是安排嬴师隰的住所，然后，一旁的荀康又把白胡子盲老人和何瑾薇介绍了一下。蔺天成当即拍板让嬴师隰住蔺府西院，让荀康他们一起住到蔺府东院。

吴起问：“蔺夫人的伤怎么样呀？”

荀康回答：“这次蔺夫人为了救小吴期，才牺牲自己两条腿的。唉！”

这时，吴其昌走了过来，说是蔺夫人还得休养，估计烫伤的腿必须每日换药。吴起说，如果需要，他可以让戴芙蓉过来帮帮忙，熬药，换药。

蔺天成说：“不用了，府上还有柳婶呢。柳婶熟悉田秋月的饮食起居习惯。”

第九章　临危不惧

1

嬴师隰在离石邑城住了两日，还在蔺府不远的戏园子观看了白胡子盲老人和何瑾薇演出的秦腔唱段。这在魏国多年都没能听到的老家曲目，一时间让嬴师隰心潮翻涌。秦腔在西周时期就已开始盛行了。源于西府，即西岐、雍城一带。秦腔又称乱弹，在秦国，其中以西府秦腔最为典型。又因其以枣木梆子为击节乐器，所以俗称为梆子腔，雍城人干脆叫作桄桄子（因梆子击打时发出桄桄声）。嬴师隰盯住白胡子盲老人敲击枣木梆子，而何瑾薇则先吹一段陶埙，然后才开唱。作为宋国人的何瑾薇秦腔也唱得很地道。嬴师隰总是会想到自己年迈的母亲。母亲常说起与父亲秦灵公在宫里时每个晚上都会听一段秦腔。秦灵公对母亲说，当年秦襄公派兵护送周平王东迁时，众士卒齐唱《秦风无衣》，而秦灵公吹起了六孔陶埙。这只埙从秦襄公一直传到秦灵公手里，后来又到了嬴师隰的手里。母亲让他随身带着这只六孔陶埙，但后来从陇西出逃时，忘记带了。这只六孔陶埙一定仍然陪伴着母亲吧？

嬴师隰想到自己的母亲就翻来覆去睡不着觉了。他总是会梦到母亲。母亲坐在睡榻前，等着嬴师隰醒来。等到嬴师隰醒来，母亲却又不见了。母亲的眼里总是流着泪。她说，想他的时候，就只有走出院落，向着东方遥望。绵延的黄土坡，望不到尽头。所以，嬴师隰一大早就从睡榻上醒来，就要站在高坡上向西望。他总觉得母子俩在不同的时空里对望着。天色渐渐大亮，只是还未出太阳，清风扑面，就在跨院里出来活动一下。嬴师隰谁也没有惊动，却也使得郑三郎和庞勇随后醒来，形影相随。

“别跟着我，走到哪儿都紧紧相随，没有这个必要！”

说归说，郑三郎和庞勇还是依然如故，嬴师隰也就不管他们了。一条石板镶嵌的小街，弯弯曲曲，却又依着地势的高低而形成独特的北方邑城才有的景观。刚走到空落落的戏园子，场地上没有一个人，戏台上也还有昨晚演出的布景，原定还要演出两场。

“吴将军和蔺将军呢？”

“也没看到他们，大概还在休息吧？”

再往前走，却是碰到了荀康。嬴师隰看这个年轻的儒生总是精力充沛，气度不凡，一举手一投足，都与众不同。原本昨日想做一些深谈，却是其他的应酬颇多，没来得及与他打一声招呼。

“公子连先生，早就听说您来了魏国，一直未有机会谋面。这次，能够见到，也算是缘分了。”

嬴师隰站下来，这才与荀康聊起了儒家学说，甚至还牵涉到易学之类。早在刚到安邑时，嬴师隰就想成立书院，可惜一直忙于朝堂上的应酬，魏文侯的请帖又不得推拒。毕竟，魏文侯在嬴师隰处于困窘的时候收留了他。除了贴身卫士之外，嬴师隰急需一个智囊团，尤其荀康这样的游说人才，为其出谋划策，如何有朝一日返回秦国，夺得王位，一展抱负。

当荀康在感谢嬴师隰对何瑾薇救命之恩的一刹那，就让嬴师隰体会到荀康与何瑾薇之间有一种只可意会不可言传的情感。嬴师隰并不会庆幸自己当时的决定，让这一老一少搭他的车，这其实是举手之劳，也是他一贯的为人之道。正因为这一点，荀康在嬴师隰清秀的脸上感受到一种凛然之气。

如今的荀康，不仅习文，还有武术的功底，早晚都要练一会剑术就是明证。荀康与吴起虽然同是卫国左氏的老乡，却又有一点不同。如果说，吴起是久落平阳的猛虎，久困沙滩的蛟龙，而荀康就是学有所成的游学之士，却又没有太多的功利心，仅仅在三晋的韩赵魏，以及楚秦两国都有邀约。荀康还有另一个谋生的身份，就是堪舆大师，以至于寻找他察看风水的主顾多为达官要人。荀康还能从一个人的气色推断其命理运程。

“人生在世，讲究一个因缘，讲究一个福报。命里可能也就那么多，贪得太多，甚或必须求得子弟贵为卿大夫，这又是为何？虽身处卑微，但能够不贪图富贵，伯夷拒绝服侍于不肖者，伊尹五次服汤处又五次往桀处，身处污泥而不染的柳下惠，其目标都是体现着孟子仁爱的理念。”

嬴师隰听着荀康的这一番肺腑之言，不由得思绪万千。

2

其实，邢让当时并不想把小吴期归还给吴起，只是萧琼力求他这么做，并表示她这次定然会留下来，并作为一个交换的必需条件。不得不说，邢让早就对萧琼有一种特别的感觉，尤其这次意外的相见让他激动万分。这也许是上天给他的最好礼物了。他这几年一直在想着十三岁时的她，却知道这是一种虚妄至极的徒劳。直到这次见到她，陡然看到了一个新生的她，于美轮美奂间有了一种梦想成真的幸福感觉。他早已没有了这一心动的感觉，甚至早已钝化了自己的感官，麻木了自己的神经，因为见多了各种各样的歌姬。

邢让记得萧琼在十三岁那年的模样，被一个手下的马夫所掳获时的呼喊。萧琼以死抗争的决绝表情，让邢让一下子呆住了。吴越之地见过太多这样的小女子，多半会忍气吞声，忍辱负重，但萧琼的眼神昭示了一种玉石俱焚的勇气。

这次孟门道院的祭祀活人，荀康也反对邢让这么做，拿着无辜的五岁小吴期来做祭祀的牺牲品，简直罪不容恕呀。

“一国之内，何为贵？孟子曰：民为贵，社稷次之，君为轻。”荀康侃侃而谈。“国与国之间交战也一样，兵来将挡，水来土掩，但你不能拿对方的妇孺老小来做要挟的牺牲品。否则，欺世盗名，再冠冕堂皇的祭祀，也是挂羊头卖狗肉，无法让民众心服口服。”

邢让说：“那么，依荀先生的意思呢？”

“吴起已经把俘获的修嫦娥放回来了。虽然有一个叫戴芙蓉的吴越歌姬不愿意归返，但也以更加高规格的萧琼来作为交换。你要知道萧琼可是吴起的掌上明珠。所以，交战国之间不可拿彼此的民众作为绑架，否则师出无名，何以百战不殆？”

邢让一听，再看看萧琼的表情，这才最终决定把小吴期亲手交在了荀康手里，然后立即亲自下发令符，予以放行。

而萧琼此时此刻将会伴随邢让回到秦国。邢让的两万疲惫将士需要休整，正好孟翔也带来秦简公的令符，然后秦军连夜后撤，准备择机再伐魏。秦简公的二十万大军伐魏计划也在邢让休整之后，择机再等待统一调遣。

邢让也耳闻秦国的废太子嬴师隰正在赵国的离石邑城，可是这个时候并非攻城的好时机。一来人困马乏，二来人心思归，三来邢让也抱得美人归，遂也有回到故土休整队伍和补充粮草的想法。邢让与萧琼当即共乘一辆车乘，连夜启程了。

嬴师隰作为秦灵公之子，在父亲驾崩之后才五岁，无法担当国君重任。秦灵公的叔父篡政，嬴师隰和其母亲被赶出宫。这些事情，邢让也是略知一二而已。照理说嬴师隰是要继承君位的，但不仅没有继承，还大祸临头。或许真的有这么一天，嬴师隰归国夺取君位，也大有可能，到那时就不知道谁又该大祸临头。邢让并不想这些与自己八竿子打不着的事情，但又一想到嬴师隰就在几十里路外的离石邑城，就让他惊出了一身冷汗。

这次孟门的活人祭祀也是事出有因。每年到了干旱无雨的季节，道院里就会有老百姓的祭祀活动。邢让见此机会，就想把动作搞得大一点，不仅在道院设立大铜鼎，而且坚决要用活人来祭祀。大铜鼎下堆满了柴火，大铜鼎里的水烧开之后，放置猪、牛、羊，然后再把吴起的儿子吴期扔进去。

不过，这一活人祭祀活动最终还是无疾而终了。总算是小吴期命大，当然，得益于田秋月以死抗争的行为，后来，荀康也出面劝阻，但最终使得邢让放弃了这种活人祭祀想法的还是萧琼——也只有萧琼，才使得他有一种心安是归处的感觉。他如获至宝。

邢让在车乘里深情地望着萧琼，一时间也就什么都不去想了。在颠簸的路途中，萧琼左摇右晃，却是一直背对着他，在眺望荀康一行马车离去的方向。萧琼在想，她与吴起的缘总算是尽了。或许，吴起真的是一个命硬之人。萧琼在他那儿感受不到一点温情，或许曾经有过某种欢悦，但是后来就逐渐地淡漠了。吴起的心力多用在了建功立业上了。他一进入西河，首先是建立和扩充魏武卒。他整天脑子里想的是如何训练好自己的士卒了。即便如此，萧琼一旦要在这个夜晚离开河东，真的前往河西的秦国时，还是低低地饮泣着，再接着就是泪如雨下了。与其说，萧琼在向吴起作别，不如说是她在向过去的自己切割。她在吴起这儿失败了。那么，她在邢让这儿会怎样呢？这个问题让她陷入深深的忧虑之中，她对未来充满了更多的不确定感，甚或是无边无际的陌生带来的恐慌。

“前面就是黄河渡口，该是从车乘换渡船的时候了。”

邢让在车乘里沉默良久，然后悄悄地从萧琼的身后抱住了她。

“跟着本将军走吧。回去就做本将军的六夫人啰。”

萧琼内心里一声忧叹，不服从命运也没有任何办法了，只是问了一句：“将军以后不会动手打奴婢吧？”

“别自称什么奴婢，你是我货真价实的六夫人了。别害怕！跟着我，决不会让你再害怕啦！”

萧琼抬起头来，泪眼蒙眬间，让邢让回到了吴越之地的那个夜晚，当时十三岁的她也是这样望着他。那时，她是单纯的，把他看成了自己的救命恩人。

“本将军会回来娶你的。”

真没想到当初的一句戏言，竟然在今夜就要兑现了。车乘厢轿外开始下起了大雨，泥泞的官道上，萧琼觉得一切才刚刚拉开序幕。

3

干旱无雨。离石邑城的文庙广场上，烟气缭绕，人头攒动，秧歌对唱，旱船飞舞。祭坛两旁的民众虔诚地烧香叩拜，嘴里念念有词，祈求掌管下雨的神灵收下广大民众的虔诚祈福。

自从秦军攻打过离石邑城之后，吴起把郡府移到了蔺府附近的书院里了。荀康被安排在书院讲学。在全城祈雨的人群中，白胡子盲老人吹着古笙，而一边的何瑾薇在吹着陶埙。这两种乐器倒是罕见，民众围住都来看。

白胡子盲老人脚底一滑，一下子跌倒在地了。何瑾薇连忙停下演奏，去扶白胡子盲老人走向嬴师隰的车乘。嬴师隰说，下来走一走，让老爷爷乘坐车乘，先回藺府休息。

吴起随着藺天成查看城外的灾情，嬴师隰也想出去看看。

站在城墙上，但见城外五里莲花池的水，也都枯干了。四周的槐树上空落落的，叶子也被饥饿的人家摘去当饭吃了。往年的槐花飘香，香气扑鼻，蜂飞蝶绕，早已不见了。

嬴师隰问道："这槐树叶也能吃吗？"

吴起答道："当然了。本将军还在卫国老家左氏城的时候，槐花、槐树叶，都可以摘下来蒸煮着与米饭团子一起吃。不过，本将军家算是大户人家，这槐花叶子只是吃个新鲜罢了。"

藺天成也插话道："离石邑城的民众，米饭吃得少，以面食为主。槐花和槐树叶能与发糕搅和在一起，做熟后，别有一种不同的风味。"

莲花池往西是北川河，河岸上靠近虎山处，有大片龟裂干旱的土地，那些正在农作的人里有赵国的士卒，也有俘获的奴隶，妇孺老小都出来了，各自分工，辛苦劳作。

吴起说："本将军把魏武卒的五千人调来，由藺将军安排，帮助老百姓种地吧！"

藺天成抬头望着大片干旱的土地，说道："那真是太感谢了！以后离石邑城就是魏武卒的大后方，魏赵两国联合起来共同抗秦！"

"这往后还分啥彼此呀，就算是魏赵一家人啦！"

"本将倒是无所谓，就怕赵王不会答应吴将军说的这样魏赵一家人……"

"嘿，这个好说，离石邑城名分上还是赵国的归属，但本将军把郡府搬到离石邑城还不是为了魏赵共同抗秦嘛！"

吴起深知西河郡也有这种奴隶，他们的相貌多半黝黑苍老，说话的口音与当地人不完全一样，有的甚至来自遥远的边地。吴起曾与乐羊一起讨伐过中山国，还与郑国有过争端，很多的战俘和被掠获的百姓也只有来西河郡开垦土地。

"真没有想到赵国也有这种奴隶呀。"

吴起倒是想在这些奴隶当中挑选一些年轻而又体力强壮的小伙子，补充魏武卒的兵力。

蔺天成哈哈大笑，然后指着一处高地，说道："那儿就是他们统一的居所，依山而建，一孔孔窑洞，不出工的时候，都在一起。"

吴起了解到，这些人都有官府出具的丹书，即用朱砂书写在布帛上的奴籍。正是这种丹书牵制着他们去天天耕作，而无法回到自己的母国故土。

"现在并非犁地的时节，为何要犁地呢？"

吴起有些看不懂了。他试着从一老者手中接过了扶着的木犁，然后让五六个人用劲拉着木犁上系着的绳索。

"刚收了麦子，东家让犁地就犁地吧。"

其中一个中山国来的小伙子转过头来问吴起，是哪儿的人？是不是魏国的上将军呀？吴起就笑了。"你眼力不错呀！愿意跟着本将军去打仗吗？"中山国的小伙子不假思索地说："不愿意。打仗会没命的。"随后，吴起得知这个中山国来的小伙子叫甄木丹。

"甄木丹，你听好啦！今天晚饭时你把脚下的这块地犁好了，就奖励你一千金！"

甄木丹有些羞涩地说："不可能吧？一千金够我娶老婆生孩子了。这世上哪儿有这种好事呀？"

刚才犁地的老者看看吴起，然后摇摇头，说："依老夫看，根本没这个可能，甄木丹还是好好拉你的犁吧。你有好命的话，就不会被俘获到西河郡拉犁啦。"

甄木丹眼睛里的一丝亮光，被老者一下子说得又暗淡了下来。

吴起拉着蔺天成登上一个高坡，回首眺望，只见远处的土地阡陌纵横，犹如一个个方格子，更像一个连着一个的"井"字。吴起知道，周朝的井田土地耕作制度在各个诸侯国里都盛行。每一井土地又分为九个独自分开的方块，而一个方块有二十亩，均由一户耕种。老者和甄子丹等十来个奴隶被分到这户人家来耕种。再往远处，有一片片的山地，呈梯田形状，分别又由每个村落的大户耕种，这些均为私田，收成全部归大户所有。当然，除此之外，还有大量的水地属于公田，由离石邑城四乡八里的大户共耕，收入则全归封邑贵族所有。

吴起与蔺天成商量着未来两年内土地分配等相关的措施。蔺天成认为这些改革措施不太现实，因为大部分的公田都是魏王和赵王亲自分给封邑贵族的。

吴起与蔺天成边走边谈，甚至提到了井田制虽然起自夏朝，但如何改变这种封邑贵族垄断土地的现实，甚至让人人拥有田亩种，不是更好吗？蔺天成摇摇头，总觉得吴起的想法太不切合实际了。凡事顺其自然，不触及现实的利益格局才是正道，要不然会得罪很多封邑贵族的。

“可是，国家要发展，光有英明的国君和忠勇的大臣还是不够的，就算上封邑贵族的支持，但还是有限的。要做到人人支持，就得人人有饭吃，就要明白必须让人人都有土地。虽然，目前看，做到这一点很难。但消除封邑贵族的一些土地，还是可行的。人人有饭吃，人丁兴旺，才有国家的富强。”

吴起的一番话，并未打动蔺天成，相反，遵从国君之命，才是王道。不过，他们边走边看，然后不时争论一番，很快一个时辰的工夫就走出了七八里地。然后，他们又向来处返回。

只见甄木丹挥汗如雨地扶着木犁，木犁前面是一头壮实的老黄牛。一块土地已经快让甄木丹耕完了，旁边几个奴隶则在嘲笑他傻，相信了一个自称魏国上将军的话。

“这块地竟然提早犁完了，好呀！”

甄木丹抬头问道：“地是犁好了，可是吴将军说好的一千金呢？”

吴起立马命令蔺天成身后的司马飘香，“去离石邑城书院办公处取一千金来。速去速回！”

甄木丹得到一千金奖赏，竟然有些不相信是真的。就连旁边的扶犁老者也说：“天上掉馅饼了，还正好砸在你甄木丹身上！”

司马飘香回来了。吴起接过一千金，马上递给了甄木丹。“这一千金就是属于你的啦！你可以娶到老婆啦！”

甄木丹上前掐住旁边老者的胳膊，老者不停地喊疼。

“你干啥要掐我？”

“我看看这是做梦，还是真的？”

吴起说：“这一下，相信是真的了吧？”

甄木丹一激动，一下子就热泪盈眶，“吴将军，我可以参加您的魏武卒吗？”

吴起点点头说道：“甄木丹，你被破格录取了！”

只见有几个年轻壮实的小伙子也踊跃报名，蔺天成则躲在一边，叹了一口气：“嘿，这个吴将军在我们赵国的地盘上来招兵买马啦！”

“什么赵国魏国，魏赵从此就是一家人啦！”

“是你说了算，还是我说了算？”

吴起哈哈大笑，举了举手中的宝剑，然后说道：“这个说了算！”

随即，吴起让司马飘香去做招兵买马的工作去了。蔺天成走到吴起跟前，然后打着哈哈，也说道：“什么韩魏赵三晋，依吴将军的言必行行必果的人格魅力，从今往后，这离石邑城也就该划归魏国的西河郡了。”

吴起又是哈哈一阵大笑。“蔺将军真会说话。不过，这话也说得对，你放心，韩国不好说，但现在只要魏赵联合抗秦，一定会有开疆拓土扬眉吐气的那一天！”

4

邢让与萧琼乘坐的渡船到了黄河西岸，又翻过一个土坡后，就看到一座邑城。城外的老百姓并不像河东百姓那样依然在田间劳作，而是正在一座神庙前祈雨。邢让走到路边问一个老农，今年的收成如何？老农说道：“就看眼下这场雨了！”又有一位东家模样的人连忙问邢让仗打得如何？邢让不想回答，木然地望着一大片田野。

这儿虽然在黄河西岸，但吴堡一度属于赵魏两国，后来才属于了秦国。所以，老百姓对秦军总是有一种敬而远之的态度。

老农说道：“磨刀不误砍柴工，祈雨也是为了收成。”

邢让抬头看看天，然后说：“过两日会有雨，你们不用祈雨，都回去吧。”

“早听说，离石邑城内也在祭祀求雨，是吗？”

“祭祀的事，好像有。本将军在孟门也举行过祭祀了。不过，这过两日要下雨是荀康告诉我的。”

萧琼问道：“荀康的这个预言能准吗？”

邢让说：“荀康这人不简单，凡是他在我面前有过的一些预言，十有八九被他说中了。”

“想不到荀康这人这么厉害呀！”

从邢让的表情上看去，萧琼就感觉到荀康这人确实有着不一般的地方。

“是呀，不是荀康后来再三求情，吴起的儿子吴期就死定了。”

“还是荀康说得对，但凡是一个人，就要心怀敬畏，不能把任何事情都做绝，做绝就会适得其反。”

“荀康给我在栎阳的住宅看过风水。”

“栎阳？邢将军的意思，奴婢也与其他五位夫人住在栎阳吗？”

“你想去哪儿住？说个地方？”

“奴婢还想回吴越老家呢，你答应吗？”

“只要在秦国，任由你选吧。”

“奴婢也不为难将军，只要您真的答应娶奴婢，除了栎阳，哪儿都可以。”

邢让想了想，然后说道：“这样吧，秦简公给我的住宅还有两处，一处在临晋，一处在雍城。”

萧琼盯住邢让看，然后说：“还是让奴婢住在雍城吧，那儿是都城，将军回来的机会更多一些。奴婢不想一个人独守空房。”

“那就这样说定了。”

邢让与萧琼一路回到了雍城，但他不急着去见秦简公，而是先安排萧琼在新宅里住下。萧琼的沉稳性格里有几许执拗的成分，或许是因为她最初在鲁穆公的宫中受到压抑所致，也或许是因为先天的基因有关，更多的是与吴起在一起漂泊不定的生活留下了浓重的阴影？

“你觉得吴起是一个怎样的人？”

萧琼不想与邢让再提吴起这个人。因为，她想重新开始生活。

这是秦国之都。天虽然已经黑了，但邢让新宅里却点上了一个又一个红灯笼。这些都是邢让特地让孟翔提早回来安排的。

邢让与萧琼的新婚一早，天就阴着脸，而且，雨就滴滴答答地下了起来。邢让军中的一些部属和都城里的熟悉老臣都来向邢让道喜。

祈雨祭祀的灵验，原本就让邢让眉飞色舞，再加上新婚之喜，又娶了第六个小夫人。邢让就与萧琼耳语着，说着一些情话。秦简公也得知邢让的喜事，派人给送来一份厚礼，从宫里来的车乘上运来一个御用的木箱，还有床头用的铜镜、鸳鸯枕什么的。

雨还在下着。邢让与萧琼向父母的主位问安后，便去招呼大厅里的来客去了。一阵喜乐过后，八对绛纱灯引领着，邢让在酒席间转了一圈，领着萧琼谢客。

大厅里的席终，但回到新房里，重新摆酒，两个人对拜，举案齐眉。五六个丫鬟和厨娘轮流侍奉。其中，邢让早已从西府买来的两个贴身丫头，一个叫彩花，一个叫双兰，都是袅娜轻盈，十分出众。

"彩花和双兰都是侍奉你的。"

萧琼抬头看着邢让，然后点点头，说是用不着这么费心，这么多人来服侍，有些不太习惯。萧琼的父母因无公子，一直把女儿当作儿子养。五六岁就请先生启蒙，就读了《诗经》《论语》等；十二三岁，就开始从诵读到讲书、做文章。邢让当年一眼就看中了萧琼的这一点。

"那你不再想着要与吴起索要一朵花戴芙蓉了？"

"谁说是一朵花了？夫人真是笑话。这次虽然没有索要回戴芙蓉，而且把吴起的儿子也放回去了，但歪打正着，本将军却得到了你。这就是古人所说的，踏破铁鞋无觅处，得来全不费工夫。"

5

十八年前的吴越姑苏都城，萧琼母亲难产，痛得死去活来，几次走近鬼门关，最终生下了她。小孩子出娘胎，一般是头先出来，但她是横着手先伸了出来，这一下可把接生婆吓坏了。萧琼一出生，父母就发现她是一个女孩。从那以后，父母把她当作儿子来养。

现在，萧琼在想，如果那位贵人荀康真如邢让说的很会预测，她就想问问今后自己在秦国的吉凶，还要问问她今后如何与邢让的前五个夫人处好关系。幸亏，萧琼选择不住在一处，否则麻烦事情肯定少不了。她害怕这种错综复杂的关系。不过，五位夫人都在栎阳，而萧琼在雍城，离得比较远，应该还是有着应对的腾挪空间。

雨没停，萧琼却醒来了。萧琼刚下床，就把邢让也惊醒了。他说："你干什么？有事找彩花、双兰两个。你一点也没有六夫人的架子。"萧琼向着邢让拜了又拜。

这日，秦简公派一个王室小吏，邀请邢让入宫。邢让原本想隐居几日，却得到邀请，即行入宫。一番礼仪、寒暄后，邢让回答了秦简公的疑问："微臣之所以撤回黄河以西，与陛下的很多想法是不谋而合的。做什么事情都要顺势而为，就像微臣所认识的一个堪舆大师所言……"

秦简公问道："这个堪舆大师，本公是否见过？他叫什么名字？"

"他叫荀康，曾给微臣栎阳的住宅看过风水。他所预测的天象，一方面得益他开了天眼，凡事都有一种先知先觉的判断；其次，他善于现场观察，比如对天气的阴晴，甚至风向，都有着自己的判断。比如原本一直干燥的墙皮上潮乎乎的，另外就是地下的蚂蚁在搬家，年老人风湿病痛发作，等等。而《周易》里也说过，月晕而风，础润而雨，静待花开。荀康就能算出其中的究竟来。"

"什么究竟？这个与我大秦伐魏有何关系？"

邢让说："怎么能没有关系？荀康说过，天时地利人和，《周易》所言并非乏味和空洞的大道理。"

"寡人以为，典籍里的很多说辞，听起来好像有些似是而非，让人总觉得匪夷所思。"

邢让将在荀康那里学到的《周易》情况向秦简公继续做了阐述。邢让说："《周易》的很多道理都来自大家耳熟能详的事物和自然现象。陛下要对《周易》有一个全新的理解，只有从一生二二生三三生万物开始。"

秦简公闻此言，便觉眼前的邢让与上次有所不同了。他立刻起身，上前继续问道："伐魏计划的第一步该怎么做？"

邢让向秦简公叙述了这次攻打离石邑城的一些情况。擒贼先擒王。吴起作为魏文侯器重的人，刚刚被任命为上将军。如果秦军能把吴起的嚣张气焰打下去，秦国所属的广大河西之地才能安稳。

“河西之地如何才能获得长久安稳？”

邢让说：“所谓《周易》里的‘易’这个字，体现的是一种千变万化，本身或指蜥蜴，俗称为变色龙。它善于随天气、环境和依附物的变化，随时改变自己身体的表皮颜色。这种变色不仅仅为了隐藏自己，更有利于麻痹对手，最终获得主动出击的机会。所以，我大秦国要想在强手如林的群雄中求得生存，首先要学会求变。”

“如何才能求变？”

邢让想到这次离石邑城一战，就被吴起的魏武卒包抄了后路。他庆幸自己没有霸王硬上弓，而是见风使舵，迅速撤退，才不至于落个惨败的下场。

邢让强调了有关变色龙的一些特点，具体到善于利用夜袭，突击部队统一黑衣，不能让吴起有任何防备，打他一个出其不意，措手不及。

这时，大内侍卫长紧急赶来，说道：“韩国使臣来了。”邢让见此，即匆匆拜别了秦简公。

6

秦简公六年，也正是魏文侯三十八年。三十二岁的吴起早已料到秦简公的这一招。就在黄河东岸孟门附近的八盘山上，两军对垒，仓促中展开了激战。

面前是秦军的二十万大军，投入一线的作战队伍，也只是山谷中你中有我我中有你的厮杀。站到东面山坡上向下望去，只见身穿红色衣甲的魏武卒与黑色衣甲的秦军两个方阵早已融合在了一起，就看谁比谁斗得更猛，谁比谁杀得更狠。

每一个士卒都是母亲的亲骨肉。做母亲的哪有不疼爱的？在鏖战前，吴起身穿战袍，面色肃然。吴起把乐羊叫了过来，面授机宜。这次吴起想冲杀在最前面的方阵，但乐羊说，吴将军的安危直接影响着战局的稳定。

吴起已经把蔺天成留在了离石邑城，让他等这边一旦开战，就带领邑城的老百姓赶紧向东川撤退。司马飘香负责撤退路线的安排。尤其，吴起早已把九凤山的白马仙洞作为藏兵洞来使用。不过，这次吴起特意把田秋月和小吴期等都安排到白马仙洞了。

如果不是吴起的命令，五岁的小吴期还不可能来到这样的世外桃源，只见森林茂密，危峰耸立，白云缭绕。田秋月被烫伤的双腿还未好，被几个士卒抬着上山的。戴芙蓉拉着小吴期，然后一路看见了跑马滩、甘霖洞、白龙池、云树洞、通天门等景观。

当司马飘香的快骑赶回吴起身边时，天早已黑透了。吴起听说离石邑城已经撤退一空了，当即悄悄下了撤军命令。一到夜晚，秦魏两军各守山头，停止了白天的鏖战。所以，撤军的时候并未惊动秦军，等秦军一觉醒来，魏军早已不知去向。秦简公带领大军一直追到离石邑城之外，不敢轻易进攻，先让邢让的突击部队试探一下，然后再做打算。

这个时候，吴起安排了乐羊带着魏军新扩充的三万人，伺机阻击攻城的秦军。而吴起则有了一个大胆的决定，拟带着剩下的精锐之师，转而从北川河继续向北，然后先行带着五千人强渡黄河，直接攻击秦军的软肋，即位于河西的临晋。不过，这一计划实施之前，先得去安邑面见一次魏文侯。吴起还是需要赶时间。

荀康与嬴师隰共乘一辆马车，一直东撤到九凤山的白马仙洞。嬴师隰得知吴起的魏武卒攻打临晋的消息，心情有些复杂。一方面，他的心里总还是牵挂着秦国老家那边，不太愿意魏军攻秦；而另一方面，吴起攻打临晋，或许嬴师隰能够见到自己的母亲。所以，他当即让自己的卫士庞勇跟随着吴起攻打临晋。庞勇的主要任务就是救出自己的母亲。嬴师隰越来越厌恶自己，因为自己不得不寄人篱下，亡命魏国是因为秦简公要杀自己——自己可是秦简公的侄孙呀？嬴师隰的母亲不仅仅单纯因为生他时难产了，而是缘于当时她做过的一个梦。梦中，刚出生的嬴师隰长大成人后真的成了大秦的国君，当母亲疼痛难忍的时候，嬴师隰生下来了。

母亲抱着嬴师隰赶到父王秦灵公的宫中时，一直下着雨。这及时雨，是刚出生的嬴师隰带来的，秦国的旱情缓解了。秦灵公病倒的时候，母亲带着三四岁的嬴师隰推门进去。母亲在和秦灵公说："夫君，神灵早就托梦给我，咱们的公子连（嬴师隰）必定是一代明君，请您提早立下遗嘱吧。""这自然是周礼所容许的，况且公子连着实很懂事，这事我、我、会、记、住……”秦灵公话还未说完，人就不行了，微弱的声息里听不清他在说什么了。再后来，秦灵公一扬脖子，人就走了。

嬴师隰哭着走到秦灵公睡榻前，“扑通”一声跪下了。母亲知道秦灵公的叔叔多次诉说要废掉公子连。而秦灵公坚持要立自己的儿子为继位人。秦灵公生前曾与母亲说道：“寡人这病来得蹊跷，来得凶猛。在这最后的关口，寡人必须说实话，公子连才四五岁，朝中没有重臣辅佐，恐怕公子连在国君的位置上一天也待不下去。秦国虽大，但根基并不牢靠，而且黄河以东有着磨刀霍霍的大国。如何才能守住这份基业，已经不是寡人考虑的事情了。寡人担心你们母子俩的安危，早在老祖宗的《周易》里就有一条，一个新君，只要居安思危，广纳天下英才，自强不息，厚德载物，才能够有望保住这份基业，保住基业，也才能保住你们母子俩的命呀！当年周幽王烽火戏诸侯的前车之鉴，一旦再发生，一定会招来万劫不覆的命运。”

嬴师隰则在母亲脚下听得似懂非懂，只是不断地点着头，却又不知道如何是好。

当秦国群臣来到秦灵公身边时，人已经僵硬了。此时，嬴师隰的母亲和群臣们说：“秦灵公最后嘱咐说，让各位重臣一定要全力辅佐公子连。”可是，这话一下子成了耳旁风，秦简公一登国君大位，就下令把嬴师隰母子俩流放陇西河谷去了。

第十章　长途奔袭

1

那次再去魏都安邑，吴起与犀首范匮讨论《左传》《孙子兵法》的阅读心得之外，还要与李悝讨论法治之道。其次，还见到了翟璜，谈及魏国的风土人情时，翟璜问他作为一个卫国人在西河郡住不住得习惯？

每当高谈阔论时，吴起总会注意到李悝、范匮和翟璜的不同表情。李悝不说话是沉稳平和的模样，但一旦开口却又有一种滔滔不绝一泻千里的豪情万丈。吴起也就想和他多交流碰撞一下，于是，就会说出酝酿已久的《吴子兵法》里的一些段落。比如对如何用兵的问题，是一个双面刃的问题，事关社稷存亡的问题。正如孙子所言：兵者，国之大事，生死之地，存亡之道，不可不察也。也就是那次，李悝给吴起推荐了几本书简，比如《黄帝阴符经》《六韬》《三略》等。不过，在西河郡，吴起看得最多的是《孙子兵法》。

李悝拍拍吴起的肩膀，然后引用了《六韬》里的《论将》："国之大事，存亡之道，命在于将。将者，国之辅，先王之所重也。"吴起刚到西河郡先训练魏武卒，然后修筑防备秦军入侵的城堡和兵营。他满怀着对魏文侯的一片忠心，跃跃欲试，决心开疆拓土，打到河西去。这样的想法，李悝没有反对，但表示了一种慎重的态度。李悝是相信吴起有这个实力的。即便在魏文侯身边，李悝都是说吴起打仗在齐国的司马穰苴之上。吴起在鲁国为将的时候，就有过以少胜多的成功战例，表现了他的卓越才华，在西河郡，面对着秦军来袭，吴起也有过出奇制胜的表现，但是渡过黄河去占领秦国北部的广大疆土，这个战线拉得有点长，别的不说，后勤供给就是一个大问题。

“相公有所不知，本将军早已注意到这个问题了。相公听说过二桃杀三士的故事吗？这齐景公手下的三士，一个叫古冶子，一个叫公孙接，还有一个田开疆，因为两颗桃子，命丧黄泉。正因为这三士没了，也才有了司马穰苴施展才华的机会。”

“将军所言极是。但是，我担心的后勤补给。”

吴起说：“相公不必担忧，这一年来训练的魏武卒不一样，善于夜袭，甚至长途奔袭都没问题。”

李悝正要说话，翟璜却说：“吴将军的魏武卒早有耳闻，救助赵国离石邑城的蔺天成，已经初露锋芒了。”

几案的另一侧范匮自然也是称道，并让吴起在带兵方面多学习一下司马穰苴，比如士卒次舍、井灶饮食、问疾医药，都要身自拊循之，并能够拿出将军的资粮与士卒享用，与士卒平分粮食，他反倒是最羸弱者。

谈到后来，吴起喝的杏花村有些多了。他的舌头直打卷儿，但思维还是很清晰。

“据《左传》记载，鲁僖公二十七年（公元前六三三年），晋楚城濮大战，晋军七百乘。成公二年（公元前五八九年），齐晋鞍之战，晋出动战车八百乘。《周礼》说，险野，人为主；易野，车为主。《六韬》也说，步兵，贵知变动；战车，贵知地形；骑兵，贵知别径奇道。城濮之战时，楚将子玉以若敖之六卒将中军，子西率左，子上将右。晋先轸将中军，狐毛、狐偃将上军，栾枝、胥臣统帅下军。阵势都是三阵。又三阵、五阵到八阵，而八阵为一方阵，大将居中，散而成八，复而为一。”

随后，又过了两日，吴起见到魏文侯。魏文侯也说：“先伍后什，先什后卒，先卒后伯，最后由大将总其成，形成兵教之法。”而这个“大将总其成”，就是要做到“令民背国门之限，决死生之分，教之而不易”，魏文侯相信吴起能够做到这一点。

“寡人听说吴将军在西河郡建立了一个叫吴城的屯兵大营，可有此事？”

“这个叫吴城的地方，绝非正式的官名，而是当地老百姓的叫法而已。距吴城东南几十里还有一个吴屯，也其实是老百姓的叫法。魏武卒攻秦计划，希望得到陛下的批准。”

“攻秦计划里考虑到其他的不利因素了吗？”

“秦的长城主要在西北境，主要防范胡人。西起临洮，东到渭源北，又西北到古狄道，又北到皋兰。魏武卒在《左传》里的五阵基础上建立的魏舒方阵之后演化而来的，强化了车战向步战转化的魏武卒方阵，突出了山地作战的诸多特点。方阵两翼有轻装步卒和骑兵的掩护，以正合，以奇胜。”

“这支五万精锐的魏武卒，如何遴选？”

“所谓重步兵和重装步兵，主要以负重五十斤左右，还能完成正常的训练科目。尤其，一旦入选魏武卒，即可免除他家里的所有徭役和宅田税。退役后，依然享受此项权利。”

2

嬴师隰原本就睡得很晚，却醒得很早。天还未亮，窗外黑沉沉的，万籁俱静。大约寅时，外屋的郑三郎和庞勇睡得正酣，嬴师隰没有去点灯，轻手轻脚向外走。刚才好像做了一个噩梦，但想不起来梦到了什么，只是觉得左边是恶浪翻涌，右边是无法攀缘的峭壁，而前面是离石邑城以北的凤山小道。可是，东川河没有如此湍急凶猛，至少嬴师隰看到的是一种温顺平缓的流淌，与梦里完全不一样。然后，他脚底一踏空，左侧靠近浪涛的地方突然开了一个大洞，整个人就直往下掉，幸亏旁边伸出的一只手拽住了自己。这个人是谁呢？是母亲，却又像宫里的奶娘，但都不像。嬴师隰一边在蔺府跨院里漫步，一边在想着刚才的这个梦。继续在下院里走了两圈，然后想起来梦中拽住他的是谁了。对了，是奶娘的女儿卢云，看上去还是七岁的模样。

“你拽我干吗？”

“不拽你就掉下去啦。”

"我不用你管!"

那时，四岁的嬴师隰与七岁卢云的对话。在秦宫里，只有奶娘的女儿卢云敢与他争吵。

果然，嬴师隰梦见的是卢云又多管闲事，拽住他干吗呀？怕他掉下去，其实根本就没事。

"宫里谁敢害我呀？"

"是呀，谁也不敢害你，可你也不能自己往那个大坑里跳呀。"

"什么大坑呀，那个是金鱼待着的地方。"

嬴师隰的耳边依然回响着卢云的声音，即便在梦里她也和自己在争吵……

嬴师隰依稀记得卢云在他就要离开宫里的前夜哭着让他把自己也带走吧，跟着嬴师隰母亲和他一起去陇西河谷。

"公子连，你带着我一起走吧。"

"我，等母亲同意后再说。"

"带着我，带着我，我长大会给你做媳妇。"

当时，嬴师隰母亲强颜欢笑着，说道:"好呀，小卢云比公子连大三岁，女大三，抱金砖。"

卢云倒是没有金砖可以抱来，却是把花坛里两块方砖抱来了。这个举动逗得嬴师隰母亲和奶娘直乐。

也就在那个嬴师隰和母亲离开秦宫的前夜，奶娘竟然跳入秦宫的一口深井了。一大早，奶娘的尸体被秦宫里的武士从深井里打捞上来，而说好与嬴师隰一起去陇西河谷的小卢云却不知去向，突然失踪了。

"我要卢云姐姐!"

可是，嬴师隰母亲木然着，只是捂住他的嘴，然后拽着他上了一辆密封的车乘，很快就离开雍城的秦宫向陇西方向驶去了。

嬴师隰梦里的卢云也长高了，感觉个头有奶娘那样高了，先是笑盈盈的，然后是一阵抽泣。

"你哭什么呀？"

卢云哭得更厉害了。

"你还是姐姐呢。我说过，我会娶你的!"

可是，嬴师隰猛然醒来后，却是不记得卢云说什么了。“女大三，抱金砖。”嬴师隰母亲的话倒是言犹在耳。

这个时候，郑三郎和庞勇都悄悄地走到嬴师隰的身边。郑三郎给他披上了一件外套，而庞勇则拽住他往院外走。假如，卢云现在还活着，她大概也有十八岁了。

“这么早，干啥去呢？”

庞勇看看郑三郎，然后对嬴师隰说：“公子连，快走吧。秦简公的二十万大军已经攻到离石邑城南关了。”

嬴师隰吃了一惊：“真的是二十万秦军？”

“是的。秦军还有口号呢？”

“什么口号？”

郑三郎给庞勇使了一个眼色，庞勇欲言又止。

“说？什么口号？我倒是想听听！”

“他们？”庞勇吞吞吐吐，“他们说要活捉公子连，还说您是叛徒、卖国贼！”

嬴师隰听到这话，脸色有些难看了。他真的不想狼狈不堪地继续过着这不停地逃亡的没有尊严的流浪生活了。他逃避了秦国的追杀，在魏国也还得要看魏文侯的脸色。他内心还是战战兢兢，很多时候依然是如履薄冰。人们看上去嬴师隰说说笑笑，与一个正常人没有多少区别，其实他只是做给外人看的，夜深人静时，他常常一个人在睡榻上低声哭泣。

“还不如让秦简公活捉回去算了，大不了与我奶娘一样。”

“说啥呢？公子您的鸿鹄之志还没有完成呢。”

郑三郎一边说着，一边与庞勇把嬴师隰一左一右地护卫着，上了一辆早已备好的车乘，从东城门口出去，直奔白马仙洞而去。

“为何要去白马仙洞？”

“吴起的儿子吴期和蔺将军的夫人田秋月等大批离石邑城转移下来的人，都到了白马仙洞。”

现在，十五岁的嬴师隰还想继续与梦里的卢云对话，但一下子被突如其来的现实打断了。梦中的那一切，怎么也接不上了。他在追问，此时此刻，十八岁的卢云究竟在何处呢？

3

离石邑城往东走，就是小东川，沿着官道行进着，能看到沟下面的河流且宽又浅。只见卵石堆积，水草丛生，即便晚上也能够听到河滩里的蛙鸣声。一轮月亮在东天处悬挂着，河边有乱石踏出来的路，有些地方被茂密的水草所遮盖，有些地方则随着河岸曲里拐弯，水面上闪耀着银亮的月光。

这些天来，随着吴起来到藺府的东跨院居住，有些不太适应。戴芙蓉倒是不太喜欢热闹，虽然被秦军掳获到雍城待过一阵子，也曾在秦宫当过歌姬，但她还是喜欢一个人独处。藺夫人田秋月腿上有伤，行走不便。吴起让戴芙蓉多去陪陪她。可是，田秋月总是问这问那，甚或提到当年姑苏城里被一个秦军将领强暴的事情，这使得戴芙蓉心理有了一种抵触，或者是心不在焉。

如今，一到这条路上，而且听车乘外的士卒说，此行将是白马仙洞时，戴芙蓉脸上绽放开了久违的笑容。她的心情一下子豁然开朗了。白马仙洞让她一下子想起与吴起的那次探险经历，那种酣畅的游动中，火把在黑暗中指引着方向，如同一只夜空里的风筝，虽然自由自在，却也有着不确定的风险和刺激。

自从那次白马仙洞探险归来，吴起答应了戴芙蓉的请求，择机会举行婚礼，给她一个稳定的婚姻生活。她需要一个这样的保证，但并非限制吴起的自由。可是，离石邑城这几日也没能完成这一愿望，吴起一直在制定攻秦计划，而且还临时到安邑面见魏文侯去了。吴起走之前还让她对诗，并出题：“一日一月一浮生，一花一歌一心境。”吴起还教会了她骑马。出了邑城，走了半个时辰，戴芙蓉就挑开车乘厢轿的帘子下来，说是要骑马。

“吴将军嘱咐过不让您骑马的。”

司马飘香说着，但还是拗不过戴芙蓉，只好让她骑上了那匹玉兰骢。这玉兰骢与她还是有缘的，她的目光和它一对，就仿佛有了一种默契，而且它驮着她依然是轻轻地奔跑着，马背上的她腾云驾雾一般。她想起了姑苏城里被秦军杀戮的爹娘。她在马背上一猫腰，乘机把司马飘香剑鞘里的剑抽了出来，然后挥舞着向前砍杀而去。

“快拉住缰绳，危险！”

戴芙蓉则是把缰绳暗自松了一松，还低头在玉兰骢的耳边轻轻吻了一下。玉兰骢就心领神会，不管不顾地放开了蹄子，向前飞奔了起来。玉兰骢这几天在马厩里闷得够呛，这一下得到了指令，就四蹄飞开，尽情驰骋了起来。

司马飘香心中一惊，想起吴起去魏都安邑时当面给他的交代，要千万注意戴芙蓉的安全。司马飘香也知道吴起很看重戴芙蓉，也是把她当作未过门的夫人来培养的。

“培养？”

“谁培养谁还不一定呢。”

戴芙蓉盯住了吴起。从白马仙洞出来之后，她向他撇撇嘴，这一个动作，不仅司马飘香，许多士卒都看到了。以往萧琼可没有这么对待过吴起，而吴起也一点不生气。戴芙蓉看来是一个特例了。

司马飘香远远地看到戴芙蓉的身体向一边倾斜，而且越来越倾斜，眼看就要摔下马来了。司马飘香在他自己的黑骏马屁股上抽了两鞭子，然后就追着玉兰骢而去。

戴芙蓉的身体也是不由自主地向着一边倾斜，她的下腹突然一阵绞痛，在一阵颠簸之中，额头上的汗珠都流下来了。

“拉紧缰绳，夹住马鞍，身子摆正！”

戴芙蓉又想起了与吴起在狼狐郡营帐里的一幕。每到晚上临睡前，吴起都要去各个营帐里巡视一遍。有时，吴起还要给头痛脑热的士卒们亲自烧水送药。一次，白从德的右腿上起来一块脓疮。戴芙蓉亲眼看到吴起俯下身来去吸白从德右腿上脓疮里的脏东西。她实在看不下去了，一个人悄悄出来呕吐不止。甚至等到吴起巡视回来，晚上关灯睡觉时，吴起的嘴要亲吻她的时候，她都不由得一阵反胃。吴起感觉到她的不自在，就离开睡榻，去别的营帐与士卒们睡在了一起。

“你也知道不是我嫌弃你……”

“这个，不是，我去漱漱口……”

刚开始，戴芙蓉总是自称奴婢，但吴起不让她这样。他们之间要你我相称，而且他还说要把他与她的婚事早点办了。

这个夜晚，戴芙蓉很久没这么畅快地骑过马了。官道的颠簸，以及官道两旁的树木瞬间地向后飞去，总觉得如同流逝的岁月，让她有些无奈，更有些伤感。

“别哭了，不好吗？”

“不是因为你，是想起了姑苏城里冤死在秦军手里的爹娘。”

“这次魏文侯让我去安邑就是商定攻秦计划的，等攻下临晋，你会得到一个大大的惊喜。”

“奴婢如果再落入秦军之手，就会自刎而死。”

“不必提这个死，我吴起这辈子就与你戴芙蓉在一起了，夫妻恩爱，永结同心。”想到这儿，玉兰骢上的戴芙蓉把身子摆正了过来，虽然下腹还很疼，但她向赶过来的司马飘香微微一笑。

“您下马吧，还是坐在车乘里稳当。”

“别老您、您的，以后叫我夫人！”

“夫人？”司马飘香一怔，但很快明白过来，然后说：“是，夫人！请上车乘吧！”

玉兰骢止步了，而且它还把前蹄微微一弯，让戴芙蓉好下马。缰绳转到了司马飘香手里，然后玉兰骢跟在司马飘香的战马身后走了起来。

4

吴起骑着飞龙驹回到狼狐岭大营的时候，正好在垭口遇到了匆匆策马赶来的司马飘香。

“吴将军，你回来得正是时候，只是你的车乘呢？”

“车乘太慢了，从安邑到狼狐岭也走了三天两夜，累得够呛，飞龙驹还算是够快的，中间只歇息了两个时辰。”

“二十万秦军已攻入离石邑城了。这次该撤走的人都撤走了，按照你走时的安排都到了白马仙洞。”

吴起接着又问到了嬴师隰的情况，以及田秋月和小吴期，还有戴芙蓉等等。然后，他话锋一转，问到了乐羊率领三万魏军在离石邑城外围骚扰秦军的进展。

狼狐岭东边的天上早已显出了一片耀亮的金色阳光，红彤彤地，打在吴起的脸上。魏武卒大营外的杨树上有几只喜鹊和麻雀在叽叽喳喳地欢叫着。

韦成梗先从大营里跑出来迎接吴起。而司马飘香顺势把吴起的飞龙驹牵到了马厩。这时，作为中军的韦成梗一见到吴起就急切地问道："为何乐羊副将率领三万人应敌，而我们魏武卒却按兵不动呢？"吴起看他着急，只是与随后赶来的白从德聊着他那左腿的脓疮，还问道："影响不影响接下来的行动？"

"什么行动？"司马飘香问。

"今晚五千魏武卒行动，奔袭临晋。"

"过黄河的船只准备好了吗？"

吴起胸有成竹的模样，只是一个人径自往前走，只见到了营帐外的饮马池边，老营和中军的士卒们正在一片空地上舞刀弄剑。等到半前晌，太阳压到狼狐岭的峰顶时，才一起回到大帐。

这在以往，平日的训练间隙，吴起习惯于在布帛上抄写《左传》或者《孙子兵法》。有时，他在营帐里整天不出去，伏在一张羊皮地图上琢磨个不停。

打铁的吕老七不仅仅会打铁，会敲打各种武器，还能做饭。前些日子，戴芙蓉跟着吕老七学做了各种狼狐岭上的山野菜，比如山鸡炖蘑菇，比如槐花炒豆腐，比如豆芽炒碗托，比如素杂大烩菜等等。

"去白马仙洞把戴芙蓉和小吴期一并接过来。晚上聚餐后，魏武卒要出发啦。"

一直到午时，吴起心里有事，骑着飞龙驹去魏武卒各个营地看了看。前两日，中军大营里有一个什长带着几个人出去骚扰九里湾的乡民，不仅调戏妇女，而且还把人家的男人打伤了。其中，有一家猎户，全家老小跑到营地来闹事，很不像话。那个什长被五花大绑着吊在了半空，然后鞭笞两百下。这还不解气，吴起又下令把那几个跟什长犯事的士卒也一起鞭笞。

在吴起决定奇袭临晋的关键时刻，又发生了一件事情，一个五百长在傍晚时分回到魏武卒营地，还带回了两颗秦军士卒的人头。谁也不知道这个五百长什么时候出去的，他究竟什么时候离开营地的，出去究竟干了什么？

五百长说：“昨日在离石邑城南关以外，遇到秦军的斥候。乐羊率领的魏军从侧翼阻击，下官与秦军的斥候拼杀起来，虽胳膊受伤，但带回来了两颗秦军斥候的人头。”

五百长杀敌的功绩值得表彰，但其擅自离营行动，理应受到处罚。但如何处罚？众目睽睽之下，吴起跳上高台下令：“擅自离营，违反禁令，当斩！”

这个时候，戴芙蓉与小吴期跟随着司马飘香进入了营地。戴芙蓉骑着玉兰骢走在最前面，紧接着司马飘香与小吴期共骑着一匹战马跟在后面，他们一并进入了营地。高台上的吴起内心微微一动。

“还愣着干什么？推出去斩首！”

五百长属于白从德的大营，吴起这话当然是说给他听的。各个将帅之间都是互相递着眼色，白从德也站出来说道：“这个五百长违反擅自出营的禁令不假，但他也带回两颗敌军人头，功过相抵啦！”

戴芙蓉也插嘴道：“今日是一个特别的日子，借着这次全营聚餐，宣布我与吴将军——”

吴起这才说道：“今日适逢本将军与戴芙蓉大喜之日，也就放五百长一马。下不为例啦。”

高台下，众将帅一片掌声。

“死罪豁免了，但活罪难免，鞭笞两百下。”

吴起总在思索：这些禁令既已宣布，绝非儿戏。军中无戏言。今后违反军令者，定斩不赦。如果不严格执行，这样的事情还会接二连三地发生。魏武卒不是谁想来就来的地方，也不是谁想走就走的地方。近些日子，当地村落的老百姓和俘获的中山国的奴隶入伍，纪律松散，吊儿郎当，偷鸡摸狗，这类事情多了，这军队还能成为军队？魏武卒的战斗力是怎么来的？

司马飘香说：“吴将军，今日之事，也不能全怪这个五百长。军纪军容还得从长计议，尤其一些新招来的士卒，自由散漫惯了，一旦给他套上笼头，他肯定不习惯。”

戴芙蓉抱着小吴期，然后指着吴起说：“快，孩子，这个可是你父亲！”

小吴期迷惑不解地盯住高台上的吴起，看了半天，然后摇摇头。

“长得一点也不像姨父。”

“你姨父？”

吴起从高台上跳下来，一把接过小吴期，然后说：“父亲是父亲，姨父是姨父，两码事。”

“你不是我父亲！”

“怎么可能不是你父亲？你姨妈都告诉你啦，他就是你的父亲。”

“不是，就不是——”

吴起只好叹了一口气，说：“唉，孩子还是不认我这个父亲呀！我是不称职呀！”

戴芙蓉把小吴期从吴起怀里又接过来，然后说：“我就是你的母亲！”

“你长得一点也不像我姨妈！”

小吴期把吴起和戴芙蓉拿蔺天成与田秋月相比，又能怨谁？这两年来，小吴期一直在离石邑城由蔺天成与田秋月带着，吴起根本无暇去顾他。从今往后，戴芙蓉要带着五岁的小吴期，也真的难为她了。

“把儿子看护好啊——”

“儿子交给我，你就放心去吧！”

当晚，聚餐后，吴起带着五千魏武卒连夜从驿城口出发了。

5

临近黄河渡口，夜色中的水流在静静地流淌着。这些日子的黄河变得安静如斯，这让吴起心里有了几许沉稳。嬴师隰派来的庞勇也赶来了，加入了第一批渡河的行列里。吴起传下命令，每个士卒务必带够三天的菜团子，携带长矛和弓箭，准备渡过黄河，然后再强行军百余里，赶到攻城点集结。

“弟兄们，这次出击，先得安全地渡过黄河，尽量别发出任何声音，不容许有任何亮光，我们将会进入秦国的地界，所有士卒要听我的号令行动！”

征集到的一百条船只已在岸边一字排开了，大家分头上船，驶向对岸。对岸是峻峭的山岩，专门找到的一个向导认识一条攀缘而上的小道，只有从这里上岸，然后占领制高点，才能居高临下，临晋城一览无余了。

吴起下令让司马飘香带着五百人绕到西面城墙佯攻，而他带着其余的主力从山坡上俯冲下来直冲北门。秦军士卒只顾忙着应付司马飘香的五百士卒，却没想到吴起已带人从北门处的城头攀缘上去了。魏武卒在狼狐岭训练的攀缘技术在这儿派上了用场。十几条带着钩子的长绳钩在了城头上的石缝里，然后最先冲杀上城头的是韦成梗和白从德，随后庞勇也杀将上来。

庞勇熟悉秦军守城的软肋。他在城头一观察，就与韦成梗他们先占领了两个秦军弓箭手的垛口。砍杀了半天，只见一颗颗秦军的人头被抛下了城墙，吓得秦军守将冉武先自跑了。

嬴师隰的母亲住在城南一条小巷的学宫里。这一晚，她睡得不踏实，晚上起来几次，都觉得城头上与平时不太一样。前两日，家里突然来了一个从雍城来的年轻公子，嬴师隰母亲看他的装束有些不搭调，是来学宫拜师的吗？越看越觉得像一个人，可是那个人早已杳无音信了呀？

这个穿着白袍的年轻公子开口说话了。“夫人，我是卢云呀！”

“卢云？”

“对呀，公子连奶娘的女儿卢云。”

嬴师隰母亲把油灯照在卢云的脸跟前，然后激动地说：“嘿，是卢云闺女呀——我和公子连还以为你不在人世了……”

“夫人，公子连在吗？”

嬴师隰母亲忧郁的眼神暗淡了下来，然后说道：“五六年了，也没有他的消息，也不知道他……”

卢云与嬴师隰可谓是青梅竹马，但直到那次宫变，她的母亲——也就是嬴师隰的奶娘，莫名其妙地跳了宫里的深井，而嬴师隰与他母亲被流放陇西河谷。

“夫人，你知道我母亲为何跳井吗？”

嬴师隰母亲摇摇头，眼神里有些散淡，伸出两只手，紧紧抓住了卢云。嬴师隰母亲后来听说过公子连奶娘自杀是迫不得已，当时秦简公找人给她一包砒霜，让她毒死自己的奶儿公子连，结果她犹豫再三，万般无奈间，决然地选择了跳井自杀。

卢云得知真相，一下子陷入了痛苦之中，扑在嬴师隰母亲怀里哭了起来。

“你这女扮男装的，一打面，还真认不出来，只是你这个公子眉清目秀的，有几分像公子连……”

“公子连他究竟在哪儿？您看到过他？”

“早几年就跑到了魏国，具体在魏国的什么地方，还是不太清楚。”

“没有一点消息吗？”

嬴师隰母亲只是在摇头。卢云接过了她手中的油灯，然后扶着她步履蹒跚的身子，两个人一起坐在了几案旁的长凳上。

“夫人，我会带你找到公子连的！你放心！”

6

吴起在皓首穷经中翻阅过大量竹简，据记载陈音对越王勾践说“弩生于弓”。弩是由弓进一步发展而成的，所以魏武卒才有了“铁胎硬弓”的十二石之弩。吴起在搜集《吴起兵法》的相关资料中了解到，弩又据说是楚国琴氏所创造，传给楚的三侯，再传到楚灵王。到了春秋晚期，南方楚、吴、越等国已经使用了。在孙武《孙子兵法》里谈到当时的兵器，就有“甲胄、矢弩”(《作战篇》)；又讲到：善于指挥作战的，所造成的“势”是“险”的，所发出的“节”(节奏)是“短”的，“势如扩弩，节如发机”(《势篇》)，就是说“险”的“势”好比已经张满的弩那样，“短”的“节”好比正在发射的弩机那样。

孙膑说：“篡卒力士者，所以绝阵取将也；劲弩趋发者，所以甘战持久也。”(《孙膑兵法·威王问篇》)已经把“劲弩”看作当时最有力的武器，把“劲弩趋发”看作当时最厉害的战法。弩有“弩机”装置在木臂的后部，“弩机”周围有“郭”，有“牙”钩住弓弦，上有“望山”作为瞄准器，下有“悬刀”作为拨机。当发射时，把悬刀一拨，牙就缩下，牙所钩住的弦就弹出，有力地把矢发射出去。这样，弩就可以“发于肩膺之间，杀人百步之外”，使得敌人“不知其所道至”。

这个时候，率先攻上城头的韦成梗和庞勇依靠手臂力量来张开弓弦的。秦军留下的弩，这是属于“臂张”的一种。

而西城门那边的司马飘香，也用了“强弓劲弩”，因为弓弦的拉力很大，就有“超足而发”的。也就是用魏武卒膂力大的士卒用脚踏的力量来张开发射的，这是属于“蹶张”的一种。这时弩的发射力量大小虽然是以它的弓弦所能拉动的重量来计算的，但也是需要人力来自主发射的。这魏武卒的“十二石之弩”，并非弩的重量，而是说它的弓弦拉动十二石的重量。

司马飘香让拉动弓弦的士卒退下，由他去拉动，当即西门城墙上的两个秦军弓箭手被射中后，其身体飞弹起，落在了城门里，一下子摔得脑浆迸裂。在吕老七的精心打磨下，弓箭的弩机的制作越来越精致，甚至，早在狼狐岭训练时，弩机差之米都不发。

吴起则在后续的战阵中督战，大喊：“第一个攻上城头者，重赏黄金一百锭！”

这种“强弓劲弩”的猛射下，北城门被魏武卒打开了。这种武器，在韩国被称为溪子、少府、时力、距来，“皆射六百步之外，韩卒超足而发，百发不暇止”。据说，“以韩卒之勇，被坚甲，跖劲弩，带利剑”，是可以“一人当百”的。这种用脚踏力量、以机件来发射的弩，当然射得更远而有力了。现在，魏武卒对这种武器的改革和运用，使得今夜的攻城出其不意旗开得胜了。

魏武卒果真名不虚传，临晋的秦军很快就守不住了。秦军守将冉武跑回城里，竟然把嬴师隰母亲和卢云绑到了内城负隅顽抗。

司马飘香站在一乘连弩之车来见吴起，急切地说：“吴将军，还等什么呢？快打吧！”

“这个冉武该死，可是公子连的母亲，还有旁边那个无辜的小女子，不能伤害呀！”

一旁的庞勇也很着急，连忙说：“连弩先别忙着射，看我绕到他们后面去，试试看！”

吴起说：“好，庞勇你带几个士卒绕道上！我们这边先进行佯攻，吸引冉武的注意力！”

这个时候，外城战事已经结束，只剩下内城冉武困守的这一处了。只见“魏”字大纛旗和“吴”字旗已飘扬在了外城上最大一个垛口上了。内城的“秦”字大纛旗依然在飘动着。

冉武把剑刃贴在了嬴师隰母亲的脖子上，大喊一声：“既然公子连已背叛秦国，早已投靠了魏国，那么今天就先正法他母亲和他奶娘的女儿卢云！”

吴起回喊：“如果马上放过公子连母亲和卢云，你就可以开一个条件过来！”

“哈哈哈！快拿你吴起的人头来换吧！”

韦成梗破口大骂：“什么狗屁秦军守将，只会拿无辜的人来做人质，算啥英雄好汉呀？有本事一对一比试比试？”

天已经大亮了。太阳在冉冉升起之中，把外城的大纛旗映照得一片血红。这种僵持状态下，能看到被攻破的外城到处是累累尸体和舍弃的战车辎重，阳光照在满地的血迹上，显出了惨淡而又刺眼的亮光。

第十一章　孙吴兵法

1

庞勇从内城一处低矮的垛口飞身攀缘而上，借着带钩子的长绳爬了上去。嬴师隰的母亲早已被冉武用头巾堵住嘴巴，吱吱呜呜着根本无法说话。冉武下令将猪笼又粗鲁地套在了卢云的头上。

“冉武，快释放人质，你就会有活路！”

“不释放，又如何？”

冉武恶狠狠地望着外城上与他对峙的吴起，然后又把剑刃更加贴近了嬴师隰母亲的脖子。

庞勇又与另外几个士卒在冉武的身后寻找着解救人质的机会。韦成梗有些着急，拉开弓，一支利箭射向了冉武的后脑勺，冉的脑袋突然下意识地一偏，只是射飞了他的头甲。

“庞勇，原来是你这个叛徒魏狗！你还算是秦国人吗？”

冉武慌乱地放开了嬴师隰母亲，手中的剑向五步之外的庞勇刺来。

“你放过公子连的母亲和卢云姑娘，绑架无辜的人，算啥本事呀？早几年的冉武，可是很讲究道义的。”

“少废话，你不仅把公子连挟持到魏国，现在还在本守将背后搞偷袭的勾当，你和那个公子连都是一些什么东西？”

庞勇与冉武比拼起了剑术，噼噼啪啪一阵刀光剑影。韦成梗先跑过去，把卢云头顶的猪笼给摘下来了，然后正准备要给嬴师隰母亲松绑的时候，不防备冉武又一下子蹿了过来，一剑刺向他。他一躲，冉武趁机又把嬴师隰母亲给拽住了。

这时，吴起也来到了内城，正在向冉武逼近。冉武转而把背上的弓箭拉开，射出一箭，直接射中了吴起的胳膊。而庞勇的剑刺向了冉武的后心，但是衣甲挡住了剑刃，冉武只是站立不稳，竟然一推，嬴师隰母亲从内城顶端掉落到地面。

吴起大喊："快救公子连的母亲！"

可是晚了，庞勇伸出手臂，只是抓住了嬴师隰母亲塞在嘴里的头巾，而她却滑落下去了。

白从德也爬上了内城垛口，然后又接连射出两箭，其中一箭走偏，另一箭却射中了冉武的眉心。冉武大叫一声，也从内城上栽落到地面。

"吴将军，你腰上受伤了？"

"本将军不要紧，只是皮外伤，快点去救公子连母亲！"说着，吴起把腰间的一本竹简《孙子兵法》拿了出来，当然还有他开始零星写的一些《吴子兵法》的片段，都在腰间的竹简里。不过，这次这些竹简倒是为他抵挡住了一支射向腰间的箭。

还没等庞勇和韦成梗赶到内城下，就听司马飘香喊道："公子连母亲、她、已经不行了。"

"啥？这可怎么办呀？我这一下失信于公子连啦！"

庞勇垂头丧气，却是声嘶力竭地喊："城里住着的那个巫医呢？快叫巫医过来呀！救命呀！"

卢云扑倒在嬴师隰母亲的尸体上痛哭流涕："夫人、夫人，您醒醒，我往后怎么有脸去见公子连呀？"

庞勇却说："关你一个姑娘家什么事呀？人命关天，都得怨我呀！怨我！"

吴起左臂被冉武近箭激射，铁镞的劲头很足，血流如注，幸亏，受伤的部位没有伤筋动骨，否则后果不堪设想。

司马飘香走到吴起跟前问道："将军的伤没事吧？"

"能有啥事，现在料理公子连母亲的后事。目下要以大局为重，在临晋驻留两日，即可拔营再战！"

司马飘香发现该死的没死，不该死的却死了。从内城垛口处坠下地面的冉武，刚才一直没人理睬，却是自己一下子坐了起来。他根本没有解释挣扎的机会，就直接被五花大绑之后，抬着从后门走出了内城。

艳阳高照。卢云身上那袭长裙格外醒目。她脚穿麻鞋，身佩的纹饰有秦国风格的玉饰品；她将长发顺理为多股，每股梢部用丝线缠紧，又分作左右两缕，左缕上盘为竖髻，再把右缕顺方向牢牢绾绕左髻，发梢塞进髻里，做成偏左高髻，又自左下向右上插入木笄两枚。这种偏左高髻与雍城的某些流行发型有所区别。不过，这一下让吴起陡然想起嬴师隰的双耳佩环，戴一左右檐下垂的扁平条形冠，脑后束一髻，一副公子应有的装束形象，但掩饰不住他多年漂泊在魏国的忧郁之色。

从这一点说来，吴起与嬴师隰是一样的，早年出仕卫国，向母亲发誓："不做卿相，决不回卫！"以至于母亲去世，吴起也没能够见最后一面，只是在鲁国曲阜的曾参之子曾申门下的书院里仰天长啸三声。现在，远在离石邑城的嬴师隰还不知晓这一切。

卢云那白皙的脸上，一片悲情，只有那双黑宝石般的眸子里，满满的泪光。

"公子连呀，既然本姑娘没有保护好你的母亲，就让我也去吧！"

卢云一头向城门口的石狮子上撞去。吴起连忙拉住了她，然后叫来庞勇，并说："庞武士，你此行的任务就是安全护送卢云姑娘到达公子连身边，不准再有半点闪失啦！"

头顶的阳光是热烈的，但卢云却浑身上下感受到一阵阵的冰冷刺骨，她满心的悲伤，不断在庞勇的手掌中剧烈挣扎着。

2

秦简公率领的二十万大军攻入离石邑城已有半月有余了。月明星稀的夜晚，蔺府成了秦简公临时下榻的地方。中院里挂起了两排煞是气派的风灯，照得几案上各色人等的面容亮堂堂的，秦简公的长案前加了好几张花案。

秦简公看到邢让走进院落里，找到一个角落孤坐着。场面的隆重让各路宾客举手投足间更显做作而又夸张。

这个时候，院门上吵吵嚷嚷着，似乎有人硬要挤进来，被邢让派的孟翔给拦住了。

秦简公先饮了一口浓茶，然后干咳两声，说道："诸位出征将士辛苦，本公先行举杯与大家共饮一杯！"说着，秦简公把邢让叫到了跟前，然后让他介绍此次出征情况。邢让站起来说道："秦军此次出征半月有余，战功卓著。魏军乐羊三万人阻击我军，被击溃在南川河一带。离石邑城蔺天成部基本上未进行抵抗就早已逃窜，现今只留下空城一座。幸亏我军得到敌方卧底情报，在东关一带找到魏赵两军未来得及转移的辎重和粮库。所以，我二十万大军的粮草足以应付一段时日。现在，离石邑城里驻扎有我军五千锐士，其余十几万大军住在邑城外各处。"

秦简公手中拿着一些书简，问道："谁读过《孙子兵法》？这是吴起遗留下的书简。据说，他是一个随时随地在研究兵法的无敌将军，你们之中有谁能做到这一点？寡人还要问一问，骚扰我秦军的魏军去了哪里？离石邑城的守将蔺天成所率赵军和邑城民众去了哪里？"

没人能够答得上来，即便是邢让也一时间答不上来。过了一会儿，他才自我解嘲地说："乐羊一部逃窜路线不详，估计向南川河下游逃窜的可能性很大；蔺天成的人马和邑城民众向小东川跑了。"

"寡人是问他们具体跑哪儿啦？另外，公子连据说也在赵国的离石邑城，在我军攻城前也不知去向了。寡人命令你要尽快查明公子连的隐藏位置，务必尽早活捉，不能再一问其行踪就回答不上来。我大秦的斥候呢？是吃干饭的吗？"

纷纷攘攘的院门口，又吸引了大家的注意力。孟翔进来报告说："从秦国来了一份密封的信使快报！"

秦简公还未打开密封的布帛，就见一个穿黑衣的信使拜倒在他的脚下。

"陛下，魏将吴起伐秦至郑还，筑洛阴、郃阳，已连拔五城。再不回援，怕是雍都也危矣！"

秦简公拍案而起，大声呼道："什么？这吴起逆贼，竟然打到河西我秦国老巢里去了！”

众目睽睽之下，秦简公颓然坐在了地上，手中的酒碗摔成了八瓣。邢让去扶他，被一下甩开了。

只见黑衣信使依然下拜着，手扶长剑，高声道：“我乃陛下一信使，一路快马加鞭，但依然耽搁了两日，我对不起陛下，当在此以死明志，我大秦必胜！”

话音未落，长剑翻转，信使一下子就抹了自己的脖子，鲜血溅满了放着酒桶的几案，滴滴答，滴滴答，让在场的所有人惊惧不安，一片寂然无声。

3

吴起攻入郃阳的时候，已是临近傍晚。他乘坐着攻打临晋缴获的一辆战车，在郃阳的一条东西走向的街巷上疾驰，却是遇到了子夏。子夏与曾申同门，已是耄耋之年，依然精神矍铄，笑起来中气十足。

“您是子夏先生吧？”

吴起从战车上跳了下来，总觉得子夏不会来到秦国的土地上，他可是魏文侯的老师。子夏在魏都居住了多年，曾给魏文侯讲过儒学、易学和墨家的理论，而且能结合东周列国的情况分析形势，让旁边的吴起也一时间拍案叫绝。就在魏宫的那两次旁听之后，吴起就想着要拜他为师。

“你就是吴子吧？一看那模样，就是领兵打仗的料。”

吴起让子夏上了战车。他想问老师为何跑到了郃阳，却又不好问。当年魏文侯给子夏在宫里安排了一处宽敞的住所，但子夏不愿意住。子夏愿意到处走走，尤其是西河之地，差不多跑了一个遍。子夏的另一个学生荀康，正在离石邑城那边。不过，秦军攻城之后，据说荀康也跑到了白马仙洞那儿临时居住下来了。

“吴子，你与荀康之间也有来往？”

“在离石邑城见过荀康，前些日子有一个宋国的女子何瑾薇投奔到他门下了，还有一个白胡子盲老人……”

“你等一下，这个白胡子盲老人在哪儿见到的？”

“听说是在临晋跑来离石邑城的。”

“这个白胡子盲老人叫什么名字？”

“不太清楚，好像人们都叫他卜算子，能掐会算，很多人都找他算命的。”

“吴子呀，你大概不知道，这个卜算子正是我来郃阳的原因。原来听说他在郃阳，没想到也到了荀康那儿。”

这条街巷，在郃阳城里就算是一处繁华所在了，也是城中东西贯通的通衢之道。在东城一处府院里，吴起领着子夏进入正厅里，一边叙谈，一边喝茶。

“先生就住府院吧。这儿原属秦军守将的府邸，现在临时做了学生吴子的指挥部了。”

子夏捋了捋胡须，然后说：“魏文侯没有看错你呀，这次连克五城，老夫也听说啦！”

吴起走到厅堂一侧放着竹简的箱柜上，拿出一沓书简，然后说：“老师您看，这是《孙子兵法》。学生据此在写一本《吴子兵法》，预计共写四十八篇，已经写了六篇。”

“噢——，老夫就先睹为快了。”

“老师，用不着，学生读给您听吧——”

子夏仰起头来，闭住眼睛，然后竖起耳朵聆听吴起的兵法之道。不听不要紧，这一听，子夏就由不得想与吴起辩论一番。

“关于那些打仗的传奇故事，老夫并不愿意听，连拔五城，魏文侯授予了吴子为上将军，这些都是累累白骨换来的。老夫倒是想听听你有何高蹈的谋略？”

“老师见笑了。”吴起说着就顺势背了一段自己在《孙子兵法》的基础上所写的《吴子兵法》，“安国家之道，先戒为宝。”从齐秦魏楚燕赵韩七国的人口、经济、地理、战阵等特点去分析，要“审敌虚实而趋其危”，将领要文武全才、刚柔相济，即“理、备、果、戒、约”五种素质。备战就是避免“常死其不能，败其所不便”，教练的方法就是：“一人学战，教成十人；十人学战，教成百人；百人学战，教成千人；千人学战，教成万人；

万人学战，教成三军。”

子夏作为孔子晚年最后一位弟子，总是想起其他的师兄，比如颜回、子贡和子路等等。孔子最得意的弟子倒不一定是子夏，却是颜回，“孔门十杰”里批评最多的是子路，而子贡的富有，甚至后来能够一展抱负，可以说已经出类拔萃了。只是子夏后来者居上，他虽比孔子小四十四岁，但一直执着于继承其衣钵，到了西河，讲学为主。魏文侯尊他为大儒，并给予国师的礼遇。吴起在安邑的时候都会拜会子夏，但上次就在魏宫未曾见到，竟然想不到在临晋遇见了。

而子夏究竟来临晋做什么呢？

4

原来是因为墨子。子夏接下来与吴起探究兵家之道时提到墨子，如何用兵，如何打胜仗，而两个人论战到晚饭时分。

“吴子，你可听说过墨攻？”

吴起连克五城，心理上有些疲惫了，但将士们却士气高昂，锐不可当，竟然还有司马飘香建议，一直往南打，直捣雍城。

“什伍相保，进有重赏，退有重刑，行之以信。如此，三军威服，士卒用命，则战无强敌，攻无坚阵矣。”

攻克临晋，再克郃阳，诱敌出击，却布下口袋，秦军主将掉入预设的陷阱之内，这些故事依然不至于让子夏动容。子夏侃侃而谈的是墨子《修身》篇云：“志不强者智不达，言不信者行不果。据财不能以分人者，不足与友；守道不笃、遍物不博、辨是非不察者，不足与游。”

吴起随身带着自己用毛笔书写的竹简，一节一节串在一起。这些竹简都经过火烤的工序，叫作“杀青”，然后才能用毛笔书写，当然有些重要的段落，还是用刀子刻上去的。而子夏翻开这些竹简，洋洋洒洒的文字，很是熟悉，足以体现吴起在带兵打仗间隙还在书写兵书。这一点，倒是值得赞赏。

“老师您在临晋究竟做什么？”

子夏受到墨子兼爱非攻的思想所影响。在安邑的魏宫，子夏就劝阻过魏文侯要慎用兵，讲仁爱之道。至于吴起的伐秦计划，子夏一向是反对的，为此他一度跑到秦国来游说，原本想去雍城的秦简公面前劝阻，反对穷兵黩武，要热爱和平。但子夏走到临晋时才听说墨子在此游学，遂住下来耽搁一些时日，满城打听都没有得到墨子的消息。

“墨子真的来了临晋吗？”

“老夫也是听说，驿馆附近有一个戏台子，墨子与一个叫何瑾薇的宋国姑娘在一起卖过唱。”

吴起听到这儿，一下子想起那次在离石邑城附近遇到的白胡子盲老人。这个白胡子盲老人正是与一个叫何瑾薇的宋国姑娘在一起。

“他们现在何处？”

吴起就提到了荀康，然后又提到了嬴师隰。嬴师隰作为秦国的废太子倒是有子夏所说的墨攻兼爱的思想。

“秦简公带着二十万大军已经攻破离石邑城，何瑾薇与白胡子盲老人估计去了白马仙洞……”

子夏的眼睛一亮，然后站起身来，晚饭也不想吃了，就想赶到白马仙洞。

“老师，白马仙洞距此好几百里，中间隔着黄河。学生还是建议您别着急，既来之则安之，住几晚再说。我会派人送您去……”

吴起说到这儿，突然想起庞勇会带卢云姑娘去白马仙洞找嬴师隰，顺便就能见到荀康。这白胡子盲老人——也就是墨子，一定会与荀康和何瑾薇在一起。

子夏站起来，说是要去驿馆。吴起说驿馆的东西派人给拿去了，他让老师安心坐下喝茶。

5

秦简公率领大军赶回到雍城时，听说吴起连拔五城之后不知去向了。吴起能去哪儿呢？以他现在魏武卒的实力还不敢贸然去攻打秦国的都城。

“主公，依微臣看，先派斥候去郃阳方向探听一下虚实？”

秦简公勃然大怒：“本公担心的是吴起把公子连母亲劫持到魏国……”

“据从临晋撤下来的弟兄们说，公子连母亲从内城落下，摔死了。”

“冉武呢？他可是向本公保证过，誓与临晋共存亡。”

邢让说：“主公息怒，让微臣先行一步，拿下郃阳再说！主公在雍城的宫里静等好消息吧。”

夜晚的雍城，有着别一番的情趣。秦宫外的主街上灯火通明，护城河里倒映着古老而又厚重的赭色的城墙，城外驻扎着刚从河东撤回来的大军，一座座营帐里有了几许欢快的气氛。

邢让乘着出兵的前夜，回去新修的府上见到了萧琼。不能说久别胜新婚，但也有一种说不出的急切和冲动。邢让洗了澡，换上一件青色的便袍，就来到了前厅等候萧琼。

“夫君，想不到又能见到，这见到就是赚到。”

邢让有些诧异，问道：“小夫人何以这么说？”

“算你还有良心，没有连夜赶到栎阳另外几个夫人那里。”

“怎么会呢？我与你说过，早在郢都的那次，就与你有一种似曾相识燕归来的感觉。”

邢让当时觉得萧琼虽然是第一次看到，却感觉认识了很多年，甚至想到了前世今生。

“夫君，为何会有这样的感觉？”

“在这遥远的天之涯海之角，有着琼阁之上的美丽风景，你就来自那里。”

“哪里？你这个整天出去杀人放火的将军，却在我跟前总要显示一种另外的不同。”

“那种不同是什么呢？”

“说不上来，感觉有点浪漫，有点微微喝醉酒的感觉。”

“为了小夫人，本将军今夜一醉方休，明日还要出征。”

“明日出征？”

“是呀，吴起连破五城，主公很生气，让我明日即先行去讨伐。第一个目标是郃阳。”

“能不去吗？”

萧琼的心里好一阵难受。这是因为吴起曾经与她也有着千丝万缕的联系，现在她虽然从魏国来到了大秦的国都，但还是不堪回首，不想让邢让与吴起这两个与自己有着某种剪不断理还乱关系的男人自相残杀。

“男人之间的事情，小夫人不必掺和。”

“战争就是让我们女人走开吗？可是，何尝能够做到这一点，每一次男人之间的较量，差不多都会牵涉到女人。想起从前，想起受到的那种侮辱和伤害，我还是感觉到一种痛不欲生。”

“小夫人，那些事情不会再有了，那些黑暗的日子都已过去了。”

“真的吗？”

“当然了，夫人，我向你发誓。”

“别发誓！”

萧琼伸出两只小手堵住邢让的嘴，然后说：“别发毒誓，什么死呀，活的，我真的很害怕！”

“怕啥呀，这里有我呢。”

邢让把萧琼拦腰抱起，向卧室里走去。萧琼挣扎着，生怕彩花和双兰这两个丫鬟看到。

“怕啥呀？让她们看到才好呢，最好还能让她们全程听到。”

邢让一边抱住萧琼，一边碰到了旁边的几案，只听“哗啦”一声响，一卷竹简掉落在地了。

“什么声音？”

彩花手里拿着一盏油灯，从外屋走进来了，马上走过来，弯下腰，把竹简捡了起来。而另一边紧跟进来的双兰，也凑热闹，偏头向这儿一看，然后说：“竹简，是将军的《孙子兵法》。”

邢让叹了一口气，说道：“读《孙子兵法》，与吴起打仗，还是没有十分的把握呀。”

萧琼说：“怎么才会有把握？”

邢让思索了一会儿，然后在萧琼的脸蛋上叭叭叭亲了好几口，才说道：“听说吴起在写一本他自己的兵法。”

“好像他早就想写来着，不过，我在狼狐岭的时候，他只忙着训练队伍，没有时间去写。”

“吴起的兵书叫什么？”

萧琼愣怔了片刻，然后说：“《吴子兵法》。”

“不过，要与《孙子兵法》结合在一起看，才会有更大的帮助。”

“那就是《孙吴兵法》啦！”

邢让亲吻着萧琼的另半边脸颊，然后由衷地说：“知我者，我的小夫人萧琼也！”

6

翌日一大早，邢让就起来要走，萧琼抱住不放，而且还咿咿呜呜地哭了。

“哭什么呀？”

萧琼只是不说，哭这马上的离别，也哭昨晚一起缠绵后睡过去的梦里所见，感觉到一阵不寒而栗。

“昨晚梦到一只狼狐岭的野狼冲了进来，把夫君叼上走了。我一摸睡榻空落落的，只有一大片血糊狼藉……”

邢让则笑了，毫不在意地说：“梦都是相反的，说明我这次出征肯定没事。”萧琼又来拽他。他推开她，然后喊来了彩花，说是给小夫人端一杯早茶过来，而双兰给她递来一块毛巾擦脸颊上的泪水。

邢让喝了一杯双兰给他递来的羊奶，然后整整衣甲，把剑放在了腰间的鞘里，然后喊了一声院子里的孟翔，就一起出门走了。

邢让的军帐在城外一面高坡上，大纛旗上的“秦”字在阳光下闪着金色的光芒。岗哨林立中，意外地看到了秦简公。

“正值出征之际，邢让愿意以谦卑之身敬主公一爵。”这个爵是一个透明的饮酒器具，邢让与秦简公各自饮酒，然后会心地一笑，队伍就出发了。

秦简公身后又有五百辆战车，并站立着一排排整齐的死士，然后在轰隆隆的车轮滚滚声中，直奔郜阳。

大约日落时分，大军早已人困马乏，但秦简公倒是精神抖擞，拔出佩剑，直指部阳城头。

邢让站在第一辆战车上，没有回头看秦简公，也没有丝毫犹豫，就指挥着战车踏上了通往城门的护城河桥板。也是奇怪，这桥板平日这个时候都是收起来的，但现在还好端端地放着，仿佛专门等着他们进去。看来部阳被吴起攻陷的传闻毕竟只是传闻而已，耳闻不如眼见，现在部阳不是还在秦军的手里吗？

战车骨碌碌地踏向了桥板，甚至前轮已到了对岸。邢让正要挥舞手中的号令旗，却不知道从哪儿飞来一支响箭，一下子射中了他的右腕，号令旗掉在了护城河下。

这个时候，桥板下蹿出一个武士来，穿着不是魏军的红甲，而是一身白甲，头盔遮住了半边脸，看不清是谁。邢让吓得从战车上跳下，却是白甲人向他一扑，把他扑倒了。

“邢让，你还认得我吗？”

邢让并不认识这个武士，既不是魏军，当然也更非秦军，从装饰看有点赵军的感觉，但又不像。

“我要为我姐报仇！”

“你姐？”

邢让一脸惊恐，突然想起萧琼告诉他的那个噩梦。这个白甲恶煞，是谁？

“明人不做暗事。我乃田秋月弟弟田园。”

邢让一下子想起来了，孟门道院的祭祀，那次大铜鼎里烧着的沸腾的水，离石邑城守将蔺天成的夫人田秋月为了阻止邢让把吴起的五岁儿子小吴期扔到大铜鼎的沸水里，她自己代替小吴期跳了进去，两腿被烧坏了。

“明年的今日就是你的祭日。”说着，田园的剑向邢让胸口刺来。胸口里的一卷《孙子兵法》掉落在护城河里了。

邢让转身站定，犹豫着，却被从另一个方向冲过来的甄木丹的剑刺中了后背。

邢让拉开弓，一支箭射向了甄木丹，甄木丹中箭落入了护城河里了。

突然，吊板咯吱咯吱直响，不知道为何倾翻了，邢让和战车都掉进了护城河里。

秦简公在远处看到这一幕，刚要带着战车后撤，只见从侧翼冲出两队铁骑，向他合围过来。

“快立队，布好八阵！”

孟翔瞬息把发令旗举起，来回挥舞了几下。秦简公身后的五百死士在吴起的铁骑面前瞬间组成了一米八之高的巨型塔盾，单手剑，流星锤，单手斧，前五行的死士伸出长矛平托前伸拦击，如同五排巨型长刺，后五排死士长矛上举，时刻顶替前面死去的死士。随后，秦简公再次集结更多的人马，排好八阵，即秦简公居中，先锋、中军、左军、右军，八方部署兵力，把巨型塔盾敲入地面，抵挡铁骑的冲击。

这样左冲右突，狼奔豕撞，黄尘动天。此时，战阵不远，只见田园也跳入了护城河，上下翻腾，捉住邢让的脖颈，手起刀落，邢让即刻一命呜呼了。

惊惧之中的秦简公，在渐行渐退的战阵中，退到一块低洼之处，正好吴起在一棵白杨的树杈上射出一箭，把秦简公的头盔射飞了。随后，秦军的八阵一直很是威武，但随着地形的改变，加之后排的士卒脚底陷入吴起早已挖好的陷阱里，以至于八阵尽乱，秦简公后背中了一箭。

吴起从白杨树上跳下，正要与司马飘香一起活捉秦简公，却是身后又冲来了两队秦军的死士，拼死救出了秦简公，然后飞身上了一辆战车，狂奔着逃离战场。

司马飘香骑着战马猛追，很快追上了战车，他侧着身子，跳上战车，企图去抓秦简公手中的马鞭，但有两个秦军死士抱住了司马飘香的后腰。

这时，吴起也策马追了上来，伸出一只手拉住被两个死士抱住的司马飘香，然后用力一拽，司马飘香竟然就拽到了吴起的战马上了。司马飘香得救了。只是，吴起的衣甲被一个秦军死士的长剑豁开了一条口子，他怀里的一卷竹简掉落到了刚才司马飘香站立的战车上了。

秦简公慌乱地拿起了那卷竹简，匆匆扫了一眼，看清了是《吴子兵法》的一些零星篇章。

第十二章　千里寻梦

1

嬴师隰从白马仙洞出发，马车走走停停，停停走走，回到安邑时，已是一月之后了。这次他见识了黄河东岸的一些人文地理风貌，在离石邑城与荀康有过一次深谈，对天下大势予以解读，如何与秦国朝野上下互动，并能够让各种可以利用的力量与远在魏国的嬴师隰取得联系，伺机而动，最终回到雍城，夺得君位，成其大业。

嬴师隰一心想让荀康做自己的幕僚，这次荀康虽然跟着自己来到安邑，但是看上去自由随性惯了，反倒无法让他停留在一处。荀康把白胡子盲老人与何瑾薇一起带着。何瑾薇对荀康的心思，嬴师隰一眼就看出来了。他虽年龄不大，但毕竟见多识广，对每一个人的一举一动都能读到其内心。

阅人无数，只是嬴师隰一遇到荀康就感觉到一种高山流水遇知音的感觉。嬴师隰身边需要这样的高人来指点迷津。魏文侯得到嬴师隰回到安邑的消息，就邀请他进宫叙谈。这一路十分顺当，都是魏文侯给他的通行令牌起了很大的作用。叙谈之间，魏文侯发现嬴师隰不仅长高了，而且嘴唇上生出了浓密的胡须，于是就有了把五公主介绍给他的意思。

五公主魏木兰在宫里疯疯癫癫，总像一只自由自在的鸟儿，一会儿飞到这儿，一会儿又飞到那儿。这不，嬴师隰来了，她趁着他起身拜魏文侯的工夫，竟然抽开了几案后的方凳，让嬴师隰拜完之后，坐了一个屁股墩。嬴师隰头也不敢抬，没有迎视魏木兰的目光，竟然忘记了魏文侯刚才和自己谈到哪儿了。

“主公，如果没什么事情、我、我、先下去啦！”

魏文侯见嬴师隰脸色发窘的羞涩模样，倒是乐得合不拢嘴了。

“那、那、我、退下了！”

“公子连不必拘礼。”

嬴师隰出了魏宫，刚要上马车，只见魏木兰又跑出来，然后喊：“公子连哥哥，父王让你把这个带上。”她把一卷竹简递给了他。

“这是什么呀？”

“父王说，这是吴起上将军写的《图国》。”魏木兰还噘着嘴背诵了一句：“所谓图国，就是要励精图治，内修文德，外治武备。德义礼仁，修之则兴，废之则衰。”

“哦——”嬴师隰原本不想理睬魏木兰，可是听她说得头头是道，就又问：“还有呢？”

“昔之图国家者，必先教百姓而亲万民。”

魏木兰没心没肺的模样，一向让嬴师隰不以为然。甚至，刚才魏文侯流露出想把这个五公主许配给自己的意思，他故意装糊涂，没有搭这个茬。现在，听魏木兰这么滔滔不绝，不由得让他想起了荀康，更让他想起了远在秦国奶娘的女儿卢云——可是，卢云早在他离开秦宫的那一日就不知去向了。想到卢云，嬴师隰的脸上又有了阴云密布、心思重重的模样。

“这些都是吴起上将军兵书里写到的，公子连哥哥——”

嬴师隰仿佛没有听到，上了马车，扬长而去了。等他回到府上，已是掌灯时分。只听院子里一阵嚷叫，不知道来了什么人。嬴师隰让郑三郎下车先进去看看，时刻注意防范秦简公派来的刺客，即便在魏都也是不得不防。

郑三郎进去没有多久，就兴高采烈地回来了，身后还带着两个人，一个是庞勇，一个是长得有点像魏木兰的姑娘，但要比魏木兰更显得沉稳，甚至脸上还有几许凝重。

“公子连弟弟，还能认得我吗？”

“你是——”

嬴师隰凝视良久，最终叫出了她的名字：“卢——云！”

“公子连弟弟，想不到你长这么高啦！”

郑三郎说：“那是，我家公子长得自然很像秦灵公啦。”

嬴师隰拉着卢云的手，一起进了院门，向正厅走去。

“我母亲为何没来？”

卢云一下子低垂下头，坐在长案旁的杌凳上一边抽泣，一边说道：“老夫人、老夫人，她殁、殁啦！”

“卢云姐姐，你在说啥？”

嬴师隰不相信，或者说没有听清，想让卢云再说一遍，可是她却不说了，只是一股劲地抽泣着，后来就是号啕着。在嬴师隰的记忆里，卢云从未在自己面前哭过，一直是一个比自己大三岁的姐姐形象，可是，现在，这是怎么了？他的心更加凌乱了。尤其，庞勇把母亲遗留给自己的一只秦宫里的六孔陶埙递了过来。这时，嬴师隰才相信母亲真的是已经没了，永远地走了。

“母亲是怎么殁的？为何就是她殁了呀？”

嬴师隰呼天抢地的时候，卢云反倒不哭了，又过来安慰他。

2

谁也不知道这个白胡子盲老人的真实身份，即便是何瑾薇与他作伴流浪卖唱，也并不知道他竟然是隐姓埋名的墨子。墨子这个名字可谓大名鼎鼎，属于宋国人，还是何瑾薇的老乡，却是一直没有听出来，地地道道的秦腔唱起来，谁又能知道这个白胡子盲老人竟然是墨家的创始人。早年当过牧童、木工，做的守城器械比公输班还要神武。直到今天，子夏找到了荀康，说明缘由，这才让何瑾薇开了眼。

子夏的到来，让嬴师隰一下子豁然开朗了许多。他以往不知道自己想要什么，躲避追杀，东跑西颠，并不是自己想要的生活。可是，这个并不由你选择。子夏与墨子的对话，有很多旁观的人听不懂，其实也不需要别人去听懂，但嬴师隰能够听懂就可以了。

何瑾薇从未见墨子这么笑过，这个以往的白胡子盲老人突然换了一个人。她凭着一种嗅觉就能知道子夏这一路付出的辛苦，都是为了墨子老人而来的。作为吴起的老师，子夏东渡黄河时都是吴起车马劳顿地送到岸边，并让司马飘香负责他和卢云一路的衣食住行。子夏其实不拘泥任何礼仪和形式，尤其游学之士的做派，反倒让他在蓬头垢面居无定所中依然保持着旺盛的行走速度。

嬴师隰的府上一片喧嚣热闹，一下子来了这么多人。嬴师隰身边的卢云，让何瑾薇看到了另一个飘逸灵动的自己。嬴师隰因为卢云而增加了更多神采飞扬的东西。是什么东西呢？一时间，连他自己也不知道。毕竟，卢云要比她大两三岁。

“你让我想起一个人……”

卢云迫不及待地问：“想起了谁呀？”

“魏文侯的五公主魏木兰。”

嬴师隰听到这个，表情就有些不自然。“提五公主干吗？”

何瑾薇跟着荀康进过几次魏宫，见过五公主魏木兰。尤其，她与五公主竟然还一见如故。那时，魏宫院子里的青砖地面的低洼处有积水。何瑾薇一路踏过的时候，不小心浸湿了裙摆，让五公主魏木兰看到了。

魏木兰拉住何瑾薇，非要带她去闺房里看看。荀康也不好代替何瑾薇拒绝。没一会儿，何瑾薇换上了一身桃粉色的薄棉绫袄，说是五公主的衣服。

荀康说：“这怎么可以呀？”

“这怎么不可以？”

魏木兰还让丫鬟拎着一个红木雕花大方食盒递到荀康手里，说：“这是父王的意思，让荀康送给墨子老人吃的。”荀康有些不知所措的时候，何瑾薇则大大方方地接过了食盒。

魏木兰又拿出另外一个食盒，说：“这是给公子连的，并非父王的意思，是本公主送给他的。”

墨子老人并不爱吃这食盒里的零嘴，于是就给了子夏。

“这反复无常的天，一下雨就走霉运，这不腰眼又疼上了。老夫还偏就不爱在暖阁里待着，四处走走，倒也自得其乐。吴起还说老夫我是自己找罪受嘞。”

何瑾薇说：“两个老爷爷既然不爱吃零嘴，倒不如把食盒给了卢云姐姐，反正也是借花献佛嘛。”

荀康笑了，刚要说一句什么，卢云却摇了摇头。嬴师隰府上的丫鬟倒是笑了笑，一边抬头看看莫测的阴天，一边插嘴道："这话可莫要说了。公子连素来是个手宽的大方主儿，还不如今儿个把食盒赏了咱们下人呢，那些食盒里的蜜饯也能让我们下人甜甜嘴哩。"

嬴师隰倒是没说什么，荀康让何瑾薇把食盒递给了刚才说话的丫鬟。

卢云打着圆场："我与这些丫头倒有几分相像。能吃能睡倒是好事。"

子夏与墨子这两个老人早已进入正厅聊得正酣。嬴师隰先还站在院里，后来也与卢云进入正厅。

魏木兰对嬴师隰一直充满了好感。这两日，听说吴起让人护送卢云到安邑，也得知卢云与嬴师隰非同一般的关系。嬴师隰每次来魏宫，魏木兰都会作陪，可是他总是不理会自己的暗送款曲，只是一味地与魏文侯谈天说地。荀康与何瑾薇都在嬴师隰的府上住着，魏木兰的另一个食盒是要送给嬴师隰，只是让何瑾薇转送，但这会儿只顾着说别的，竟然忘记了这档子事情。

卢云打开食盒，特意拿出一块蜜饯递给嬴师隰时，何瑾薇才想起了，说："五公主还有一个食盒，专门送给公子连的，只是刚才顾着说话，忘记了。"随即，她跑出去，在刚才乘坐的车乘里拿出了另一个食盒。

嬴师隰一看，说："本公子不喜欢，送给卢云姐吧。"

卢云则努着嘴，说："人家五公主可是送给你的，本姑娘可不敢夺人之美。"

"卢云姐，你吃了，就等于我吃了，一样的。"

"真的吗？"

卢云故意睁大眼睛，然后紧紧抱住食盒，说："那我就独吞了！"

嬴师隰就笑了，把荀康叫过来，就一起开始下棋。

3

魏木兰走到宫里时，见魏文侯和哥哥魏击神情严肃地交谈着什么，一见她进来，他们就不说话了。魏文侯看她的眼神还有些不太自然。

魏文侯说："五公主，近日在忙些什么呢？"

魏木兰有些不耐烦，说："不忙什么，在宫里都待烦了，父王也不放我出去玩！"

"现在这个情形，不是父王不让你一个公主出去，多不安全呀，东边与齐国接壤，多有摩擦；南边与郑国和楚国，西边有秦国虎视眈眈，北边中山国也有战事。你哥哥这不刚从中山国回来。"

"我哥想到什么地方去都可以，为何我就不行？"

"看你整天在宫里闷闷不乐的样子，父王决定你与你哥后日一起去一趟西河郡，上将军吴起连夺五城，为我魏国夺取了秦国的大片土地。这次出去，你得听你哥的，别一个人到处乱闯乱转。出去可不是在宫里，小心安全。"

"谢谢父王！"魏木兰说着，就转身绕到魏击面前，说："哥，你为何不早点说呢？一天到晚总板着脸。"

"你哥不是对你板着脸，作为太子，他时时处处在为父王考虑着许多大事。"

"我知道我哥将来肯定要接过父王的王位，我作为一个公主，没有意见，可是讨论一些问题时也不必把我当外人吧？"

魏击半天不吭声，这时才说："不是不想让你知道，是父王——"说着，他看了魏文侯一眼，然后又道："父王让你嫁人——"

魏木兰不高兴了，噘着嘴："嫁给谁呀？"

魏文侯与魏击相视而笑，但就是不说嫁给谁。魏击拿出一沓竹简来，递给魏木兰。

魏木兰一看，说："这不是鲁国大夫左丘明的《左传》吗？"

"算妹妹厉害，还知道左丘明。"

魏文侯则说："左丘明的《左传》不假，可是你再细看看，竹简里面有吴起的批注。"

魏击插嘴："不是批注，很多东西还是吴起写的。"

魏木兰觉得这个有点不大可能，说："这是左丘明写的，他吴起瞎掺和什么呀？"

"不是瞎掺和，确实是吴起又有了新的一些内容添加在里边。"

魏击又说："这个是《左传》，还有《孙子兵法》之后，吴起又写了《吴子兵法》。"

"看来这个吴起还真的是了不起，不过，听说他早年为了获得鲁穆公信任，为了当将军，竟然把自己的夫人给杀了。"

魏文侯叹了一口气："你这听谁说的？早些年的吴起，脾气暴性，不过，来到魏国，尤其到了西河郡，父王就感觉到他越来越成熟了，而且以往的脾性也改了很多。"

"他改不改和我有何关系？反正，他吴起杀妻求将就是不对，甚至是十恶不赦。"

"你真这么看？"

"我还就是这么看，怎么啦？"

魏击就急了，说："吴起是魏国的上将军，父王还让他当西河郡守呢。"

"那又怎样？我听说他吴起还、还、搞过好多个女人，就是不知道真假。"

"父王、父王、父王还想让你嫁给他呢！"

一时间，魏文侯欲言又止，只是低下头来，拨弄着一沓竹简版的《左传》。

"凭什么？我就不嫁这个杀妻子的男人？你还是我的父王吗？你凭啥把女儿往火坑里推？"

魏文侯"唉"了一声，而魏击则说："妹妹，你怎么会说出父王把你往火坑里推这种不负责的话呢？"

4

由于乐羊从小生活在中山国，魏文侯让他担任了讨伐中山国的主帅，而让吴起协助他。这一点，吴起并未表示任何不快。乐羊的本事，大家早已有目共睹。乐羊的儿子在中山国的国君手下任职，这让他有些为难。不过，乐羊觉得这是国君对自己的考验罢了。所以，吴起也支持乐羊，也是支持魏文侯的，这一点让魏文侯甚为感动。

魏木兰说："这个也并不说明什么，不是他谦虚，是他知道自己改变不了结果。这只能说明吴起是一个聪明人。"

魏文侯还想与魏木兰说点什么，只见魏击已把吴起带了进来。魏木兰猛一看这个红衣盔甲的武士，并不高大，甚至还有些貌不惊人，只是眉宇间有一种逼人的英气。毕竟三十来岁的吴起，这次攻秦大获全胜，魏文侯甚为器重。

吴起依然站在魏文侯坐着的长案前，刚才看到魏木兰，就让他不由得想起了戴芙蓉。原本这次来安邑，想把她也一起带来，可是她不愿意出门，尤其那些应酬，都不太习惯。戴芙蓉喜欢独来独往，有点小任性。这一点，倒是像五公主魏木兰。

"爱卿，在想什么呢？本公正想让太子与公主隔天前往西河呢，没想到爱卿倒是提前到了！"

魏木兰呵呵地笑着，说："吴将军大概在想为讨伐中山国让他做主帅的事情急忙赶来的吧？"

魏击拽了一下魏木兰的头发，说："别乱说话，吴将军还在想他的攻秦大计呢。"

"爱卿写的《吴子兵法》很有见地，也不知道啥时候能写完呢？看到全本才过瘾呀！"

吴起这才正色答道："这个还得再等等，现在只是一些零星的感想而已，估计全部写完，得好几年。"

"寡人很想一睹为快呀。"

"不是不想写，一是战事频仍，没有时间；二是还有一些战例需要实地验证，一些文字还需要更多地推敲和修改。"

魏击说："吴将军乃文武全才的英雄豪杰呀，魏国的栋梁之材，不可多得。"

李悝插嘴说："当年齐国的司马穰苴打仗就不得了，但吴起有过之而无不及。"

"是的，运筹帷幄之中，决胜千里之外，说的就是你吴起。"翟璜也附和着说。

满朝文武的目光都集中在吴起身上，魏木兰也不避讳，故意将吴起一军："如果本公主看上你，你吴起会答应我吗？"

吴起抬起头看看魏木兰，却又感到魏文侯和魏击的目光也在注视着自己。这个问题不好回答，却又无法回避。

"君上，兹事体大，容臣回去好好想想！"

"还想什么？寡人的女儿给你啦，就看你要不要？"

面对魏文侯的穷追猛打，吴起只能拖字诀来应付了，毕竟他现在已经有了一个戴芙蓉就够应付了，再添一个刁蛮的五公主，不是找罪受吗？他别无他法。幸亏这次戴芙蓉没来，否则以她的个性，恐怕受不了这种刺激，别再闹出什么节外生枝的事端来。

吴起想起了田小璇。他的心里一沉，更没有心思再想这件事情了。田小璇的悲剧是无论如何不能再发生了。他当年酒醉成那个样子，真的记不得是自己亲手杀了她，还是她在这种处境下选择了自刎？那一切，时时刻刻，反反复复，一直都潜藏在他的心底，一遇到机会就满血复活。

"说话呀，爱卿！如果心情不好，就先把这事搁着，就当寡人啥都没说。"

李悝说："吴起就是直来直去的性格，不会拐弯抹角，乍听上去，肯定让人难受，但他就是这种性子。"

翟璜也说："如果在秦国打仗，开疆拓土，将在外君命有所不受，吴起确有这种气势。"

魏文侯当然能够理解吴起，只是魏击觉得有点不舒服，感觉吴起偶尔在父王面前摆摆老资格，可是他再有老资格，还不是因为父王的赏识吗？不过，魏击想归想，这话他不能说出来，更何况吴起是有功之臣，就更得小心，投鼠忌器，也得估摸父王的态度和想法。

魏击连忙也说："这事就听父王的吧，吴将军还得训练魏武卒，听说他还在准备下一盘更大的棋，让秦军吃不了兜着走。"

大家一听魏击的话，也就都开怀地笑了。吴起对魏击说："谢谢公子，魏王早就想让你去西河郡观摩一下魏武卒出征，你隔日与公主可以去实地看看，也可以指挥一个战阵模拟进攻。"

魏击一听，当即拍板，说："我与五公主正想去观摩观摩。"

魏木兰一听，也很高兴，说："吴将军不许反悔，我倒是想去西河郡看看。"

“这样吧，先推迟一些日子，等讨伐完中山国之后，公子和公主都可以去，西河郡随时欢迎你们。”

5

吴起讨伐中山国大获全胜，可是他回到西河郡时有些闷闷不乐。戴芙蓉问：“夫君，有何心思？”吴起则摇摇头，然后说：“魏击和魏木兰明日就要来了。”

戴芙蓉觉得这是好事呀。魏文侯派公子和公主专程来西河郡，也体现了国君的重视，可是吴起心里总是沉甸甸的。难不成他还有什么事情瞒着她？

“你一定有啥事情瞒着我？为何不与我说说？”

吴起沉默了半晌，然后说：“这打仗的事情，我从来没有发愁过，对我来说，倒也简单。可是这魏宫里的事情说简单也简单，可是说复杂也复杂。”

戴芙蓉则乐了，说：“你一个打仗的常胜将军，难不成还摆不平宫里的事情吗？”

“宫里的事情，你不知道呀，有时不是你想如何就能如何的，也不是你有本事你就能摆平一切的。宫里的门道是无法用兵书来推演的。”

戴芙蓉还是不明白，只是觉得吴起有些杞人忧天。西河郡这儿不能说山高国君远，但也离安邑不算太近，主要是路途上车马劳顿的，魏文侯年龄大了，经不住颠簸，所以派他的公子和公主来，也是情理之中。

“唉，你不知道呀，这里面、水太深……”

吴起说着，就把脑袋垂到戴芙蓉的怀里。然后，一把抱起她来，向睡榻上走去。他需要发泄。他此时此刻的孤独，让他无处可去。戴芙蓉任由他使劲搂抱住，而且越来越紧。

“你抱得我快喘不过气来啦。”

“只想钻到你的身体里，藏起来，严严实实的，风雨无阻，就像在左氏的时候，在母亲的怀抱里。”

“我就是你的左氏!”

“你不是，你是我的玉兰骢!”

“玉兰骢，我也喜欢，跑起来可快了，但你为何不说我是你的飞龙驹呢？”

“飞龙驹不是你，那是像我。你像玉兰骢。”

“我不愿意做玉兰骢，玉兰骢再好，也是战马。”

“你就是我的玉兰骢，快说，你戴芙蓉就是我的玉兰骢。”

戴芙蓉还想说什么，就被吴起掀起的巨浪所吞没了。她就像一块在阳光下融化的冰，正在吴起的亲吻下，一点点地融合在他的火山爆发里了。

“什么火山爆发呀？我吴起打过这么多恶仗，还没见过火山爆发。”

戴芙蓉当然也没见过真正的火山爆发，倒是听说过，在一些远古的竹简上有记载，比如公元前一千六百多年的古希腊锡拉岛火山爆发，以及更遥远的西部火山和海底火山的爆发，等等。所以，戴芙蓉说：“我也没见过……”

滚热的岩浆在翻涌，吴起仿佛在飞龙驹上奔驰，但一看到戴芙蓉沉醉的脸就让他想起是在玉兰骢上的感觉，或者就是一种腾空而起，与现实的痛苦都脱节了。他希望永远脱节，不想再去奉迎谁，因为自己年轻时奉迎得太多了，不仅散尽万金，而且还把妻子田小璇的命也搭了进去。

“我不愿意!”

“你不愿意什么？”

“我不愿意我自己是谁的筹码!”

吴起一边随着巨浪的翻卷呼地一跃而起，一边又在山呼海啸中掉入深深的谷底。深不可测。即便如此，吴起在戴芙蓉这儿找到了一种归宿感。除此之外，吴起都能感受到一种不确定的危机四伏。

“你不是打仗打赢了吗？”

“打赢了，又如何？”

“怎么了？夫君不是渴望打胜仗吗？金银钱财都有了，上将军的权力也都有了，现在也抱得美人归了，还有啥愁事呢？”

“唉，夫人呀，你还是看不透呀！其实一切都是被掌控的木偶而已，打赢了，但死的人会更多，这也是造孽。我早已走上了一条不归路。”

“何为不归路？”

“夫人有所不知，在讨伐中山国时，进入灵寿前，有一山寨，那可是全民皆兵。魏军一时间被卡在半路，而遍布密林的都是中山国的人，同仇敌忾，一致对外。魏军一开始损伤惨重，为此我只好下令，放火点燃了村寨所在的山林。那时刻，整座山寨变为了活火山。”

“夫君，不是平生未见火山吗？”

“未见传说的火山，但是我亲自下令放火后的活火山是见过了，熊熊燃烧的烈焰，只听到中山国的军民漫山遍野的哭喊声响彻云霄。过去许多日，我耳边都被这种哭喊声萦绕，睡不着觉呀！”

“打仗归打仗，为何对老百姓也下如此毒手？”

“不是我要如此，是不得不如此，形势所迫。乐羊的儿子也被中山国用来做人质，最后炖了肉汤，还送一碗给乐羊吃。中山国的狄族人都很强悍，魏军向前推进的路线被完全斩断了。唉，这何时是一个头呀，想起当年母亲经常的口头禅——造孽！”

“老百姓为何不跑出着火的山林呢？”

“唉，我早已下令把整个山林围了一个水泄不通，不准一个活口跑出来，结果……”

“惨不忍睹。”

“这真的是太可怕，太残忍啦！这一般心软之人还真的无法当这个上将军呀！”

“我有时一个人就会陷入一种极度的崩溃状态之中。”

“实在不行，我与夫君一起双双回吴越老家，在姑苏城里开一家书院，倒也乐得逍遥！”

“唉，二十岁的夫人，看来还是一个天真可爱的小孩子。其实，人更多的时候身不由己，就像一只陀螺，不停地旋转，却是因为背后有一条鞭子在抽，使劲地抽。”

“鞭子？是魏文侯的鞭子吗？”

“也是，也不是。”

“魏文侯的后面……”

“夫人呀，很多时候，螳螂捕蝉黄雀在后，我虽是牛气冲天的魏国上将军，可是很多时候也是如履薄冰呀！”

“这么多弯弯绕呀？弄不懂！”

“夫人，我就想在你怀里痛痛快快地哭个够！”

“唉，说得我也很难受，夫君想哭就哭吧！”

泪流满面的吴起只是不停地做着一个动作，仿佛做着同一个农夫在耕种或收割的动作，然后又像是不停地举着连枷，在抽打着庄稼。戴芙蓉此时此刻成了吴起耕种的庄稼了。

“什么是连枷？”

吴起没有解释这是西河郡农夫们用的一种工具。他也不想解释，也没法解释。他只是说：“夫人，你就是我的连枷！”

“连枷？”戴芙蓉脸上一副探究的表情，那个时候她仰面躺在睡榻上，只是承受着吴起一次次越来越热烈的冲击。

“将军的功夫果然了得！”

吴起却经不住这半真半假的夸奖，突然就像泄了气的皮球，一下子一蹶不振。不过，又过了一会儿，吴起又梅开二度，这是因为戴芙蓉的风情万种，让他一时间无法掌控自己，以至于一泻千里，奔流到海不复回了。

昏天黑地之后，又是一片天光大亮了。吴起又恢复了惯常的那种上将军才有的表情，然后换上衣甲，配好长剑，问：“你看我这种打扮可以见魏击和魏木兰吗？”

戴芙蓉笑了，说：“夫君这副打扮，比昨日还要精神，一扫那些阴霾，春光明媚啦。”

两个人抱了抱，然后戴芙蓉送吴起出帐。时间算计得恰好，太子魏击和公主魏木兰的车乘已经到了。

6

雍城的暴雨夜之后，萧琼以泪洗面，站在邢让的棺木前，几欲晕倒在地。其他几位夫人都像商量好似的，对她怒目而视。这五位夫人，在聪明伶俐的三夫人安淑艳蛊惑下，一起对萧琼进行清算，甚至认为是她命太硬，把邢让将军克死了。

“唉，邢让就是让萧琼前一个男人吴起的魏武卒给打死的！造孽呀，他为何要娶这样一房命硬的女人呢？”大夫人曲七巧在呼天抢地。

“嗨，自古以来，红颜祸水，这一下，邢让被这个六夫人克死了吧？”三夫人安淑艳不阴不阳地说。

阴阳先生则说：“灵堂里还是不要大声喧哗吧。这对逝者是大不敬。”

邢让的父母还在乡下，估计还得一两日才能到雍城。萧琼则是一副楚楚可怜的模样。身边除了彩花与双兰之外，早已成为了群起而攻之的对象。五位夫人从栎阳赶到雍城这边的邢府，心情都很复杂。在这之前，邢让从未向她们透露过这儿有如此豪华的住宅，甚至让她们顿时有一种相形见绌的感觉，随后就是被欺骗之后的愤怒，转而把全部矛头对准了萧琼这个外来的弱女子。

在下院里，大夫人曲七巧长得矮胖，愤怒的目光能够刺穿萧琼的白裙。二夫人林俊汝揪住萧琼的耳朵，拉到邢让的棺木前跪下。三夫人安淑艳则君子动口不动手，指挥着彩花和双兰去搬运一些黄金首饰之类的财物。四夫人迟蕊红抬起脚来踢着萧琼，五夫人关枣花揪住萧琼的头发，不停地扇着耳光。

这五位夫人一致决定把萧琼从现在的主卧赶到下人住的耳房，等邢让的头七一过，就要将萧琼扫地出门。

又是一个深夜，五位夫人都住在上院里，而萧琼一个人被打发到下院耳房里与彩花、双兰住一起了。

“六夫人，难为你啦。”

萧琼一把搂住彩花，眼里禁不住流下了热泪。心如死灰的她已无路可去了。到了五更，她只能是在这间耳房里瑟瑟发抖。

双兰说：“六夫人，你还不睡吗？”

萧琼的嗓音喑哑，只是说以后别叫什么六夫人了，叫她姐姐。于是，彩花与双兰都叫她姐姐。不一会儿，萧琼见她们两个人睡得很沉，就轻手轻脚地起来了。萧琼把一些散碎的金子放到她们枕头边，然后自己一个人到了院子里。

院子里有两棵歪脖子枣树，一棵长得高大粗壮，树冠张开来，显得很有气势；另一棵瘦弱一些，但枝干遒劲，下面放一张小板凳。萧琼的脖子一下子够到最下面的树干上了，她从容地把白裙腰间的长带子解下来，然后打了一个结拴到了树干上，再把带子往脖子里来回绕了三五匝，闭住眼睛，踢开了小板凳……

耳房里的双兰睡觉轻一点，被萧琼踢小板凳的“啪嗒”声惊醒了。她有些害怕，就去推彩花，彩花也醒了，打开耳房的一扇窗户向外张望，只见萧琼上吊的身影，连忙说：“不好了，萧琼姐上吊啦！”

“啊，这可怎么办呀？”

两个人连忙匆匆穿上衣服，跑到下院那棵瘦弱枣树下，踮起脚尖去扶萧琼，但是扶不动。

“萧琼姐，你醒醒！”

“萧琼姐，你可别吓唬我们姐妹俩呀——”

彩花踩着双兰递过来的小板凳，上去拦腰抱住了萧琼，然后把她脖子里的带子给解开了。

“萧琼姐，你快醒醒！”

两个人把萧琼抬到了耳房，过了好一会儿，萧琼睁开了眼睛，然后，“哇”的一声哭了。

“萧琼姐，你别哭，你如果走了，丢下我们两个苦命的丫头怎么办呀？”

第十三章　重整旗鼓

1

有一段时间，吴起在狼狐岭大营里编撰《左氏春秋》。又有两年不打仗了，倒也乐得逍遥。尤其，听说秦简公得了一个打嗝的毛病，还一直不见好。据说，御医见秦简公时说：“国君有疾在腠理，不治将趋于严重的后果。”秦简公一边打嗝，一边还说：“寡人无疾，御医休要胡说。”又过一月，御医又见秦简公时说：“国君之病在肌肤，不治将扩展到内里。”后来又过一月，御医又说：“国君之病在肠胃，不治将殃及全身。”直到有一天，秦简公打嗝日益严重，加之内疾趋于严重，御医说：“疾在腠理，烫熨之所及也；在肌肤，针石之所及也；在肠胃，火齐之所及也；在骨髓，司命之所属，无奈何也。今在骨髓，臣是无可奈何矣。”秦简公一开始打嗝，总是硬挺着身子上朝，并拒不承认自己有病，以至于一直发展到中风不治而亡。

这个消息，让吴起有些失落感。他觉得自己陡然间少了一个强劲的对手。秦简公是吴起一个强劲的对手。高手与高手之间的较量，才算是真正的较量。

“你现在还愁啥？儿子吴期也十几岁了，长高了，也懂事了。你该高兴才对呀？”

吴起对戴芙蓉的问话没有马上回答，他过了半晌才说：“秦简公死了。”

“这有什么？你不是早就盼着他完蛋吗？”

“夫人有所不知，作为一个将军，缺少了一个强劲的对手，空落落的，只剩下我一个人的战争了。”

“这倒也好，你能够写你的兵法，也能编撰《左氏春秋》了。”

提到了左氏，吴起必然会想起母亲，想起母亲一个人的晚年生活曾经有多么艰难，可是又有什么办法呢？当年自己在鲁国曲阜的曾申门下，就是因为没有回老家给母亲奔丧，导致曾申与自己的决裂。现在想起来，那时候的吴起真的过于自以为是了。

“母亲还活着的话，就把她老人家接到西河来，可以享清福啦。”

“都是我这儿子不孝呀，母亲如果看到她的孙子吴期长这么高，会很欣慰的。”

谈到这儿，他们谁也没有触碰田小璇的话题，那是吴起的一个心灵死结。其实，无论吴起如何想忘记田小璇，却总是无法忘怀。正好应验了一句话，从来都不需要想起，却永远也无法忘记。所以，吴起对待吴期越来越没有了底气。他觉得自己不配做一个父亲。等到有一天，只能让戴芙蓉来代他完成某些育儿的责任了。

“你和期儿谈得怎么样呀？”

吴起平日并不与吴期多交流，即便有单独在一起的机会，也是各干各的，互不打扰。他安排吴期跟荀康去学习。

“荀康已收期儿为徒了。你放心。”

戴芙蓉说着把吴期从隔壁的大帐里带了过来。吴起看到戴芙蓉确实是一个很称职的继母。

“期儿，快来，叫一声父亲！”

吴起反倒在吴期跟前有些腼腆之色了。戴芙蓉则拍拍吴期的脑袋，然后让他走到吴起面前，鞠了一个躬，然后叫：“父亲——”

吴起眼睛一热，差点流出泪来，十几岁的吴期个头与自己差不多了，却没有五岁时的那种叛逆，无论他的小姨田秋月怎么说他，他就是不叫吴起一声父亲。记得两岁时的小吴期，在太阳底下爬来爬去，还不停地打着自己脚边的影子。不管他如何打，那个地下的影子一直跟随着他，于是他就害怕得哭了起来。吴起说起了小吴期这事，戴芙蓉听得直乐。

“我在小时候，差不多也是两三岁，第一次照铜镜，就与那个和自己一模一样的人影打架。”

“你们父子俩这一点还是很像。”

现在，长到十几岁的吴期这么听话、懂事，也归功于戴芙蓉这个继母的调教，以身作则，并能善解人意地与期儿进行交流。吴起可是做不到这一点，不是他想高高在上，而是时势总是把他逼到那个分上。

“你小姨的腿还好吧？”

吴期答：“小姨的腿还好，她总是捎话让我去离石邑城。”

“你呢？你想去吗？”

吴期看了戴芙蓉一眼，然后说：“芙蓉母亲让我去安邑，跟着荀康先生学习《山海经》《诗经》《论语》。”

“你喜欢学习吗？”

“我喜欢像父亲一样领兵打仗，多带劲呀！”

吴起就笑了，然后，让戴芙蓉带吴期去看书简去了。过几日，吴期就被送到安邑荀康门下了。

过了一些日子，吴起编纂《左氏春秋》有些累了，就把注意力转移到了西河守的职责上来了。那一年中山国被剿灭之后，翟璜就推荐他，然后由魏文侯任命，正式任命当了西河守，随即立木为信，搞起了变法改革。

2

在安邑的魏宫附近，隔着两条街巷，魏文侯分给吴起的一处跨院一直闲置着。吴期怀揣着父亲给荀康写的一封推荐信。这信写在布帛上，被吴期塞在戴芙蓉为他缝制的内衣口袋里。原本是让吴期与他小姨田秋月家的柳婶一块来的，后来吴起还是不完全放心，又让戴芙蓉也赶过来了，配合柳婶照顾吴期的生活。

吴期第一次见到荀康时，就被问住了。荀康问：“学习为何？”

吴期回答不上来，面对荀康追问的眼睛，就说：“读书识字，为了像父亲一般带兵打仗。”

“然后呢？”

然后，就再没有然后了。吴期回答不上来了。这时，戴芙蓉抬起头来，说：“这孩子性格内向。”

“知之为知之，不知为不知，是知也。——这句话出自哪儿？”

吴期迟疑了一下，然后答道：“孔子《论语·为政》。”

荀康又问：“夫爱人者，人必从而爱之；利人者，人必从而利之；恶人者，人必从而恶之；害人者，人必从而害之。”

“《墨子》。”

“随便背诵墨子的一段话，可以吗？”

“若使天下兼相爱，国与国不相攻，家与家不相乱，盗贼无有，君臣父子皆能孝慈，若此，则天下治。故圣人以治天下为事者，恶得不禁恶而劝爱？故天下兼相爱则治，交相恶则乱。”

这段话背诵下来，荀康很是满意，就问吴期是谁教的，他说是父亲。荀康说既如此，把吴期交给自己什么意思啊？考验他荀康当老师的才学吗？

这时，戴芙蓉说：“不是这样的。主要还是他父亲忙着西河守的那摊子事情，还要训练魏武卒。他说，把孩子放您这儿，读书就会很系统，也有一个阅读的环境。反正，我家在安邑的跨院闲着也是闲着，所以他父亲让我带孩子。”

正说着话，五公主魏木兰这人未到，话却先到了：“谁带谁的孩子呀？”

荀康没有顾得上看魏木兰，依然在与吴期说话，递给他一支毛笔，让他在羊皮纸上写几个大字。

“这是谁的孩子呀？以前可是没见过……”

戴芙蓉赔着小心，说：“这是，这是我家的孩子……”

“你家——”

荀康这时对魏木兰说：“这是吴起的儿子。”

魏木兰吃了一惊：“我怎么没听父王说吴起大将军还有这样一个儿子？”说着，看看戴芙蓉，又问：“你是谁？”

“我、我、是吴起的夫人。”

“吴将军的夫人？没听说他结婚呀，你们什么时候在一起的？早些时，听说有过一个叫萧琼的吴越歌姬。”

戴芙蓉低下头，回答：“我、我、叫戴芙蓉、也是吴越人。”

“啊呀，这个吴起可是与吴越女人较上劲啦！上次去西河郡，怎么没见过你？”

“我听夫君说起您，您是魏文侯的五公主。”

魏木兰这才不再继续问下去了，却是问荀康：“子夏老先生在吗？”

荀康答：“前些日子，我与子夏、墨子二位老先生都住在公子连府上，现在吴将军让我住在这儿，教吴期儒学。”

魏木兰没来由地哈哈大笑着，上上下下打量着戴芙蓉，然后说：“这吴将军的口味很重呀，每个女人都挑吴越歌姬。”

荀康则说：“吴起早些的夫人可是齐国人。”

“哈哈哈，杀妻求将，哪个女人敢上门呢？嘿，还是吴越的女人有这个胆量，本公主可不行，要男人，但也要自己的命！”

吴期径自在羊皮纸上写了四个字：“仁者无敌。”大家都凑过来看，然后议论这孩子的用笔特点和结构布局，有点像他父亲吴起的领兵打仗，出其不意攻其不备，却又在游刃有余中稳操胜券，平实有力中又笔锋一转，让人信心陡增。

“仁者无敌。这孩子不得了呀！”魏木兰感叹着，然后又摇摇头。

3

萧琼被五个夫人扫地出门了。她身后还有彩花和双兰这两个丫鬟，也随着一起被撵出了府门。

“萧琼姐，现在该去哪儿呀？”

萧琼也不知道去哪里，只是先与两个丫鬟一起朝前走着，不一会儿，就来到了西门口。

“站住，你们要去哪儿？”

只见城门口一个哨兵拦住了，用老秦话问她，她竟然一句也听不懂，径自还是朝城门走，哨兵的长戟拦住了她。

彩花才对萧琼说：“萧琼姐，出城要有通行令牌。”

“哪儿去办理令牌呀？”

哨兵说：“到大将府办理。”

“大将府？”

萧琼与两个丫鬟回返，好不容易问路问到了大将府，却又是一番周折，门卫士卒不让她们进门。直到惊动了内府，总算走出一个穿着将服的中年男子来。

“啊，嫂夫人，快进屋——”

萧琼不认识中年男人是谁，但看上去面熟，就是叫不出名字来了。

“你是……”

“啊呀，嫂夫人，我是孟翔呀，是邢将军的旧部属。”

孟翔身边的一个幕僚模样的人，也很热情，介绍说：“这是我们的孟将军呀。”

“邢将军不幸阵亡之前，就在国君那里推荐了我，所以……”

萧琼显得有些着急，说是现在想出城，但不知道哪儿能够办理通行令牌，想要马上出城。

“嫂夫人，出城要干什么？”

彩花和双兰就把萧琼的近况对孟翔说了，孟翔听了很吃惊。怎么会这样？“邢将军那五个夫人也太不像话啦！”

彩花说：“我们都去乡下，回双兰的老家。”

双兰老家虽然离雍城不远的乡下，但没有马车，一直徒步的话，也得走一天。

孟翔说：“嫂夫人，如果实在无处可去，不如先去我的宅院住，我的夫人大前年病亡，那儿倒是空着，我一直不想回那里住，怕触景生情，引发痛苦。”

萧琼叹了一口气：“走投无路了。其实，也不是要去双兰的乡下。双兰父母双亡，有一个哥哥也成家立业了，投奔到那儿，也不是个办法。彩花家很远，在渭南一带。”

孟翔一听，就说道：“留下吧。就住在我那儿的宅院里，想住多久就住多久，这两个丫头也留下。”

“真的吗？”彩花惊喜地问。

双兰其实也不想回乡下哥哥家，哥哥的脾性她知道，没有带回足够的金子，肯定会嫌弃自己累赘的。

孟翔说：“这不就对了。乡下的日子也不好过。连年干旱无雨，加之租田地亩的收成所交之后，就所剩无几了。不如就在我这儿待着吧。”

不一会儿，邢将军那五个夫人又撵到这儿来了。她们听说萧琼来办理出城的通行令牌，就拦住孟翔不准办理。

“为何不准办理？”

这个时候，邢让的大夫人曲七巧说道：“不准办理就不准办理。这个克死人命的六夫人就得待在官府的监牢里！”

二夫人林俊汝倒是说得没那么绝对，但是也坚决表示：“六夫人私藏的金银首饰全部交出来，即可放行！”

三夫人安淑艳声称：“自从邢让将军与这个妖精在一起，就基本上没有回过一次栎阳的家，让几个夫人一起守活寡，是可忍孰不可忍？”

四夫人迟蕊红离得老远就向萧琼吐着唾沫，五夫人关枣花冲上来又要打萧琼，被孟翔一把拎起来，拎到了院门口。

“你们这是要赶尽杀绝呀？”

这五个夫人七嘴八舌，依然要求官府治萧琼的罪。

“六夫人何罪之有？”孟翔问。

“萧琼姐何罪之有？”由于有了孟翔主持公道，彩花与双兰也不依不饶，与五个夫人据理力争。直到孟翔下令要让手下士卒抓这五个无理取闹的夫人时，她们这才慌了神，脚底抹油，溜了。

萧琼还想回到吴越的姑苏城，去找自己失散多年的亲人，哪怕找到一个也可以。但是，她预感到所有亲人都不在这个世界了。她万念俱灰，所以才想到了自杀。可是，现在住在孟翔这儿，又能驻留多久？她正如一叶浮萍，在一片望不到头的汪洋里飘零着，没有方向，更没有了去处。

“走吧，还犹豫什么？”

萧琼呜呜哭着，孟翔安慰着她。一会儿，他叫来一辆带着厢轿的车乘。这让萧琼想起了在狼狐岭那次去离石邑城乘坐的车乘来了。感觉那一切好像如在昨天，却也一晃好几年了。孟翔让车乘拉着萧琼她们三个向着自己的宅院驰去。

4

魏文侯五十年，应该是吴起人生的一个关键节点。为何如此说呢？相比起魏击，魏文侯对吴起还是以一个长者的身份包容和理解的。但魏文侯突然撒手人寰，让吴起感觉到一丝悲凉。人生的变幻莫测，并非他个人的力量所能掌控的。站在肃穆的魏宫，吴起满眼的泪光中看到一片白色的挑灵幡。魏击走在最前面，随着挑灵幡移动着，而痛哭失声的吴起则引起众多老臣的关注。吴起匍匐在地，随着魏击的脚步，却是跪在地下挪动着，然后一下一下地磕着头。

"恩公，你就这样走了，走得如此匆匆，竟然连一句话也未曾留下。不过，微臣一定辅佐太子魏击，面对复杂多变的形势，以不变应万变，最终在当今的战国时代站稳脚跟，力求保持七雄中的领军地位。"

魏武侯元年，正是魏击接替魏文侯成为国君的第一年。魏击有些不适应，尤其对魏武侯的这一称谓，总觉得一下子还改不过口来。

"吴将军，你是父王手下的老臣，你觉得在元年之际需要注意一些什么问题呢？"

吴起还是没有从魏文侯猝然离世的悲痛中走出来，所以他一时间对魏击的问话置若罔闻。

当魏击继续礼贤下士地问计吴起时，才说道："首先是朝野上下要在称谓上改变过来，不能再叫魏击了，而是从今日开始即为魏武侯。"

"那么，还有呢？"

"君主既要站得高，才能看得远，明事理，先要明智，要大气。心智不明，缺少宽厚包容的风范，怎么才能让朝野上下团结一心呢？所谓广开言路，就要懂得倾听不同的意见，并从中考量和选择最佳的治国方略。比如古代的许多开明君主，一开始处理国政时，无论是士大夫、士人，还是普通平头百姓，如有请求，国君一定要虚心去倾听。公族里来人请安问候一定予以接见，四方有人来投奔也都不要拒绝，五湖四海，广纳贤才，这才是国君言路不受堵塞、双眼不受蒙蔽的方法；国君在分赏俸禄时要周到合理，不偏不倚，使用刑罚必须要恰当，一定要宅心仁厚，时常惦记着百姓的利益，消除百姓的祸患，这样才不会失去民心；国君自身的作风要正派，身边的大臣必须亲自挑选任用，大夫不可再兼任其他职务，一些管理百姓的权力不能尾大不掉，不可掌握在一些佞臣甚至某一家族的手里。这样才能使得国君的政令达到百分百地执行。这些道理其实都在《左氏春秋》里有很多记载，所以君主继位后第一年必须虚位以待，要让真正的人才占据各自的位置，能够让他们充分发挥自己的才干。”

魏武侯听得有些晕乎，就插嘴说道：“老臣，还是拣一些可操作性的事情说说吧，太高深的理论就不必浪费时间了。这些话，子夏老先生唠叨得寡人耳边都起茧子了。”

吴起依然低着头，继续说道：“其实，急迫的事情有这么几条，一是如何用人的问题，用什么人的问题，一些老臣去留的问题，等等；其次是如何解决政令畅通的问题，就是一些佞臣让国君很多的想法无法尽快实施；三是国内的民生问题，解决各个郡属的田亩问题，国外就是与秦国必有一战，如何增加魏武卒战斗力的问题，等等。”

这时，魏武侯的女婿公叔痤站起来说道：“有些事情说起来容易，做起来何其难也。这些道理，信口开河，谁都会讲，但是站着说话不腰疼，不当家不知道柴米油盐贵。今日国君还得见赵国来的使者，吴将军请回吧！”

吴起一出魏宫，就看见魏木兰的车乘。他漠然地走着，也没有上前礼拜，而是扬长而去了。

魏木兰远远喊道：“吴将军，请留步！”

“五公主，有什么事情吗？”

“后日本公主生日，请吴将军赴宴！”

吴起只是远远地一低头，然后应了一声，但没说去还是不去，只是径自上了自己的车乘。

吴起记得在鲁国时季孙氏力排众议推荐过自己，这算得上是他的第一个伯乐。而第二个伯乐就是魏文侯了。可惜，他们两个人都先吴起而去。这让吴起感觉到命运的无情。记得就在刚才，他还打量了魏击——魏武侯一眼，总是感觉缺少了一点什么。朝中支持吴起的人也只有李悝和翟璜这两个人。而李悝也卧病在床，看上去也不久于人世了。李悝在朝堂上也为吴起说不上话。在众多新党佞臣的包围下，翟璜也是独木难支了。

遥想魏文侯时代，既有子夏作为老师，又有田子方作为朋友，还有段干木这样的奇人，而名臣里有李悝和西门豹，当然吴起也在其中，与乐羊一道整治魏武卒。但魏武侯承继基业之后，任命了老臣田文为相，使得吴起的话越来越在魏武侯那里成了耳旁风。即便如此，吴起依然让自己在西河守的位置上小心翼翼，利用闲暇时间撰写《吴子兵法》。

5

魏武侯元年，也就是秦敬公十年，嬴师隰已二十八岁了。在他所在安邑的府邸里，与奶娘的女儿卢云生活了好几年。幸亏，卢云把母亲给他保存的六孔陶埙带到了安邑，这就使得他在闲暇时有了一个吹埙排泄烦恼的机会。卢云与他用老秦话交流，别人谁也听不懂。

这一日，吴起突然造访，问到嬴师隰有无回秦国的打算。嬴师隰不知道该如何作答，毕竟吴起是一个狠角色，带领威名远扬的魏武卒与秦军打过好多次仗，所以他不想对吴起吐露自己的心思。卢云比嬴师隰大三岁，所以很多时候她来替他应对一些无法应对的事务。

“公子连，你如回秦国时，吴子倒愿意跟着你一起去开辟一个新的天地。毕竟，你还年轻，凭我的直觉，秦国的未来是属于你的。”

卢云觉得吴起作为魏国老臣这么说话，不知道他葫芦里卖的什么药，于是，就问：“吴将军何出此言？”

吴起却是让卢云觉得有些答非所问了。“看看公子连的两位老师，子夏和墨子，都很了不得。另外，他身边围绕的众多门客，大多是有心干一番事业的人才。上次到临晋，那个庞勇，就是比秦国的死士还要更胜一筹。郑三郎又是魏文侯原来手下的得力侍卫。”

嬴师隰则走在一旁，自顾自吹着陶埙，于浑厚中有着几许悲戚，亢奋中有着几许哀怨，时断时续中却深藏着几许恒久的绵长。嬴师隰的背影被西去的夕阳所映照着，有了一种神秘、超拔、典雅和高贵的气质。

吴起抑扬顿挫地朗声道：“埙之为器，立秋之音也。平底六孔，水之数也。中虚上锐，火之形也。埙以水火相和而后成器，亦以水火相和而后成声。故大者声合黄钟大吕，小者声合太簇夹钟，要皆中声之和而已。”

嬴师隰这才转过身来，盯住吴起看着，像是打量一个陌生人。

“没有想到吴子还是一个满腹经纶的人，原本以为一介武夫大将军而已。这埙歌里的韵味，可以说说看。”

吴起正待继续与嬴师隰探究下去，不料，郑三郎上来通报说是五公主魏木兰来了。

魏木兰披着一件彩色的披风，显得风度翩翩，更像一个魏武卒的做派。可是，吴起并不喜欢五公主女扮男装。

“吴将军也在此呀，本公主三番五次请你请不动，却在公子连府上屡屡遇到，看来还是公子连有面子呀！”

吴起打着哈哈，说：“公子连府上这是来的第二次，何来屡屡遇到？”

魏木兰不笑了，说：“吴将军不懂得幽默，难不成上次本公主过生日，你也忙得顾不上，魏武侯给了什么样的公干，又有何可忙的呀？”

“不是魏武侯给我啥的公干，这西河守那一摊子事情，就够我喝一壶啦！”

“本公主一句话，可以把你调回安邑来，安邑需要一个能打仗的将军守护着，以防新登大位的秦敬公和秦简公一样，对我魏国来一个突然袭击。”

提到秦国，嬴师隰的眉毛耸动了一下，然后岔开了话题。

“五公主会吹埙吗？”

魏木兰发现了嬴师隰手里的陶埙，就一把抢了过来，说：“这有什么难吹的。到现在为止，还没有什么事情难倒过本公主。哼！”

魏木兰接过陶埙，然后鼓着腮帮子使劲地吹，以至于吹得脸都成猪肝色了，还是吹不响，只是发出不成调的杂音。

“不会吹就是不会吹，谁也不会笑话你五公主，你这硬要装会，反倒弄巧成拙，滥竽充数了。”

“你说谁？”

吴起见魏木兰真的有些生气了，就连忙告辞，他不想与她再去较真了。原本魏武侯对自己有一些冷落，不能再让魏木兰有了借口，在背后搞一些不利于自己的小动作，那就吃不了兜着走了。

刚走到嬴师隰府邸门口，吴起却遇到了荀康，遂问起儿子吴期的学习近况。荀康一身长袖善舞，潇洒洒脱，翩翩走来，让吴起陡然间产生了几许羡慕之情。荀康则说这个不用吴起操心，吴期这个孩子还是很聪明的，许多问题能够举一反三，研读经学方面有悟性。不过，荀康现在担心的是吴起，总是觉得他这些日子脸色不太好，闷闷不乐，遇到什么烦心事啦？其实，不用吴起多言，荀康一眼看出他是不太适应这个新君的节奏。毕竟，魏武侯年轻气盛，有时会心血来潮，想一出是一出，这就使得吴起这样的老臣有些怀念魏文侯的时代。

“你还记得魏文侯吗？他可是隔三岔五请你入宫，听你建言的。”

荀康说：“记得怎么样，不记得又怎么样？此一时，彼一时也。吴将军要学会顺势而变。”

“如何变，我还是不懂。”

“吴将军读了那么多书简，难道都读到狗肚子里啦？你打仗那么灵活多变，每次都能抓住稍纵即逝的战机，为何在官场却如此刻板，如此死拧，如此气盛？”

“你看不出武侯并无文侯的那种雅量，那种大度，那种魄力？”

“唉，我是害怕如果再不提意见，会落个把整个魏国拱手相送的下场。”

“一切还是要从长计议，吴将军的脾性该改改啦，毕竟不是从前。”

“我倒是宁愿时光倒流。”

“可是，这可能吗？风水轮流转，魏武侯有着魏武侯的节奏。你得跟上他的节奏。这个是关键。”

“有意见不可以提吗？”

“有意见可以提，但是管用吗？反倒会招来更多的误会。”

“误会倒是不怕，就是希望魏武侯能够理解我的一片苦心。”

荀康看看四周，然后悄悄说：“吴将军是一个聪明人，一些意见可以向上提，但一定要适可而止，点到为止。没有哪一个新君愿意没完没了地听下臣的意见。新君上来第一条就是不许妄议朝政。”

“唉——”吴起一声长叹，然后上了自己的车乘，马车辚辚作响，如同心上扎着刀子，渐行渐远。

6

秦惠公五年，也就是魏武侯八年，雍城孟翔的宅邸里，萧琼一住就十几年。孟翔与她的关系开始很微妙，不知道如何相处，但是后来他们走到了一起，还生下了一双儿女。跟随萧琼而来的彩花和双兰也一并嫁人，她们的丈夫都在孟翔所在的秦军中当伍长。

早些年，萧琼的心里还留有邢让的影子，后来与孟翔婚后生了孩子之后，就慢慢淡忘了过往的一切。她要重新开始了。彩花与双兰依然与萧琼经常走动。她们住得并不远，甚至双兰在刚出生的儿子夭折之后，奶水充足，还当了萧琼一岁女儿的奶娘。彩花也隔三岔五过来帮忙。

这一日，孟翔喜气洋洋地回到家，说是秦惠公任命他当伐魏的前敌大将军。这次，秦惠公亲自带领五十万大军攻打河西之地。

萧琼一手拉着三岁的儿子孟良，一手抱住一岁女儿孟晶，然后对整装待发的孟翔说："我不愿意你当什么前敌大将军，我只愿意你能够平平安安。"

"你就是一天到晚瞎操心，一定没事的。"

萧琼心有余悸地说："你还记得当年邢让吗？邢让与吴起打仗，结果就死在了田园手里。"

"当年是当年，当年是秦简公，现在是秦惠公，完全不同，而且这次是五十万的秦军攻打阴晋。"

"上次是在临晋，唉！为何总有打不完的仗呀？你们男人都是这么好斗，我是害怕。"

"别害怕，阴晋之战一定能胜利！记住夫人，我不会重蹈邢让将军覆辙的！邢将军是邢将军，我是我，这完全不一样啦！"

萧琼的心总是七上八下在嗓子眼里提着，在不知所措之中，不停地唉声叹气着。她也知道命运之手总是悬在半空中，如同达摩克利斯之剑，并非看不到，却是只能眼睁睁地望着，无能为力，在无可奈何花落去中酿成了最后的悲剧。

"我不让你去！"

“不去，哪来的俸禄？这一大家子要吃要喝，开销这么大，不多挣点俸禄，如何才能活下去？”

“无论穷富，反正这日子不也在过嘛？大不了可以过穷一点，但能有一个安稳。”

孟翔能够理解萧琼的想法，但他无法停下自己的脚步。他作为秦惠公麾下的前敌大将军，也只能一往无前，义无反顾，赴汤蹈火了。他虽然有些莫名的烦躁，但早已没有别的选择。

其实，孟翔只要一回到军营里，听到士卒们震耳欲聋的呐喊声，就有了一种排山倒海的无穷力量。黑衣军团漫山遍野，由秦惠公亲自率领，在东进的路途中，举国之力的五十万大军，其间战车和铁骑一望无际，浩浩荡荡，气势如虹。兵临城下，五十万大军把阴晋围了一个水泄不通。

吴起亲率五万魏武卒应敌。他们在阴晋城内守军的配合下，早先一步从安邑出发，并提早渡过了黄河，然后悄悄地埋伏在秦军的包围圈之外。原本吴起并不想打这一仗，但是魏武侯在大敌当前时有些乱了阵脚，依靠公叔痤带兵，总觉得更无把握，只有起用父王当年的老臣吴起了。

五万对敌五十万，这道简单的算术题不用动脑子，就知道结果会怎么样。魏武侯面对着群臣，竟然没有一个在国难当头时挺身而出。这个时候，也只有吴起能够让他训练出的魏武卒发挥其最大值。

吴起避开了秦军的正面战阵，而是从侧后迂回突袭。孟翔一上战场就如同打了鸡血一般，遥想当年邢让败在吴起手下，就让他气愤不已，热血沸腾。孟翔举着长戟一路冲杀，先拿下阴晋，可惜一开始即遇到阴晋守军的抵抗。孟翔有胡人的血统。这是因为他的母亲来自遥远的大漠。孟翔小时候就是一种膜拜弯弓射大雕之类的尚武图腾。他后来是在吴起的突袭之中，猝然落马。

即便有秦军五十万，即便有秦惠公在战阵中心声嘶力竭地呐喊，即便有战鼓在咚咚咚地擂响，即便有五千辆战车在排兵布阵，即便有一万铁骑在冲锋陷阵，即便有八千死士护卫在孟翔四周，但还是有一种迅雷不及掩耳的狂飙席卷而来，不知道该向哪个方向躲，也不知道该向哪条路逃。在浓重的夜色里，孟翔被八千死士护卫着左右摇来摆去，如同巨浪上颠簸的船只，甚或狂风暴雨中一片飘零的落叶，突然间就被吴起伸出的长戟挑住了他的衣甲。

吴起宛若饿狼捕食，孟翔则如巨爪下的一只惶惶不可终日的大雕，终于被吴起的长戟击中。随后，司马飘香斜刺里的一箭又射中他的左肩。出人意料的是，奋不顾身的秦军死士并没有就此溃逃，而是趁着吴起突袭进来的人马势单力薄，企图进行反扑，并且夺回他们的前敌大将军孟翔——可是，为时已晚了，司马飘香驾着一辆横冲直撞的六轮战车，战车四周都有连弩手，不停地射出一支支利箭，以至于秦军死士倒下了一大片，但他们还是前赴后继地向前冲，试图抢回孟翔。可是，吴起飞身从马上下来夺过死士手中的长剑，左右上下翻飞挥杀，边战边退，很快跳上了司马飘香的战车。

孟翔能够感受到秦军八阵突然间乱了分寸，这是因为吴起下令魏军斥候四处放火，在秦军八阵的每个方向都有魏武卒在呐喊，在放火。战阵中心指挥的秦惠公也是六神无主，早已不知如何应对了。

“魏武卒究竟来了多少人马？”

“不、不、不知道……”

秦惠公下令吹响了牛角号，反倒让战阵中心也开始手忙脚乱了。秦惠公为了稳定军心，亲手砍杀了那个回答“不知道”的五百长，然后站到战车上继续指挥，但不知道从何处射来一箭，正好把他的帽盔给射飞了。

“活捉秦惠公！”

四面八方传来了魏武卒们的怒吼声，在山野中久久回荡。

秦惠公先是在战车上淡定地指挥，后来就飞身上了早已备好的战马。八千死士回身护卫秦惠公后撤，而一个个火把从后面撵上来，如同长了眼睛，把死士身上的黑色衣甲点燃了，有的被烧得满地打滚，四处乱跑。

吴起回避开秦军战阵前锋，而从侧翼迂回攻击，出其不意攻其不备，四处煽风点火，并擂起了鼓点，借助风势，一支支火把不断地投向秦军八阵队伍里，最后终于炸营了。

这个时候，孟翔的脑子里一片空白，看了一下周围黑乎乎的纷乱景象，确认不是梦中之后，不由得叹了一口气。一些纷乱的意绪在眼前不停地晃动着，血糊狼藉的模样，那会是谁？

孟翔盯住了吴起，然后质问：“是你杀死了邢让？”

“你仔细看看，我是谁？”

“你是吴起——”

“哈哈哈——”司马飘香说，“犯不着吴起大将军来亲自动手，你看清了，明人不做暗事，我可是司马飘香！”

“你是华山武林高手司马飘香？”

“你想错了，今日俘获你的是魏武卒中军司马飘香！”

压抑、恐慌、惊惧充斥在孟翔的眼前，脑海里走马观花地闪现着雍城的往事，尤其是他与萧琼在一起的日子。他并不是畏惧死亡，而是觉得自己畏惧不畏惧，死亡都在一步步地逼近着，如同被火中烧烤的野兔，一点点被死亡所盘剥着，销蚀着……

“我不想让你去送死！不想！”

“这可是秦惠公亲自授予我的荣誉。”

“什么样的荣誉，能够让你变得失去了起码的判断力？你不觉得你就要成为下一个邢让了吗？”

“邢让是秦国的英雄，他死得其所。”

“可是，活着才更重要。这样的伐魏其实就是送死。”

“可是——萧琼，你要知道，我不去谁去？”

“我不让你去，你一旦有个闪失，你让我怎么办呀？”

“为了大秦帝国的荣誉，我孟翔肝脑涂地。”

孟翔看到了萧琼流着泪的眼睛里满满的是各种追问，可是无论如何追问都改变不了这一结果。

“什么样的结果？”

“你想要什么样的结果？”

“我就想能够与你和和睦睦，白头偕老。”

“会的，等这次伐魏之后，等我大秦灭六国之后，我会陪你到老，直到永远。”

萧琼在叹息，现在孟翔落在了吴起下属手里，只能一个人空自叹息。轰隆隆的战车声中，他仿佛听到了萧琼在给他起舞，并高歌一曲——

回眸一笑醉芙蓉，不见夫君不见卿，只剩相思无处诉，梦中遥看百媚生……

吴起虽已五十岁出头，但他一马当先，身后是红色铁骑的魏武卒潮水般席卷而来，也就是一时三刻间，秦军八阵被一下子冲得个七零八落。

“吴将军，怎么处置秦军的无敌大将军？”

吴起盯住孟翔看，却突然发现他脖子里戴的一串红宝石环形首饰，一下子怔住了。

“你可认识萧琼——”

孟翔被绑在了阴晋南门一根石柱上，也打量着吴起。“萧琼、是的、萧琼、在我的家里。”

“那让死后，她与你在一起吗？”

孟翔一时间默然了，低下头颅，黯然之中，一脸战败者才有的沮丧。

“这红宝石首饰，是萧琼的吧？”

吴起说话的语调一下子变得温和了，与旁边肃然的气氛不大搭调。他下令松绑。

“是的、是萧琼的，她现在很好，要杀要剐，随你的便……”

司马飘香给孟翔松了绑，然后就有些不知所措地问：“是要立马处斩吗？”

“再等一个时辰，等到魏武侯到了，开斩——”

“那现在？”

“别让他跑了，看护好了！”

“但听将军号令！”

吴起还在随后缴获的孟翔战车上发现了一尺见方的木椟家书。吴起原本没有心思去细看，但一看木椟上方是孟翔写给萧琼的家书，写了一半，还未写完。他不由得百感交集。

只见一尺见方的木椟上写道：

萧琼夫人此别，三四月余跋涉，相隔千里，心系万念。六孔埙有心吹，八面来风却无心听，夜深寒意更甚，九九归于一点，吾站在悬崖边，顿见夫人秋水望穿处。千变万化，箭在弦上，只等开战在即。梦里一片恍惚，宛若末路摇曳的星光，前方依然是你，却可望不可及。遥想上次黄河风雨夜，战车在不断的攀援，只见琼阁之上，恰如月儿正圆……

吴起看了一半木椟书信，心里很不是滋味。萧琼今在何处？还在秦国雍城吗？随后阴晋南门叽叽咕咕直响，厚实的城门打开了。只见守城的魏军欢呼着与吴起率领的魏武卒会师了。

魏武卒前呼后拥着吴起入城，而魏武侯也看到这一情景，眉头一皱，只是没说什么。

吴起问道："这个俘获的前敌大将军孟翔如何处置，倾听国君指示？"

魏武侯性格刚烈，宛若霹雳，但这个时候也能做隐忍之人。他只是看了看吴起，这个让老秦人闻风丧胆的魏国老臣，一时间让他有些不舒服，不是说他功高盖主，关键是他在这场阴晋之战的杀伐中以五万打败五十万秦军依然面不改色心不跳，亲自手刃了许多秦惠公身边的死士，而且是越战越勇，这让朝堂那些刚提拔的魏国能臣如何心安？

魏武侯依旧不动声色，有意看了一眼吴起。突然，他不再隐忍了，亲手从侍卫手里要来了那把自己的天目剑，然后"咔嚓"一声就把孟翔的头砍下来了。

孟翔脖子处的血水柱子一般地冒了起来，红宝石首饰落在了一旁，早已被污血浸染着分不清原本的底色。

吴起盯住红宝石首饰，一遍一遍地轻声念叨着萧琼的名字，让人看上去他明显有些失态了。

魏木兰不知道什么时候悄然来到了阴晋城下。她只是看看兄长魏武侯的脸色，便"啊"了一声，然后说："君上，好刀法——"

魏木兰手里把玩着魏武侯的天目剑，剑刃上还在滴着血迹。而一旁的吴起则什么也没说，一脸默然。

第十四章 茕茕孑立

1

吴起要离开西河了。不，其实是吴起要离开魏国了。

早在两年前，嬴师隰离开魏国返回秦国时，曾找过吴起，让他跟着一起去。毕竟，吴起早先在嬴师隰面前流露过想去秦国的意思，但到了真要去的时候，吴起突然犹豫再三，最后他还是拒绝了。他与秦国打了多半辈子仗，即便嬴师隰立马就会变为威武显赫的秦献公，又如何？这与他有何关系？嬴师隰，不，是秦献公，他能够容得下他吴起，秦国朝野上下却是不会容他的。这一点，他有自知之明。他吴起与秦军打了二十三年仗了。可悲哀的是，公孙痤竟然在魏武侯跟前告吴起谋反。吴起也不想辩解。魏武侯也觉得不大可能，如果他要谋反，那次阴晋之战带着五万魏武卒就可以反戈一击，但他却打败了秦惠公的五十万秦军。不过，公孙痤毕竟是魏武侯的女婿，他的话还是要听的。公叔痤依然在说，吴起对魏武侯的意见来自新任丞相田文，因为最该成为丞相的应该是他吴起，而并非现在的这个田文。吴起还和田文有过一段争辩呢。田文年老多病，虽然资格老，但看上去这个位置也不会坐太久，怕是公叔痤会最后坐收渔人之利。

吴起记得担任西河郡守有好多年了，他总觉得没有功劳也有苦劳吧？魏武侯继位后，国相一直空缺，朝野上下都一致看好吴起。但魏武侯却选择了田文为国相。吴起心里窝着一肚子委屈，他不敢向魏武侯发泄，却是当面质问田文：“如果从功劳看，你能比得过我吗？”田文说：“比不过。”

吴起紧接着数落道：“统率三军，让士兵乐意为国死战，敌国不敢图谋侵犯魏国，谁和我比？”田文说：“没人比得过。”吴起又说：“管理文武百官，让百姓亲附，充实国库的储备，这一点如何？”田文答道：“惭愧。”吴起继续追问：“据守西河郡让秦国军队不敢东犯，让韩国、赵国都能服从归顺魏国，谁人能比？”田文说：“无人可比。”吴起不依不饶：“既然都不如我，为何国相之职落入你的手里，这不是误国误民吗？”田文沉思良久，才说道：“魏武侯还年轻，刚上位，权力基础不稳，大夫有疑虑，众臣不亲附，百姓难信任，在这个时候，是把国相托付给你呢，还是应当托付给我这样的老臣？我的年纪比你大，属于魏国老臣，而且根基比你深。你只见其所以长，而不见其所以短，知其所以贤，不知其所以不肖。”

吴起一时间无话可说，沉默良久才表示，确乎如此，老臣是有本事，但弱主最怕有本事的老臣尾大不掉，政令无法上下贯通。

田文很快在相位上病死，但随后接过相位的却是魏武侯女婿公叔痤。公叔痤在魏武侯前出主意把五公主嫁给吴起，以此来考验吴起的忠心。公叔痤知道这一招吴起肯定不会愿意，一来是吴起心有所属，二来他也无法忍受五公主的刁蛮脾气。加之，在公叔痤家吃晚饭，也见证了魏公主的真容。所以，吴起回到西河，就收到了魏武侯要撤换他的消息。吴起就此有了请辞的想法，但不是归隐，他还有更大的抱负未实现。

嬴师隰回国接任国君时，诚邀过吴起，但吴起只能拒绝。秦国是不能去了。不过，他推荐了荀康。

荀康与何瑾薇跟随着嬴师隰很快到了秦国，先在雍城，后来到了栎阳。荀康目睹了秦国庶长在河西迎立三十八岁的嬴师隰（公子连）为国君，即后来的秦献公。荀康看到来杀嬴师隰的秦军也投靠了他，老百姓也夹道欢迎。嬴师隰到了雍城时，四岁左右的秦出子和其母亲，立马就被拥立嬴师隰的秦军杀死了。身首异处，惨不忍睹。荀康看到了这血淋淋的一幕，与何瑾薇便有了去意，遂决定继续早年的云游生活。他不想当什么伴君如伴虎的贴身幕僚了。荀康在秦宫又待了两个月，因为秦献公还是不想让他走，使得他也犹犹豫豫。但后来荀康还是找到了机会，有一日，借着与秦献公一起出宫打猎的机会，他悄悄地与何瑾薇一起跑了。

吴起则是在嬴师隰归国后成为秦献公之后的第二年，也就是魏武侯十四年，楚悼王十九年，离开魏国，投奔楚国的楚悼王。他想有生之年就在楚国再干一番事业。

吴起离开魏国时带走的行李，除了两车书简，就是一副魏武卒的铁胄。它是用八十九片铁甲片编缀而成。顶部用两片半圆形的铁甲片缀成圆形平顶，周围用圆角长方形的铁甲片从顶向下编缀，一共七排。铁甲片的编法都是上排压下排，前片压后片。吴起披挂在身上时，司马飘香、韦成梗和白从德等随行部属都伸出大拇指，说他依然有着大将军的风采。

离别之前，吴起从西河的临晋一路绕到了离石邑城，专程去看望蔺天成和田秋月。蔺天成依然是邑城的守将，田秋月被烫过的双腿已经好了，行走自如。

“我要走啦，这辈子恐怕再难见面啦！”

吴起与他们谈及长成二十来岁小伙子的儿子吴期，然后又提到蔺天成和田秋月的女儿蔺冉冉——恐怕也嫁人了吧？

“田园呢？”

田园到了赵都邯郸，听说结婚后有了一对儿女，小日子也过得不错。

蔺天成说：“女儿蔺冉冉也嫁到了赵都邯郸啦！”

田秋月对吴起依然是不理不睬，早年因为田小璇之死在她心里留下了难以解开的死结。所有这一切，都归咎于吴起。

离开离石邑城，车乘再次路过了狼狐郡，吴起看看在车乘里睡着的戴芙蓉，他独自走下车来，仿佛依然听到远处白杨林里的狼嚎声，以及那只野狐的凄厉叫声，绵延不绝……

“走吧，天要黑啦！”司马飘香说。

吴起黯然地上了一辆带有黑色车篷的车乘，后面还有两辆车乘，依次一路向南驶去。

2

楚国的辽阔是你无法想象的，只有进入其中，你才会感到一种心旷神怡。车乘在疾驰着，窗外的风景与西河完全不一样了。楚国的水色体现在插稻女子的容颜上，以及一片望不到头的绿莹莹的世界。早在魏文侯四十六年，也就是吴起出任西河郡守的第五个年头，楚声王在一场大规模内乱中被杀，随即楚悼王登基，但依然战败后遭受到韩赵魏等国的割地。而楚悼王的大权旁落，主要问题正在于屈、景、昭三家大夫之手的牵制，奴隶分封制根深蒂固，一时间已无法动摇。

楚悼王所在的王宫里，吴起慷慨陈词："如何改变楚国的乱局，需要革新土地分封制，但如何革新，在下也正在思考。不过，依吴起之见，要实行变法，先找个样板，比如宛城，然后再一步步推向全楚。"

楚悼王已经把执掌楚国军政大权的令尹印交给了吴起。吴起说令尹印先收了，但他还是愿意从宛守干起。吴起先要当好这个宛守！楚国的上层世族早在吴起到达郢都时就有了戒心，并聚在一起议论纷纷。他们得到消息是楚悼王与吴起一起商谈革新吏治，并下手解决分封制造成尾大不掉的弊端。

从郢都到宛城路途上，吴起陷入长久的沉思之中。司马飘香坐在车辕上赶着马车，不断的颠簸并未打断吴起的思路。要在楚国实行法治，就要借鉴李悝在魏国变法的经验。李悝的变法相对来说还是温和的，但一潭死水的楚国需要一副猛药。楚悼王总是有些犹豫不决，总觉得王宫上下的各种利益集团盘根错节，很多时候是投鼠忌器，牵一发而动全局。吴起则有这种强烈的愿望，就是把魏国变法的诸多做法照搬过来。制定法令是必须的，还要有"废其故而易其常"的决心，"使驰说之士无所开其口"，也就是强化"明法审令"的精神。

与韩、赵、魏等国相比，楚国的世族阶层大多分布在郢都和宛城这两个地方，维持现状固然尚可，但新政变法的推行需要打破旧有的利益格局。楚悼王这些年一直没有去这样做，但吴起这个魏国来的老臣竟然能够大动干戈，足以证明背后有谁在撑腰？楚悼王做不到的，吴起却通过一个什么"倚车辕"的奖赏办法，先在郢都立威，让广大的民众信服，然后开始在世族中挑选对象，并予以杀鸡儆猴。

当吴起与楚悼王在楚宫里彻夜长谈的时候，世族老臣屈宜臼坐不住了。尤其，屈宜臼的门客徐子良说："楚悼王与吴起彻夜密谈，据说这个祸国殃民的变法已成定局啦。”屈宜臼让徐子良带着几个武士在北上宛城的路途中把吴起做掉。吴起身边有几个高手，司马飘香、韦成梗、白从德等。

徐子良带了几个武士，甚至又加派几个弓箭手，飞马直奔望江楼。他在路上不断地用鞭子抽打着坐骑。汗水淋淋地到达屈图的大营时已到五更。屈图是屈宜臼的侄子，今年才二十五岁，眉清目秀，但却颇有心计，凶狠毒辣超过了其伯父。徐子良对屈图说明了来意，并要求他在郢都到宛城的路上除掉吴起。屈宜臼与赵氏结婚多年都没能生出一男半女，遂一直把屈图当作自己的继承人。而三岁时父母双亡的屈图，也从小在伯父家长大，一直就以其继承人自居。

屈图一听徐子良的话，就一下子消失了睡意，呼啦一跃而起，拉出屈宜臼赠给他的一把古剑，大声喊：

“决不能心慈手软，对吴起这样的邪人，要用邪办法来收拾，绝对不能放虎归山，否则，贻害无穷！”

“可是，吴起的车乘快到了——”

“他休想过我们的望江楼，插翅难飞！”

“不怕一万，就怕万一呀。”

“嘿，你们这些门客，就是光会说嘴，光说不练，顶个屁用，这次还要看我的。他吴起想算计伯父的家产，门也没有。”

“路上杀不了他，就是在宛城，也要亲手砍掉他的狗头。”

“将军，不可存有侥幸心理，如果在望江楼杀不了吴起，估计到了宛城更加难以下手。”

“我估计他会在望江楼的驿站歇脚。”

“我觉得，吴起一直在忙着走走看看，一边了解民情，一边思谋着如何算计屈宜臼大夫的万贯家产呢。”

“那还等什么，赶紧在望江楼驿站门前埋下伏兵。”

“万一他走水路怎么办？”

“不可能，现在江水涨潮，恐怕水路并不好走。”

屈图微微笑了。他立即从标营中挑选了三百精锐骑兵，随同徐子良赶往望江楼驿站。走到大营门口，碰到五百长齐雄，屈图就将晨练战阵的事情交由他代劳了。他们看到望江楼的驿站时，天际发出了鱼肚白。

3

早在五更时分，吴起的车乘已经到了望江楼驿站。由于路程刚走了一半，他并不想停下来休息，可是却在驿站门口看到一个熟悉的年轻背影。他的脑海里陡然想起了鲁国曲阜时宫里的吴越歌姬翩翩起舞的画面，然后一下子拉近到一个小女子的面容，定睛一看，竟然真的是萧琼。可是，从打扮看，一身长袖善舞，却又是一如游学之士的潇洒。在她的不远处有一辆半旧的车乘，马匹是来自秦地的品种，看上去黑瘦羸弱，走起来却显得孔武有力。这让他一闪念，突然想起了邢让，可是邢让不是在临晋战死了吗？

吴起叫停了车乘，然后跳下，突兀地拍拍这个小女子的后背，然后问："请问，驿站的马棚在哪儿？"

这个时候，女扮男装的长袖背影扭过身来，一脸诧异："你说什么？"

"你——"

转过身来的面容一点也没变，却是满怀着忧戚，即便在这楚国的望江楼驿站遇到了吴起，竟然仍是一脸的不动声色，一片木然，相对无话。

"不是做梦吧？你是萧琼？你不是在秦国的雍城吗？"

萧琼只是摇摇头，然后说："此萧琼并非彼萧琼了。"

"何出此言？"

"我是一个急性子，在这里遇到你，也是缘分啦。走，到驿站花厅里一起吃杯热酒去吧！"

"算了吧，我还要赶路，两个孩子还没吃饭呢。"

"两个孩子？"

"对呀，两个孩子。"

"你——你与邢让的孩子吗？"

又是默然。

"你与孟翔的孩子？"

萧琼点点头，鼻子一酸，流下两行热泪。

吴起让司马飘香把萧琼的一双儿女带到了花厅，然后对着十几岁的男孩孟良说：“叫个干爹——”

孟良看看萧琼，然后等萧琼点头之后，叫了吴起一声：“干爹！”一边比他小两岁的女孩孟晶也说：“干爹好！”

吴起看着萧琼，问道：“你这是要去哪儿？”

早在两个月前，萧琼与两个孩子乘坐着车乘离开了雍城，借道楚国，准备回吴地的姑苏城……

“姑苏城里，还有你的什么人吗？”

萧琼只是一言不发，等到两杯热酒下肚，这才有些话倾吐出来了。吴起把魏国带来的好酒让司马飘香从车乘里拿了来，然后与萧琼一块儿拉呱。

“邢让被魏武卒打死在了临晋，孟翔也在阴晋被打死了。”

吴起有些不自在，然后吞吞吐吐地说：“邢让死于田园之手，我并不想打死他。后来，孟翔……”

“你别说了。说这个，还有什么用？”

萧琼不停地摇着头，竟然泪中带笑地看着吴起，把吴起看得直发毛。吴起感到心头一阵阵发凉，眼前一暗，觉得这个小女子的命运难以预料，简直让他这个身经百战的战将也目瞪口呆。

“你怎么会跑到楚国？那个戴芙蓉呢？”

面对这样的诘问，吴起也是有些尴尬。戴芙蓉暂时留在了郢都的府上了。倘若她看到此行的萧琼，不知道又有何感想？他在魏国曾经一呼百应，应者如云，可是，浮生若梦，转眼成空，一切皆有定数。

“想当年，魏文侯身自布席，夫人捧觞，醮吴起于庙，立为大将，守西河。与各个诸侯国大战七十六，全胜六十四，余则钧解。辟土四面，拓地千里，皆起之功也。”

“谢谢，你竟然能够记得我吴起的《吴子兵法·图国第一》。”

萧琼眼眸里泪光晶晶发亮，“早些年，邢让和孟翔都在读你的兵法书简。”

匆匆吃过送行酒，吴起带着司马飘香、韦成梗、白从德和士卒们出了驿站，然后与萧琼作别。这一别，再要见面，不知道何年何月了。

萧琼换了一身紫色的裙衣，在马夫的扶持下，刚要上车乘，就听到马匹突然惊起，径自奔跑起来。马夫惊叫一声，前去追赶马车，却听到左前方密林里射出一支利箭，而且射向的是吴起后背。萧琼本能地向前一扑，利箭射在了她的腹部。

“萧琼——”

吴起回头一看，见萧琼中箭，当即让司马飘香救她上了自己的车乘。这个时候，又从密林中射来几支暗箭，被韦成梗与白从德手中的剑戟把两支暗箭挡开了。随即，密林里的屈图带着三百骑兵冲杀出来。形势更加危急了，吴起随后退守到驿站马棚，一人抢了一匹战马，然后与屈图的骑兵拼杀起来。

4

吴起与赶来救援的宛城守军会合在一起的时候，荀康与何瑾薇也正在逃亡的路上。

自从追随嬴师隰以来，荀康就有一个向自己倾诉心声的习惯。他知道自己要谨言慎行，于是就会拿起毛笔把自己所思所想记录在竹简上。这种记录是一种随心所欲的发泄，但又是有节制的，甚或是具有选择性的。比如嬴师隰一开始的温良恭俭让，也正是在魏文侯时期，以及魏武侯时期日积月累形成的一种内敛的品性。荀康的内心始终是对何瑾薇敞开着。

自从荀康知道那位神秘的白胡子盲老人是墨子之后，就显得有些不自在了。他觉得道行还没有墨子老人深厚，甚或可以说是有些自我的迁就成分居多。尤其，荀康在面对自己内心的时候，望着铜镜里的自己，就能发现几许羸弱和犹豫的摇摆不定。他很多时候，无法确定自己想要什么。比如长久以来游学之士的流浪状态，使得他无法做到如同子夏或者墨子那样心如止水。

你是荀康吗？你是谁？作为一个游学之士，什么时候开始热衷于做嬴师隰的谋士了？嬴师隰在成为秦献公之后，荀康的内心也陡然间膨胀起来了。这种膨胀让他想起了吴起早年离开卫国时把自己手臂咬破，在血流如注中向母亲宣誓——不做卿相，决不还卫！母亲听了吴起的誓言也流泪了。吴起执迷不悟，而荀康则没有这种执念，只是在游学多年之中，突然有一日被嬴师隰打动了。也就是现在的秦献公，一旦离开二十多年久居人下的魏国，刚踏向秦国的土地，就完全换了一个人。荀康与嬴师隰一样遵循着一个循规蹈矩的准则，一直苦熬着，日日夜夜，一年又一年，终于熬成了秦献公时，那种杀戮之气，让人感到了震悚。

荀康先是看到了一直侍卫嬴师隰多年的庞勇，在杀入雍城秦宫时，被秦出公的近身侍卫砍倒了。那是一根二丈四尺的长戟，一下子刺向了嬴师隰。庞勇用剑击挡，长戟刺偏了，却是转而刺向了他。庞勇与二丈四尺的长戟周旋，身后刺来了一根一丈二尺的短戟，又被他躲过去了。接着，旁边射来了连弩，庞勇跳到嬴师隰身前又是一阵击杀，但最后还是体力不支，被一把斜刺劈来的利剑刺中，顿时鲜血淋漓。

就在庞勇倒下死去的同时，嬴师隰发话了。“杀死秦出公重赏！”随即，郑三郎冲上去，当即砍下了秦出公的人头，而且秦出公母亲刚跑出去几步，也被砍倒了。秦宫里躺着两具尸体，如同拔了毛的野兽一般。国君和母后的衣服也被剥下来了，鸡爪子一般的手指已经开始僵硬了，两颗人头各自偏在了一边，好像在看着自己肚子被豁开的肠子——一股股鲜血冒出来，流在了宫殿地面的绒毯上，血污弄脏了长长的玉案。只有五六岁的秦出公还没死，嘴里不停地吐出一个又一个的白色泡泡，长一声短一声地嗷嗷嗷号叫着。

也就在这一刻，嬴师隰即公子连一下子华丽转身为秦献公了。荀康从秦献公手里接过一觞美酒，但他百感交集，并没有一饮而尽，这多多少少让秦献公有些失望。

“爱卿，怎么啦？”

“不舒服，昨晚着凉了，想吐——”说着，荀康径自走出秦宫，在一个朱红色宫墙的角落里，哇哇哇地呕吐了起来。

很难想象，荀康会一直在秦宫里生活一辈子，这不符合他的生活理念。其实，何瑾薇也是如此。他们总觉得在秦宫里会更加孤独，甚至被秦献公身边的近臣所孤立。荀康只是在秦献公给自己分配的斗室里独自熬过一天所有的时间。在秦宫里待着的人，需要忍受种种烦人之处，就是说假话，说屁话，说梦话。不过，这个说梦话，倒是他自己不知道，但一旦梦话被汇报到秦献公那儿，就会招来杀身之祸。所以，荀康进入宫里，就取消了睡午觉的习惯。他怕梦里难免说出一些口无遮拦的话引来杀身之祸。

荀康说，我的书简充足。这是因为何瑾薇给我提供大量的书简，不知道她从何种渠道弄来的。荀康给秦献公的建议里有废止人殉、迁都栎阳、繁荣商业活动、编制户籍和推广县制等。他总是想物尽其用，尽可能这样去做，但现实却是难以尽如人意。他承认获得新的书简，要快于他阅读的速度。只要嬴师隰给他的斗室里拥有更多的书简，甚至如同一个圆形的书简围起来的碉堡，于幽暗中却是点燃了他心中的光明。

只要身边有着这些数不清的书简，荀康就能够体会到超越秦宫之上的自由生活。只有在这种精神的游学之中，荀康才会体会到生活的乐趣。这是一种比秦宫生活更为宽广和更为可贵的精神生活。即使他无法每时每刻地享受这种生活，却是能够把竹简上的味道留在他的心间。这一点，也只有何瑾薇能够读得懂，读得透。

“我懂你——”

“可是，你知道，我想到过自由自在地游学，但我又不愿意承认，我的性格里有一种优柔寡断的东西在决定着我的命运。我也曾想追随吴起，可我又无法忍受吴起身上的那种执拗，那种一条道走到黑的决绝。我觉得这个公子连身上有一种与吴起不同的东西。但是，现在我却在雍城感受到了更加的不自由，感受到这种压抑和束缚。”

荀康发现秦献公从过往沉闷的公子连走了出来，成为秦献公之后越来越活跃了。

相反，秦献公越活跃，荀康则变得越来越迟钝。他的孤独感与秦宫里的喧哗和狂热同步增加。

“我在秦献公给我的几案前生了根，发了芽。这是一种无法触摸却又无处不在的感慨。我一天到晚埋首于书简组成的碉堡里，经常产生错觉。如果不是秦献公经常与我探讨国事，我仿佛置身于四季变化之外的密室之内。混混沌沌，昏昏沉沉，有时会在麻木的心理之中停滞不动，却一下子如梦初醒之后又会感到惊惧和痛悔。”

5

屈宜臼早就对吴起企图收回自己在宛城的大片封地怀恨在心，所以此次派侄子屈图前往望江楼驿站做掉他就没有任何犹豫。门客徐子良说：“万一有个闪失呢？”屈宜臼说：“能有个啥毬闪失？与吴起有着不共戴天之仇，不是鱼死就是网破啦。”但是，没有想到的是，屈图这次行动真的搞砸了，吴起不仅没事，而且也知道了背后指使的后台。也就是说，屈宜臼与吴起的对决由暗里使绊子发展到了明里的舞刀弄剑了。

屈图灰头土脸地站在屈宜臼面前，说道：“吴起倒是跑了，却是一个叫萧琼的女子中箭倒下了。”

“你还有脸见我呀，吴起这次死里逃生会对屈家疯狂报复的，而且还是公报私仇，楚悼王授权他从屈家开刀。”

“我这就安排今晚的行动。”

“不必了，吴起早有防备，这件事情只能从长计议。屈家的把柄落在吴起手里不要紧，关键是楚悼王对屈家的态度。”

正在说话间，仆役进来禀报，宛守吴起已来到屈府大门外。屈图眼睛睁得溜圆，当即拔出长剑，要冲出去与吴起决一死战。屈宜臼拦住了，说道：“赶快先去后院躲躲，别再在屈府生出什么是非了。现在得改变策略了，不能硬来，要智取。”

至于说如何智取，屈宜臼心里也没有底。他忐忑不安地迎了出去。只见大门口站立着一个五十多岁的瘦弱男子，个头不高，穿着一身儒生的衣服，却是两眼有神。屈宜臼觉得这就是传说中的吴起了，连忙走上前，握住了他的双手，嘘寒问暖。

“从魏国的西河而来，对楚国的气候能够适应吗？”

楚国的阴冷潮湿，让吴起确实有些不太适应。但这个，还并不是主要的。“主要是人与人之间的关系，与西河有所不同了。”

屈宜臼打着哈哈：“不同？有啥的不同？初来乍到，住的时间长了，也就习惯了。”

“不习惯呀。”

“入乡随俗就好啦。”

“屈先生，你对近期楚国变法有何看法？”

“我能有何看法，只是觉得魏国卿相公叔痤就曾说你吴起是一个难得的啥子贤人，恐怕楚国庙小，留不住你这尊大佛哩！”

“在下无德无才，却受君王错爱，先做宛守，再让做令尹，屈先生有何指教？”

屈宜臼的老脸如同六月的天，说变就变。“我看没啥指教的，谁敢指教宛守，指教令尹呀？砍贵族，砍官吏，砍百姓，乌烟瘴气，一个好的治国者，应该孝行天下，不变故，不易常，大家习以为常的规矩，不应该改变。如果非要变法，一哄而上地变其故，易其常，必将人心涣散，国将不国，招来灭顶之难。你不信就等着瞧吧！我看有你吴起好看的！别一意孤行！为何卫国尽出李悝、吴起这种一根筋治国的所谓法家呢？要治国，先得懂得敦爱，笃行，听说国君让你当令尹就是拿着你当枪使，你要懂得摆正自己的位置，懂吗？”

说着，屈宜臼拉着吴起的手进入了屈府大门。司马飘香、韦成梗和白从德等随从也要进来，被屈宜臼的门客徐子良挡住了。

“就在院子外面看看吧，丈量一下屈府究竟有多大？”

屈宜臼心头一紧，反问一句：“丈量这个干吗？”

“饥饿的人觉得所有食物都是美味，干渴难忍的人觉得所有汤粥都是那么好喝。食物和汤粥的滋味，也只有穷人更能体会深刻。”

“说这话，什么意思啊？”

“拔一毛而利天下，正如墨子所言，兼爱……”

“在下倒是喜欢变通，中庸之道，主张有些灵活性，不偏激，不走极端，会少犯一些禁忌，少积怨于臣僚。”

随即，屈宜臼与吴起争执起谦谦君子如何秉公执法的问题。他认为秉公执法只是一种理想的状态，于实际操作中很难真正做到。问问朝堂上所有臣僚，哪个没有私心？而吴起不以为然，正因为以往无法做到这一点，才会使得楚国积重难返，贵族世卿世禄制导致分配不公，急需裁减冗官，选贤任能，罢黜无能无用之辈。

“你觉得谁是无能之辈？”

“你觉得呢？看看你的府邸，沿着院墙绕一圈，差不多就占了整个宛城的三分之一。即便是鲁国和魏国的王宫都比不上这样豪华，雕梁画栋，镶金嵌玉，堪比楚宫啦！”

“这话有点夸张了吧？”

“一点也不夸张，听听宛城百姓给屈家编的顺口溜。”

“什么顺口溜？妖言惑众！”

吴起朗朗有声：“山外青山楼外楼，富得流油从不愁；屈氏宜臼一声吼，宛城也要抖三抖。”

屈宜臼听了之后气得发抖，半天都说不出一句话来。原本身高不过五尺的他，生气的时候更加有横向发展的趋势了。肥头大耳不说，腰肥体壮，脖子也是肉乎乎的，宛若一座圆滚滚的小山。他在楚宫只服楚悼王一个人，毕恭毕敬的模样，却是笑里藏刀。

吴起早就听说了屈宜臼的诸多故事，只要他对谁嘿嘿嘿地接连笑三声，谁就会遭殃了。尽管满朝文武无不拥戴他，但背地里都心有余悸。

作为封地的领主，屈宜臼对属下耕地农民娶来的新媳妇享有初夜权。封地上，谁家娶来了新娘，都瞒不过他的眼睛。不论其有无姿色，屈宜臼都要亲自在睡榻上验货。如果有些姿色，他就会长期霸占。有的新娘一进家门就被他逼疯了，甚或有的还悬梁或跳江，更有的人家一夜之间家破人亡，流落他乡。这个还不是最为严重的，更可怕的是封地上收获的粮食都被屈宜臼囤积在粮库里，荒春一到，百姓留的一点余粮也没有了，青黄不接，已经有不少人家吃草根啃树皮了。

吴起每次骑马出行，都会注意到宛城外的榆树被饥饿的百姓剥去了皮，裸露出白光光的树身。南方的榆树比不上西河榆树高大结实，又名小叶花皮榔榆，在这样的季节里长得瘦弱矮小。吴起一想到屈宜臼囤积粮食，对百姓的死活不管不顾一时间就火冒三丈。

这个时候，白从德与十几个士卒押着一对马车走了过来。相隔十几丈远，吴起就问：“收购到粮食没有？”

“宛守，城里城外方圆几十里都收购不到粮食。”

吴起转身盯着屈宜臼，质问道：“这是怎么回事？”

屈宜臼心里一慌，却还是强自镇静，故意装糊涂。“什么？”

“别装糊涂啦。难道一点粮食也买不到吗？”

“这个与我屈某人何干？”

6

看不到边际的黑暗笼罩着楚国大地。你感觉不到世界的变化，一切凝滞不动着，没有一点风儿，四周寂然无声。

吴起站在宛城外的一个土坡上，身边是戴芙蓉——原本她在郢都的府上，听到白从德说是宛城严重缺粮，甚至吴起还差点被屈宜臼派的侄子屈图暗杀，为他挡了冷箭的竟然是好多年未听说的萧琼。萧琼不是在秦国雍城吗？她来楚国干什么？戴芙蓉匆匆赶来的时候，先安顿好吴期。吴期也二十来岁了，性格上却有些像他的老师荀康，有着游士的浪漫，也有着父亲吴起的某种执拗。不过，吴期对出仕没有一点兴趣，自从荀康跟着公子连远走秦国之后，他的性格更加自闭了。

戴芙蓉作为吴期的继母，话不敢说重了，可是有些事情还不能不管，比如吴期每天的饮食起居，以及阅读的书简等等，她都得替吴起担当起责任。吴期在这一点上，倒是与戴芙蓉相处很融洽，生活在郢都的府上也相安无事。不过，白从德前日回来，说到了萧琼，戴芙蓉就有些坐不住了。

“萧琼她真的替吴子挡的冷箭吗？”

“这还有假？”

“萧琼她人呢？”

白从德没有说萧琼中箭之后昏迷不醒，好多日吴起守在她的睡榻边，茶饭不思。不过，戴芙蓉能够想到这一点，所以匆匆与吴期作别，把他的饮食起居交给了柳婶。柳婶在当年躲藏白马仙洞之后就一直跟随吴起，府上属于做茶打饭的活计就由她负责了。更何况，吴期还是她看着长大的。

不知道什么时候，黑沉沉的天幕上划开了一道白晃晃的亮光，映照着戴芙蓉的面容。在摇曳的树影里，吴起拉着戴芙蓉上了车乘，随即身后的白光瞬间变成了深红色，忽然间，雷鸣般的轰隆隆声滚过头顶的天空，甚至在车乘外的大地上颤动着，摇晃着，翻江倒海的雨水瓢泼而下。

近处和远处的风雨雷电交织在一起，隆隆的回声将此时此刻吴起与戴芙蓉的心房连成一片，充满了整个车乘厢轿的空间。

“萧琼，怎么样啦？”

“唉，她的小腹上为我中了一箭，现在伤口感染化脓了。”

“我给她看看吧——”

“你？”

“当然，你不记得了，想当年攻打临晋时，魏武卒里也流行一种病症，是我的药方子治好的。”

宛城的城墙，也在颤抖着。一块块墙皮从高处震落下来了。进入了老街，一家家店铺的木门忽而被风刮开，忽而被风关上。风雨交加中，石板路上流淌着一股股的雨水。

这个老头是谁？有点特别？何种意义上的特别？迷蒙之中的昏乱感觉，只看到他的脑袋晃来晃去，但有一点就是他的声音还与刚认识时的鲁宫见到的一般无二。

“不认识我啦？”

“你、你、是、谁？”

“我是吴起——”

吴起？吴起是谁？吴起与这个老头有何关系？还是什么宛守？不是西河郡的郡守吗？不是统领魏武卒的大将军吗？楚国的令尹吗？好吧，先从他的外貌说起。他的外貌变得有些沧桑感，但却不是老。看上去，他还不老，很有一股子冲劲。脸型偏方，表情木然，鼻头有点大——这让她想笑，真的，她就想现在笑，可是……

“萧琼，你笑什么呢？”

啊，她是谁？她是萧琼吗？萧琼是谁？——对呀，我刚从秦国跑出来，还有我的两个孩子，我的孩子呢？

“我的孩子——”

两个孩子也有十来岁了，一直守在这个令尹的老头身边，他说他叫吴起——可是，吴起是谁？

"我记不得了……"

戴芙蓉端来了一小碗鸡蛋羹，然后一勺勺地喂着。"吃吧，吃吧，不是你，估计宛守就没命了。"

就是吴起。萧琼突然想起来了，过往的记忆突然如同泛滥的潮水都往闸口涌来……

那是在西河郡，不，百姓都叫狼狐郡，在那个大营外的垭口不远，半夜三更，就会有一只摇摆着长尾巴的红狐狸，却又不是——好像是别的颜色，她记不清了。吴起站在野狐前叙述着什么。野狐那条光滑细软的长尾巴在轻轻刷打着吴起的手掌。几只白色的兔子围在野狐的周围起舞，再后来，就是白天和夜间在狼狐岭出没无常的狼群也在营帐外号叫着。

野狐说："你就是吴起？"

吴起说："我就是吴起。"

野狐说："你为何要杀我？"

吴起说："我没杀你。"

然后，野狐的眼眸里流出一串串的清泪来了，还发出一阵一阵让吴起极为熟悉的抽泣。

"萧琼，你哭什么？"

"我、我、我的两个男人都死在你手里。"

吴起知道萧琼这一下头脑又清醒了。她想起了邢让和孟翔在与吴起的魏武卒交战的情景。

"你不要解释，我知道邢让死在了田园的手里，而孟翔也是死在与你交战的战场上。他们不是你亲手杀死的，但也是……"

吴起低垂着脑袋，依然回响着狼狐岭野狐的声音，仿佛想起了他的妻子田小璇的死。那是他永远无法解开的心结。

"我也不怨你，更不恨你，冤冤相报何时了。"

"谢谢你救了我！"

萧琼抬起头来想说什么，但没有说出来。其实，在望江楼驿站，那只是一个突发事件，为吴起挡下了冷箭，出于一种本能，她并未有救人的念头。

在这种犹如沉默火山一般的寂静之中，在漫长而又短促的等待之中，你内心里裸露的丑陋显露出来了。邢让和孟翔参加伐魏的战争时是多么愉悦，又是多么幸运呀。当死神扇起黑色的翅膀，他们两个人没有去躲避，而是迎着吴起的战车冲锋，结果可想而知。逝去的人给活着的人带来了痛苦，带来了无尽的哀伤。作为活生生的人，谁都想活下去，这是生命的本能。

“可是，正是你，扼杀了他们。”

“我就是一个刽子手——”

吴起的心情也很沉重，可是在他年轻时候没有感受到这一点，所以他在随心所欲的砍杀中得到一种病态的亢奋和扭曲的快感。他在梦中总是看到那只来自狼狐岭的野狐变成了田小璇，然后扇动着翅膀，腾空而起。

“田小璇，你别走！”

吴起在梦里挣扎着呼喊，踢开了被子，一旁的戴芙蓉给他重新盖上被子。

“田小璇，是你吗？你真的别走——”

是你吗？我、我、对不住你、那一切，只有在失去的时候，才会更加重要……你那么年纪轻轻的就死去了、是我造的孽、可是，一个活生生的人，活下去，还要活得风风光光……我不做卿相，难以面对老家卫国左氏的父老呀……母亲，地下有知会原谅我吗？……不知道……这种追求功名的欲望在一个年轻人的心里燃烧着会是多么强烈呀！

“芙蓉，萧琼现在怎么样了？”

“她说，她身体好一些，会带着两个孩子回吴国的姑苏城。”

吴起知道人的一些愿望并不仅仅存在于思维之中，而是比起思维更强烈，具有了升腾而起的情感色彩。萧琼的腹部受了伤，但让她浑身上下，包括呼吸、鼻孔、眼睛、耳朵、腋下以及贪婪地因为干渴一口口喝着水的嘴巴，无不充满着这种超越死亡之上的愿望。吴起觉得这种愿望之力，是萧琼死去的那两个叫作邢让和孟翔的秦国男人给她的。吴起有些嫉妒邢让和孟翔，正因为死亡，他们在萧琼心里有了永不磨灭的地位。所以，它强烈到无法比拟而又无法丈量的地步。魏武卒在攻城冲杀之前总是有一种神秘的气场，吴起站到这些勇士面前都会变得慷慨激昂，升腾起赴汤蹈火般的力量。

不过，此时此刻，吴起内心里又有另外一种恐怖的感觉。在无数次的征战中，仿佛取胜的并不是他自己。每一次全胜，都在他的心灵上有了一种出乎意料的重压。他在睡梦中呼喊着一个个死去士卒的名字，包括那个他曾吸吮过伤口的士卒的面容也不断地闪现在了他的眼前。那些被他和被魏武卒一个个砍倒的秦国士卒，又在梦里一个个站立而起，并且四面八方向着他围拢而来。在滚滚战火里，他们厮杀的呐喊越来越近，让吴起无处躲藏，以至于常常吓醒了过来。他们从掩埋自己的大坑里钻了出来，浑身上下糊满了伤口的血迹，还有灰土的污垢，张牙舞爪，砸开封闭在他们头上的碎石和硬土，冲破墓园里的高墙，直向着宛守府邸冲杀而来。

“你怎么了？”戴芙蓉问。

“没事，你睡吧。”

所有的这些幻象会突然到来，在吴起喝醉酒，在吴起睡梦中，一般是很快就过去了，无影无踪，仿佛它们从来也没有出现。但它们反攻倒算的时候，会来势更加凶猛，他的下腹也与萧琼一般隐隐作痛，甚至后脑勺依然感觉到冷箭一下子擦过去的感觉，让他头晕目眩。只有那些不曾有过这种噩梦的人，才会对吴起这种坐卧不安感到不解，甚或很奇怪。对于那些亲历过这种撕裂感的人来说，比如戴芙蓉，就对吴起的这种焦虑能够理解，反倒是有谁对他表示哪怕一点不耐烦，甚至是高高在上的指责，那才会让戴芙蓉感觉到一种不协调呢。

吴起醒来喝茶的举动，不是因为干渴难耐，而是一种习惯的力量。一种让所有局外人无法理解的孤独感控制了他。他可以说能够控制整个宛守职责范围的事务，却越来越无法控制自己的情绪。他的内心里长期驻扎着一只困兽，不停地上蹿下跳，不停地咆哮怒吼，不停地踢腿蹬脚。

吴起等待一个消息，就是派人先把屈宜臼的侄子屈图控制起来。据说，屈宜臼大骂吴起祸国殃民，随便抓人，如果胆敢派人再来抓他，就让吴起死无葬身之地。

“你在鲁国，杀妻求将，你妻子田小璇的血迹未干，就不自量力地带着鲁国军队攻打齐国，以小博大，却是为鲁国种下了后患。你在魏国，四处树敌，扩展疆土，北到中山，西到秦国，大战七十六，全胜六十四，死在你手里的冤魂数不胜数。一将功成万骨枯，你的下场会很难看！”

这日一大早，司马飘香禀报：“屈图被抓起来了。”

吴起坐起身来，刚要说什么，就见戴芙蓉匆匆进来了，在他耳边耳语了几句，他的脸色陡变。

韦成梗随后也进来了，说是屈图畏罪自杀了。屈图先是骑着马没命地跑，跑到望江楼时被司马飘香带的士卒们团团围住了。他见势不好，从一棵旁侧的松树上爬过去，竟然又跳到了望江楼的挑檐上，结果四顾无路，从十几丈高的地方一跃而下，当场就摔死了。这一消息，让司马飘香吃了一惊。刚才屈宜臼还好好的，口气还很硬，拒不交出封地，甚至扬言要对吴起下手。据说，当屈宜臼听到侄子屈图死去的消息时，立马就干号了起来，捶胸顿足。

这时，吴起撂下司马飘香和韦成梗在前厅里发呆，然后跟随着戴芙蓉来到了后院，在萧琼住的屋子里，听到柳婶在响亮地叫着，充满了悲戚的调子。

不一会儿，柳婶打开门，对吴起说道：“萧琼又一次昏迷啦！”

“萧琼！”戴芙蓉进了屋子，声音有些颤抖。她扑到萧琼的睡榻前，然后大声呼喊着。

第十五章　楚歌绝唱

1

旷野寂静。吴起从一辆令尹的专用车乘上下来了。他走到一座楚庙前，驻足良久。这是为了祭奠楚悼王的曾祖父楚惠王修建的庙宇。楚国是一个多民族、多地域、多文化基础上的邦国联盟，而令尹一职，可谓一人之下万人之上，统领全国的军政大权。这在以往都是世族子弟来担任，但到了楚悼王这儿，为了吸取他父亲楚声王被假扮盗贼刺杀的命运，遂把这一职位让吴起担任了。外来的和尚会念经，而且也不会威胁到楚悼王自己的地位。楚悼王对吴起是信任的。这一点，让吴起甚为感动。

站在楚庙前，一地清凉的月色，让吴起有了一种超然物外的感觉。他仿佛回到了老家左氏，听到窗外秋虫安逸的低吟浅唱。楚国的夜晚，让他不由得会想起很久远的往事，也会在不知不觉中将零乱的心绪柔和成遍地月光的浪漫画卷。其实不然，人生的艰难之旅里留给他更多的是无奈和挣扎。

楚国的月光不比卫国的都城朝歌，不比老家左氏，不比西河郡的狼狐岭。记得在狼狐岭的垭口也是这样泛着银白色的月光，远处的那只让吴起屡屡想起妻子田小璇的野狐总在夜深人静时发出阵阵哀号，带着几许无言的悲伤，几许灰暗的惆怅，几许冷硬的回想。然而，吴起的心依旧眷恋那些逝去的面容和背影，带着些晚秋的凉意，带着楚歌的哭泣。尽管用了心思去追念着田小璇，追念着带着腹部伤口又远走的萧琼，甚至还能想起母亲的叮咛，却还是很难在梦中捕捉到一段清晰的投影。一如笼罩着楚庙的神秘月光。吴起总想看透这人生，一次次在自己的眼睑上挥动着，正是为了完成一次次时空的穿越，回到母亲的怀抱。

遥想着一个人挑灯夜战书写《吴子兵法》的时刻，内心里燃烧着希望的火焰，吴起落泪了。即便在鲁国，在曾申的门下依窗而立，靠着睡榻，手握着书简，随着风中扬起的白发，将思绪放逐到走过的山山水水。其实，那些征战，并非如吴起所愿。他的心，在一次次杀戮之中，什么都不再想了，却还是有一种坠入深渊之感。他的内心因属下士卒的血和敌人的血搅和在一起，而有了一种空旷却又负重的感觉。无奈间，总是睡不着觉，有时勉强进入了梦乡，浮现的却是那些敌人的脸庞。

还有呢？还有早年父亲吴猛被杀给吴起心灵上带来的阴影。他仇恨那些滥杀无辜的人。因为父亲吴猛是一个多么善良温和的左氏商人呀，正是他手里的财富带来了杀身之祸。所以，在随后的记忆里，在老家庭院的窗前，那些插满禾苗的秧田，使得吴起对财富有了一种仇恨的心理。那时刻，仿佛是初夏，在魏国西河郡灌满渠水的农田里，狼狐岭垭口的野狐和孤狼的嚎叫，便有了一种恍若隔世的感觉。父亲吴猛的脸上满布着鲜血，空落落的双手伸向半空，仿佛向着强盗追讨着被抢走的金子。母亲脸上是一副木然的表情。左氏宅院老屋幻化成飘浮不定的影子，随着母亲孤独的身影，一直在吴起的心中萦绕着。

“你怎么了？”

“没什么。”

吴起身边的戴芙蓉却带着几许温馨的本色，一如母亲一般亲切，一如父亲一般执拗。正因为这种执拗，要金子不要命的父亲，最后命丧盗贼刀下。而到了吴起这儿，走向了另外一个极端，屡屡在卫国左氏和卫都朝歌表现了一种千金散尽还复来的气概。

戴芙蓉的装扮依然如故，但曾经那份在白马仙洞的温存，总是在吴起的心里无法忘怀。

仿佛梦中卫国左氏的老屋，整个构架是结实老旧、青灰色的檐脊，雕梁画栋，花园、廊柱，曲径通幽。在雨季的时节，雨水会从檐脊的缝隙里滴答着落下。母亲会拿一个铜盆用来接水，听着檐下叮当叮当的响声，童年时的吴起在母亲怀里悠然地睡去。一大早，吴起在上私塾前总会透过房间的窗户，看袅袅的炊烟从厢房顶的烟囱里升起，还能闻到一股柴草撩人的熏香味道。

现在，五十多岁的吴起一脸沧桑之色，头顶万里无云，却是消除不了他的愁闷。忽然听到一个极为熟悉的女人在呼喊着他的小名，感觉呼喊来自遥远的天际，却又近在咫尺。

“起——儿，起——儿！”

起音很高，抑扬顿挫，尾声拖得很长。喊了两声，却又听不见了，四顾无人。是谁？母亲吗？可是吴起母亲早就不在人世了。那么，又会是谁？妻子田小璇吗？犹记得，鲁国曾申门下的老屋，窗外是巨伞般张开的垂杨柳，站在屋前，夏日感到了一片荫凉。吴起记得与妻子田小璇一起在门前花坛里种过玉兰花，老师的屋后种了一排刺槐。

吴起回头望去，过了很久，就见一个头发花白的拄着拐杖的老婆婆，手里拿着一个装有祭祀用的香裱和贡品的筐子。老婆婆脚下在门框上绊了一下，差点绊倒。吴起连忙过去一把扶住她。

“大娘，来，我扶你——”

“你是——”

吴起这个时候才知道自己幻听了，可是，这个老婆婆也太像自己的母亲了。旁边有一个年轻点的大婶，对着老婆婆大声说：“母亲，这个扶你的人，就是令尹大人。”

“多亏令尹大人，要不然让屈宜臼欺负得早就没有活路了。”

楚悼王一任命吴起当了令尹，吴起首先就没收了屈宜臼的所有封地，把他贬到息城去了。

吴起又想起了老家左氏的住宅还有新种的榆树。据当年母亲说，这样也是有讲究的，开门见春，寓意着新的希望。这榆树，寓意着余钱多多，富贵满盈。尤其，到了暖春的季节，一串串撒落在院子里的青石板上，白色的榆钱满地都是，香味扑鼻，不仅春意盎然，还如钱串一般招财进宝，招人喜欢。当年父母都喜欢老家院子里的榆树。吴起却是不曾觉得金子有多么珍贵，并不想学父亲做生意，相反他是到处花钱结交各种关系，甚至还有着出仕的梦想。那些茂密的榆树，一到夏日就能够用稠密的枝叶来遮挡艳阳，可是如今它们还在吗？

风声渐起。吴起与戴芙蓉上了车乘，向郢都的令尹府驶去。一阵楚国的清风在轻拍着窗棂。此时，夜已三更，月亮已隐入云端。坐在几案前，油灯把吴起的身影映照在墙上。戴芙蓉在旁边给他送来一杯热茶。摇曳不定的灯火无法代替暗夜，却是将吴起心中的那份宁静变成了此时此刻写在竹简上的兵书。唯有在少有的间歇里，偶尔会想起曾经有过的征战时的奔跑。

有时，戴芙蓉心里会萌发一种走出窗外的冲动。戴芙蓉与吴起一起去很远很远的地方，看逐浪翻滚的大海，看傲然挺立的雪莲，甚至，哪怕是他们两个人一起如天空的云朵悠闲地飘过碧蓝的天际。正因此，远离如履薄冰的楚宫之后，他们的心灵真的会获得一种说不出的幸福和宁静。

吴起手把手教着戴芙蓉刻着竹简。用毛笔书写还不够，用锋利的刀刃刻着一个个文字符号。他无暇去留恋窗外形形色色的风景，却在几案度过了岁月经年；他不想太多地沉溺于楚宫内外的浮华，却总在竹简中追寻着雍容的恒久。吴起想，这就是属于他自己难以摆脱的宿命，而且他对戴芙蓉说，刻写的竹简会一代一代地传承下去，传承千百年。戴芙蓉愿意与吴起一起，领略着窗外的不同风景……

戴芙蓉在窗下摆放了一盆雏菊。等到初秋，这雏菊一定能盛开着让人眼前一亮的容颜。吴起说，只要与她在一起，闻着这轻轻飘来的花香，也就心满意足了。

可是，戴芙蓉对吴起说：“人的欲望如同脱缰的战马。即便弱水三千，但你会只取一瓢吗？”

“你说呢？我正如一只不停地被命运鞭打的陀螺，已经无法停下来了。”

“我想让你停下来，与我一起去一个渺无人烟的世外桃源。”

“唉，有那样的地方吗？”

已到五更了。吴起伏在几案上呼呼入睡了。而窗外，万籁寂静，戴芙蓉的思绪随着吴起的鼾声，竟然也在梦游远方……

2

吴起楚国的变法，正是楚悼王二十年。这一年，他五十九岁。岁月的痕迹已写在他的脸上，头发也已花白了，但精神旺盛还堪比一个年轻的小伙子。

遥想吴起当年，在魏国算一个狠角色。他曾用多年的时间，练就了一支精兵魏武卒；后来，又与秦军鏖战，声誉鹊起。可惜，原本灭秦的计划被魏武侯身边那些佞臣所断送。吴起的精兵，从吴城出发，一路长驱直入，仅仅一年多的时间里，连续拿下了秦国在河西地区的多个重要城池，几乎控制住了河西之地。就在秦国的境内，还有以他的名字命名的地方——吴起镇。那是他带领五万魏武卒驻扎过的边地。三十年河东到河西，此时的秦国却和当初的魏国一样，只能在河西之地保留一些前沿哨所而已。即便这么几个哨所，也被吴起属下那些如狼似虎的魏武卒给拔掉了。秦军步步后退，从前沿哨所到后方的城池，已是有些力不从心了。秦惠公与吴起斗气，但几番较量下来，损兵折将，差点全军覆灭。秦惠公也被气死了。五万魏武卒，势如破竹，秦军溃不成军。伤亡惨重不说，外围据点也被一一拔掉。秦军将领怒了，奋起余勇，摆开阵势，想收复失地，结果让吴起这顿收拾，打得满脸桃花开，憋屈的秦军只好退入最后的据点。躲在坚城中的秦国小兵们，回想起战场上如狼似虎的魏军，不由得感慨道：吴起属下那些个王八蛋，一个个都不是人生父母养的！再打下去，怕是要提前回老家了！甚至有的人都哭了：爹爹呀，娘亲啊，你们的儿子可能回不去咧！据说，秦军主将邢让阵亡，孟翔也步其后尘了。俘获的秦军士卒说："秦军的优势兵种弩箭兵，也根本奈何不了身着三重盔甲的魏武卒！秦军的步卒大阵和魏武卒的威武八阵一接触，就被撞得东倒西歪，刀砍过去，却一点用也没有；还有那些个秦军车兵，也打不破吴起大将军亲率的中军。这些魏武卒像是有使不完的力气，从早打到晚，一连打了好几个时辰，却还是没命地冲杀，这谁能顶得住呀？"

楚悼王早已听说了吴起的这些故事，每每听到这些，他都会感叹，觉得吴起能够来到楚国担此大任，真是楚国的福气呀。吴起说，李悝的《法经》在魏国很有效，但在楚国就要有更多的变通，并拟定新的适合楚国的第一部公开成文法。楚悼王赞不绝口，认为这部新法一旦实施，楚国会有一个新的变化。说着，楚悼王突然咳了起来，捂住胸口。吴起扶住他，说："主公，您该多休息，别再熬夜啦！"楚悼王却说，没事，然后又与他讨论起了法治的诸多细节。只要谈到治国理念，与吴起总有说不完的话。

吴起也深深知道楚悼王是最懂得自己的。楚悼王也听说吴起杀妻求将之前还有过一任妻子，就因为吴氏织的两块布颜色和尺寸不一样，违背了他的要求，就休回丈人家了。吴起是一个讲究法治的人，所以即便有兄长和丈人说情都没用。后来，吴氏搬出了自己在国君那儿任职的弟弟，都没用。吴起的认死理，也就从那时开始了。迄今以来，吴起的人生中有三个关键性的贵人，从鲁国的季孙氏到魏文侯，再到现在的楚悼王，都让他有了一种不一般的感觉。鲁国的叔孙氏、孟孙氏、季孙氏这三大家族里，就数季孙氏家最大了。吴起当年做了季孙氏的门客，并以此得到推荐，在鲁穆公那儿得到领兵打仗的机会，杀死的其实并非左氏第一任妻子吴氏，而是鲁都再婚的田小璇做了他的刀下鬼。他在母亲跟前是啮臂而盟，早已没有退路了。吴起这一生奔走于卫、鲁、魏、楚之间，万乘致功的理想在楚悼王这儿实现了。

高山流水琴三弄，浊酒一杯觅知音。吴起在郑国人列御寇《列子·汤问》中看到了一则故事，就讲给楚悼王听，君臣二人常常在夜半时分谈兴高涨。"伯牙善鼓琴，钟子期善听。伯牙鼓琴，志在高山，钟子期曰：'善哉，峨峨兮若泰山。'志在流水，钟子期曰：'善哉，洋洋兮若江河。'……"所以说，这"志在高山"与"志在流水"就有了一种高度的默契，一如吴起与楚悼王之间的君臣关系。每当伯牙在乐曲中表现某一主题或意象时，钟子期必能心领神会，此时无声胜有声。一日，伯牙与钟子期共游于泰山，逢暴雨，二人止步岩下。伯牙心情郁闷，于是弹奏了一会儿琴。雨落山涧的情境随着琴声而展现了出来，然后是山流暴涨和岩土崩塌之音。这些曲调的演绎，钟子期"辄穷其趣"，尽显曲中意象。伯牙说道："善哉，善哉，子期能听出曲中志趣，君所思即是我所思啊，我的心声都在这琴声里啦！"这一人生知己的故事，被吴起记录在竹简上了。

"位极人臣，万乘致功，早在魏文侯那儿，你就立身行道，扬名于世了。魏文侯乃出身于晋国卿大夫家族，在智氏、韩氏、赵氏、魏氏、范氏、中行氏等氏室家族里，魏氏并不是实力最强，但魏氏联合韩赵灭了智氏，即三家分晋，魏国居于七雄之列，魏都还成为战国文化中心。魏文侯的用人格局，值得寡人学习呀！”

“主公，您太谦虚了。其实，臣下刚来楚国不久，就被您委以重任，从宛守一跃为令尹，凭着主公给的一百万人马，凭着主公的信任，那些世族子弟和豢养的门客就必须予以割除，先从屈宜臼一伙党羽下手。”

“屈宜臼这些世族代表，对寡人的好多做法颇有意见，认为破坏了老规矩。砍贵族，得罪了他们；砍官吏，损不急之官；砍百姓，禁游客之民，精耕战之士。这样上上下下都得罪了。屈宜臼还赌咒寡人与吴先生为千古罪臣。”

“确有此事。早在微臣当宛守时，屈宜臼就给微臣一个闭门羹。在下无德无才，却受君王错爱，做了令尹。当时，他就说，一个好的治国者，不变故，不易常。人们习以为常的东西，都不应该被改变。变其故，易其常，逆天而行，楚国因吴起这个祸人，会给大王引来灾祸。微臣说那该怎么办，他说敦爱，笃行，就可以了。屈宜臼还是想维持上逼主而下虐民的现状罢了。”

也就是那次与楚悼王彻夜长谈之后，吴起就抱定了士为知己者死的决心，对楚国进行改革。他出台的具体措施如下：一是所有法令形成条文后公布天下，不但要朝堂上下都知道，还要让普通老百姓知道。二是那些享受荫庇的世族子弟，凡超过三代的封地全部收归国有重新分配，贵族均要自食其力。贵族们的特殊待遇停止之后，再给他们戍边的机会，让他们去进行新的创业。三是对朝廷官员重新进行履职遴选，该裁撤的裁撤，该降俸禄的降俸禄，把省下来的款项用到发展经济和军事上去。四是彻底改变楚国官场不作为的陋习，能者上，庸者下，让大家明白，只有齐心协力为楚国，才是你唯一的出路。五是不但当官的要改毛病，老百姓也要重新学习新的观念和生活习惯。六是定位国都为楚国的中心，并要采用新的理念和技术重新建设一个大郢都。

这种大刀阔斧的改革，对于屈宜臼为代表的世族阶层，简直是地动山摇立竿见影了。七日之内，郢都的各个城门口，都会看到被免去爵位的贵族们乘坐着马车挥泪作别。屈宜臼看着胜利者吴起在向自己招手，简直是在耍狠，抖着威风。

“屈先生，还有什么忠告，可以在此一吐为快嘛！”

屈宜臼鼻子里哼了一声，吼道：“记住，你这个令尹也就是秋后的蚂蚱，当你得罪所有世族，继续胆大妄为，倒行逆施，迟早会得到你应有的报应！”

3

这也许是一年中夜晚最短的时节。戴芙蓉与几个丫鬟整理好卧室，然后与往常一般等着吴起回来。可是，左等右等，依然不见人影。她和衣躺下没一会儿，吴起却回来了。

窗外一片漆黑，吴起的脸色也是很不好看，嘴里还喷着酒气。每当这个时候回来，他总是与楚悼王在宫里一边商谈国事，一边会喝一桶楚酒。

“这楚酒有点甜，糯米的味道，不像魏国西河时的杏花村，有着醺醺的竹叶青的味道，不一样。”

楚悼王就说：“吴先生看来还是惦记着魏国西河，是不是想要回去呢？”

吴起说：“回去？没这个可能了。魏武侯没有魏文侯那种雄才大略，小肚鸡肠，身边近臣一个个都是溜须拍马。说句实话，没有我吴起，魏国的伐秦计划夭折不说，甚至还要衰落，亡国。”

“有这么严重吗？”

“主公，您就看着吧，魏国的军力现在就不堪一击。”

楚悼王打断吴起的话，然后说道：“既然如此，这次就派你来一个围魏救赵，去攻打魏国的大梁。有这个把握吗？”

吴起回到令尹府，见戴芙蓉睡眼蒙胧，便问道：“干吗还不睡？”

“睡不着。我估摸着，明日就要走吧？”

“是要出发啦。楚悼王接到赵侯送来的求救信。魏国攻打赵国，希望楚国救援。楚悼王让我带着十万大军去攻打大梁。这次出征，你也随我同去吧。”

戴芙蓉早就有所感应了，要不然翻来覆去睡不着觉。戴芙蓉后来睡着的时候，却是梦到了西河，梦到了狼狐岭，梦到黄尘迷了眼，风雨湿了衣。而吴起也突然感到了漫漫前路遗失在狼狐岭的断崖，所以才有了他的婆婆妈妈絮絮叨叨。

“你这是怎么啦？一晚上兴奋得不睡觉？”

“睡不着，总是朦朦胧胧间，我带着十万楚军把魏军打出了大梁。”

“那又怎么样？打来打去，何时才是一个头？”

“你问我，我又去问谁，估计楚悼王怕也不知道。有时，总让我觉得，人生如戏，全靠演技。”

戴芙蓉一想，还真的是这样。总是想要停下来，甚至总是劝阻自己，再等等吧，有些事情是不是有点操之过急？可是，吴起总是那么三步并作两步走。

前路遥遥无期，有时孤身却与自己为敌，要超越昨日的自己，要去辉煌明日的自己，到头来却落得一个镜中月水中花。

吴起说：“你也太悲观啦！”

戴芙蓉觉得自己是未雨绸缪。早就听过吴起休妻的故事。那是发妻田小璇更早时的吴氏。她原以为田小璇是原配，但吴起喝醉酒之后又告诉她还有一个短暂的吴氏。

遇到吴起，总是让戴芙蓉陷入彷徨迷惘，难以成眠的黑夜。“闭一闭眼，就会过去。”外婆曾经说。

戴芙蓉推开最后一道大门，扬起的灰尘里仿佛有屠宰的血腥味。铁制的吊钩悬挂在古槐树杈上，对面有一个的铜镜，却从中心处碎开，叫她想起有一年的仲春季节里，吴起手刃了几个犯了军律的士卒四溅的鲜血。几案上摆满了狼狐岭打来的兽皮。戴芙蓉在模糊的视线里，依稀只看得清若隐若现的野狐，在凄厉地尖叫着。

像是外婆，而又像是吴起的母亲——其实，戴芙蓉并未见过吴起的母亲，那么是很早就被休回娘家的吴氏？还是后来被杀的田小璇，甚或流落他乡的萧琼？吴起身边的女人一个个如走马灯似的换来换去，而且都与他的动荡不安一样，甚至有可能会不得善终。

“是这样吗？”

吴起问："你说什么？"

问题是在这样的乱世，戴芙蓉只能被动地依附着吴起这样的男人，和那个破碎的铜镜有什么区别？睡榻边，还有一张长条的几案，几案后是吴起堆成小山一般的书简。旁边摆了几张凳子，另搭起的一张书写兵书的长案，承载了他所有的梦想。院子里挂着秋千，那个后来来到郢都常常回想的情境，感觉到荡来荡去的秋千有一种熟悉的亲切感，这绳索比之宫里铁制的链子，更多了几许家的模样了。

戴芙蓉睁大双眼，也看不清大帐之外的路。是天已黑透了吗？狼狐岭的野狼叫声此伏彼起。吴起轻手轻脚，贪婪地想再往外看看，然后回来触摸一下戴芙蓉的鼻息，随即就偷偷出去了。他多半时间是巡视各处大营的岗哨，然后会带着两个亲兵去打猎。可眼前像是时间的云烟覆盖，手指穿越了破碎的岁月之网，来到了楚国郢都。

戴芙蓉看到吴起和她一样在梦里使劲挣扎着，喊叫着，想要碰到前方的秋千，想到拾回那个已碎的昨天，可是已经不可能了。

混杂着马车辚辚的响声，戴芙蓉随着吴起上路了。远处的外婆牵着一个小女孩坐在了秋千上摇晃起来，好像不是吴起。眼中尽是慈爱温柔的是外婆，并非吴起。

其实，从郢都北门出来，戴芙蓉就有了不好的预感。梦中的外婆抬手就是一巴掌，打死了一只嗜血的蚊子。而在马车上，吴起竟然睡得很香。直到傍晚宿营的时候，吴起与士卒一起吃着饭团，而他给她端来一碗热气腾腾的菜汤，他看着她喝得津津有味。"你咋不喝？"吴起不说话，他与士卒喝着河沟里的水就可以了，但她不行，怀着才两个月的身孕。既然如此，为何带着她来打仗？吴起说："不是我想带你，是我感觉带上你才会安全。"

戴芙蓉与吴起的感觉都是一样的。既然，吴起不得不出来打仗，但他总觉得郢都会出什么大事，所以才会让她随身跟着，以防不测。

"我看见母亲的身影在老家左氏城外，在一个角落里，她久久地站着不动，郁郁寡欢。我看见自己还是一个小婴孩的时候，母亲学着我的咿呀学语的声调，然后哈哈大笑，而在母亲送我出城的时候，母亲已经白发丛生，我仿佛看见了岁月神偷，悄悄偷走了我曾有的一切。"

戴芙蓉也有些多愁善感。"我在梦里总是四处冲撞，想要抓住你的臂膀，想要你抱一抱我，但我在梦里一次次落空。我耳边是狼狐岭的狼哭狐叫，我却什么也抓不住，我以为你被狼吃了，被野狐叼走了……”

“你真是一个傻瓜，我年轻时做过很多蠢事，休过吴氏，后来又杀田小璇，赶走萧琼，最终得到你戴芙蓉，你就是我的唯一，所以打仗也带着你。”

“你不怕我拖累你？”

“不怕，这辈子愧对了太多的人，所有都会回报在你这儿的。我总觉得郢都要出事，而且会是大事。”

“楚悼王在宫里安全吗？”

“这个不好说，楚悼王身边的随身护卫也就那么十来个，宫里的安全堪忧。尤其这些日子，我总觉得心神不定，不知道怎么回事，总觉得要有大事发生。”

4

吴起带着十万楚军围攻大梁的时候，让魏武侯跌足叫苦。这能怨谁呀？仅仅一年时间，魏国曾经的悍将却成为楚国的令尹。他立马叫来公叔痤，商谈如何面对吴起的十万大军。公孙痤这个时候也傻眼了。若论打仗，魏国还找不到吴起的对手，也就看吴起能否手下留情高抬贵手了。公孙痤随即派人与吴起接触，很快得到了吴起的回应。大梁城只是围而不攻，也算是给足了魏武侯与公孙痤的面子。

这个时候，吴起站在如注的大雨里与士卒们一起推着掉入大坑里的战车。每次都如此，吴起只要与这些年轻的士卒们在一起，就重新焕发了青春。其实，他已年届六十，不能说垂垂老矣，但也滑入了花甲。一大早，吴起的左眼皮就跳了起来。戴芙蓉还说，左眼皮跳只是疲劳过度了。

“可是，同样疲劳过度，右眼皮为何不跳？”

戴芙蓉被吴起逗笑了，“无论哪个眼皮跳，吴令尹带的楚军不也打了胜仗吗？”

吴起还是提到另外一件蹊跷的事情，令尹大帐外楚旗的旗杆一大早莫名地折断了。昨晚也没有刮多大的风，而旗杆为何折断呢？

“应该换一根粗一点的旗杆了，还能有啥原因？”司马飘香也在一边说。可是，一大早出征，偏偏是吴起乘坐的中军战车掉入了大坑，还砸住了两个士卒，其中一个砸断了腿，而另一个救出来，人已经不行了。

吴起还想起一大早起来时，戴芙蓉说：“你的印堂有些发暗，甚至还有些发紫，怎么回事呀？”他当时还真没当回事，可是到后来越想越不对劲。原本围住大梁城铁桶一般，但他还是下了撤退的命令。

正在这时，楚悼王的侍卫着一身白衣，面色肃然，骑着一匹快要累死的战马赶到了。

“主公驾崩了！”

吴起陡然间有了天崩地裂的感觉。吴起在楚悼王的赏识之下，在令尹的位置上也就刚刚一年，许多酝酿好的变法大计还未实施，就出现了这样的变故，简直把他的心撕裂成两半——不，是四分五裂，宛若受刑。

司马飘香说：“让十万大军一起跟着令尹撤回郢都吧。”

吴起说：“来不及了。我得先赶回郢都，看楚悼王最后一眼！”

戴芙蓉与长大成人的吴期站在吴起面前，也想同去郢都，可是马车太慢了。他们随后与十万大军一起赶回，吴起与楚悼王的侍卫一起先走一步。

就这样，吴起只身与楚悼王的侍卫回到郢都，骑着战马一路南下，奔走了三天三夜。当风尘仆仆的吴起一身素白地回到楚宫，看到躺在大殿里的楚悼王时，一时间泣不成声。

“别让狗日的吴起跑了！”屈宜臼的门客徐子良带头在喊。

“把大殿的门关上，让这个祸人陪着国君一起去死吧——”

“快射箭，连弩射杀这个比恶狼更凶狠、比狐狸更狡猾的吴起……”

吴起的耳边响起了剧烈的风暴声，然后是漫无边际的黑暗在弥漫，腾空而起，不断从四方八面包围着他。不断地由远而近的冲天巨浪，让他想起了狼狐郡时夜袭临晋强渡黄河的情境。这些天梦里反复出现的场景也在浮动着，与此时此刻被愤怒扭曲的贵族面孔所交织在一起。

“你还是一个人别回去啦。郢都不安全。”戴芙蓉说。

吴起则不以为然：“我是令尹，楚悼王驾崩，郢都还是由我这个令尹说了算吧。就算我一个人在郢都，谁怕谁呀？”

“可是你得罪的人真的太多太多了，差不多满朝文武上上下下都得罪了。”

“他们都是贪官，都是不劳而获之人，被剥夺官位封地，咎由自取。”

吴起还是太自信了。作为楚国的令尹，大权在握，指挥十万楚军北上围魏救赵，大获全胜。尤其，他仅仅一年的改革，楚国的实力就一下子强大起来了。与其说是吴起的功劳，不如说楚悼王是他变法的总后台。现在，这个总后台突然驾崩了。他吴起今后怎么办呀？

“打死他——”

“让吴起这个祸根，早点见鬼去吧！”

“碎尸万段，明年的今日就是你吴起的祭日……”

“他妈的吴起，这个贪财好色的坏东西，他在楚国搞的这啥子变法呀？啥子国富兵强呀，这些都是吴起用来蒙骗欺哄国君的。你看看上面贵族和下面老百姓，又何曾在这变法里得到一丁点好处？这变法能够藏富于民吗？对老百姓有何福利？”屈宜臼大声叫骂着。

“别让狗日的吴起从后殿跑了，围住，干掉他，让他立马去下地狱！”徐子良则大声地附和着骂。

宫殿外，围着更多的人群，举起拳头，呼喊口号，一起跟着这些早有预谋的世族子弟瞎起哄。当时，屈宜臼在楚宫跟前声嘶力竭地喊道：“吴起的富国强兵只是有利于国君一个人。这样的变法改革，如同马戏团玩戏法，骗人的鬼话，一开始就得罪了朝堂众臣和世族所有人，侵害到上上下下的利益。这样的变法，这样的改革，还不如不要。”

吴起耳边除了屈宜臼的叫嚣，还有大殿外的人群在高声怒吼。

吴起在之前为楚国开疆拓土，增加了他的自信。他还带着楚军向南方的越族人聚居地发起过突然进攻。他把楚国的国土又向南扩大了一大块。而后，他又和其他诸侯国展开了很多次厮杀，几乎是百战百胜，让楚国在各诸侯国那儿树立起了自己战无不胜的形象。吴起根本没有想到反对的势力比想象的要大得多。

吴起想起了无数个变法的日日夜夜，想起了魂梦牵绕着远方的卫国左氏老家，那些童年的新月，那些魏国狼狐郡松林掩蔽的狩猎，那些血雨腥风的秦国战鼓齐鸣，那些战阵中屹立在中军战车的决战时刻，那些梦魇般的狼群一只接一只地正在从魏武卒训练场旁的深涧跳了下去……

“我要走了，这次我真的要走了……”

面对这万箭穿心的疼痛，吴起只是在最后飞身一跃，与楚悼王在一起了。也就在那一刻，吴起被大殿门口蜂拥而来的世族子弟射出的乱箭钉在了楚悼王的棺木上……

吴起眼前一黑，疼痛难忍，仿佛看到了母亲站在卫国左氏城门下的孤独身影……

“母亲，我向你发的誓言，兑现了，我这就要来尽孝了。”

然后，吴起看到早先被他休回娘家的吴氏，然后是被他砍杀的妻子田小璇。

“小璇，因果福报，一命换一命，我这就来找你赎罪——”

随即，吴起又闪电般地看到了很多的熟悉身影，差不多一生的往事，瞬间在脑海里飘过……

再接着是吴期——是的，吴起的儿子，可他已无法张口说话了。他只想对儿子吴期说：“别学你父亲吴起，别走这样凶险的卿相之路，不如跟着荀康那样的游学之士，自由自在地过日子，要比啥都强！”

萧琼似乎是真真切切地出现在眼前了，却又突然间消失不见了。等到戴芙蓉走到吴起身边的时候，眼前的一切已开始变成一片永久的黑暗虚无了……

5

秦川辽远，人间花海。

秦献公盯住了山坡上的辛夷花，久久出神。自从他主政迁都栎阳之后，也就有了几许闲情逸致。这在雍城时少有，他在五岁的秦出子坐过的龙椅上总是有些不自在。毕竟，秦出子小小年纪就死于非命，尤其他的母亲也一并躺在了血泊之中。这一画面一直定格在秦献公的脑海里，从雍城的宫里出出进进就会想起来，并且一直挥之不去。

荀康的突然不辞而别，让秦献公不由得有些难过。秦献公知道荀康见不得这种血雨腥风的事情，可是他不知道如果秦献公不下手，估计倒在血泊中的就不是秦出子母子两个了。

“那么，下一步还会是谁？”

“这是没办法的事情，如果寡人不先下手，大有可能就是我公子连倒霉了——所以，也不会成为现在能够登上大位的秦献公了。你作为游学之士当然不理解，但跑到楚国的吴起肯定能够理解寡人。”

荀康与何瑾薇不辞而别。据说，他们一路直奔华山了。秦献公刚登大位，也觉得雍城过于偏居一隅，加之秦出公母子两个人给他的阴影，使得他第二年就移都栎阳了。秦献公虽然出生于雍城，但那里的宫殿在他童年记忆里一直是阴冷和压抑的。他甚至能够记得雍城秦宫里殉葬那些小孩时的情景。那些三四岁的小孩子，与当年的秦献公一般大，却是要与死去的主人一起陪葬在挖开的墓穴里。秦献公至今都能够记得那些小孩子陪葬前撕心裂肺的哭喊，可是又有什么用呢？这些记忆，都在他的内心里深藏着，一旦有机会就会跑出来撕咬着他的五脏六腑。

搬到栎阳之后的秦献公，心情自然也好了起来。他不仅废除了殉葬制度，还决定迁都栎阳之后，开始实施收复河西之地的计划。摆脱了奴隶主聚集的旧都雍城的束缚，秦献公一下子扬眉吐气了。他与奶娘的女儿卢云经常出宫欣赏这辛夷花。卢云说，这辛夷花默默无闻，却是芳香自放，一开始是无人观赏的，也无人品评，虽无言伴着春的时节而来，却又在悄然绽放中让人赏心悦目，不同于那些繁忙出席盛宴的玫瑰牡丹，辛夷花选择了大自然的这个舞台。

也正在这个时候，秦献公得到了吴起命丧楚国郢都的消息。

“吴起这一生，拼命追名逐利，甚至不惜为此付出惨重的代价。早年杀妻求将不说也罢，到了楚国时的那种张狂作为，必然会带来这一不幸的恶果。唉，他有荀康先生的隐忍就好了，于云淡风轻之中，躲在一边坐看潮起潮落。”

卢云也感叹：“每日的窗外，这匆匆的太阳，也是一任自己的脚步。而那些需要去争的抢的，那些功名利禄，何时才有一个尽头呀？”

从侧门里进来一个很壮实的武士，细看正是当年的郑三郎。郑三郎现在是秦献公的侍卫了。秦献公在魏国的三十年，一直作为废太子嬴师隰（公子连）而隐忍着，很多时候其实就是魏文侯和魏武侯掌中的玩物而已。现在想想看，他在那时候还不如吴起的处境。而郑三郎也跟随他十来年了。所以，郑三郎能够理解现在的秦献公。

“主公，吴起的儿子吴期求见！”

秦献公一听是吴起的儿子吴期就来了兴致。如果当年吴起辅佐了他秦献公，秦国的面貌也会发生意想不到的变化。这个吴起的儿子吴期早已不像他在离石邑城白马仙洞见过时的小孩子模样了。面前这个从郑三郎身后走出来的三十来岁的儒生模样的男子竟然就是吴期，正是当年他父亲吴起从鲁国刚到西河时的年纪。人生一轮回，一切都会是虚空。吴期没有父亲吴起那种霸气，恰恰相反，却是一副荀康先生的气质。

“三年前，寡人曾邀请你父亲一起来秦国的，可是他没来，也不想来，匆匆忙忙地跑到了楚国。要不然，也不会遭此横祸呀！”

“陛下，您知道荀康老师的去处吗？”

“这个，这个……”

秦献公也不好回答。毕竟荀康不辞而别，让他也有些尴尬。而卢云则到一边欣赏她的辛夷花去了。她站在楼台上也能听到他们的谈话。吴起的结局，也是一种宿命了。只是其子吴期脸上的隐忍，凸显着一种不同的人生格局。这或许正是吴起所希望的。就像这辛夷花的状态，不事张扬，不似牡丹开得张扬放纵；也不似玫瑰，生来为了传递人间的情梦；更不似百合，一劳永逸地追随着一种完美和极致。辛夷花的特色就是远离喧嚣，寻找自己的心灵家园。

“你是来投奔寡人的吗？”

吴期犹豫了片刻，然后坚定地摇摇头，说道：“我是来投奔陛下的幕僚荀康先生。”

“为何要投奔荀康先生？”

“荀康是我的老师。再说，父亲生前让我找他，一定把《吴子兵法》交给他。”

“为何不交给寡人？”

吴期知道秦献公拿到《吴子兵法》之后，攻打魏国就会如探囊取物。但他不能这么说，只是说《吴子兵法》还未写好，需要荀康协助自己来继续完成后面的工作。

秦献公也赞叹荀康如这辛夷花那紫色的花粉随风起落，不逊色于长江黄河的壮阔勇猛，但他从容自持，远离名利。他总是做着一个与世无争的隐士，保持着内心的纯净。荀康隐居山野，唯有自然的众生，得以分享他的才学。

吴期抬起头来，泪眼蒙眬。其实，人生百年，一晃而过。父亲吴起的奔走，从老家卫国左氏，到鲁国曲阜，再到魏国、楚国，一生征战，颠沛流离地跋涉，身陷荒芜的绝境，与兵荒马乱为伴，不如了悟隐士的真谛，活成和光同尘的气度。年少的你在轻狂地追梦，肆意挥霍着春光，很快就会步入中年的焦虑，在不断追逐的功名之路上，真正懂得了淡泊的意义时，已晚矣。人之将老时的悲乎！

秦献公就像当年挽留吴起，现在也去挽留着他的儿子吴期。可是，吴期与他父亲吴起一般执拗。

“感谢主公的挽留。我还是要去找老师！”

这个老师正是荀康。斗转星移，换了人间。而每一代人，每一次周而复始的轮回，一遍遍演绎着曾经上演过的故事，却是装点着不同的价值选择。

旭日东升。晨雾消散。

吴起的儿子吴期出了栎阳城，信步向东走去。有消息说，荀康到了华山，还有一说，他到了大梁城。另外，公叔痤在国君面前给留在魏国的吴起后人争取到了二十万良田。可是，此时此刻，吴期还在前往华山或大梁的路上。又有人说，这二十万亩良田又是一个利益的陷阱？

据说，在此后又过了十多年，卫国出了一个叫作商鞅的年轻人，先来到魏国不得志，后来跑到秦国，开始了一场声势更加浩大的变法。而早在公叔痤临死前曾给魏惠王推荐的正是这个志当存高远的商鞅。公叔痤说，对商鞅这样堪比吴起的人才，要么重用，要么杀死他。魏惠王既没有重用，也没有杀他，反倒让他去了秦国。商鞅的变法为秦国统一六国奠定了坚实的基础。这个继李悝、吴起之后声誉鹊起的变法家商鞅，也与他们两个人一样都是卫国人，其结局要比吴起更加惨烈。商鞅变法的老师是李悝和吴起，应该说李悝在魏国率先变法成功，也一如既往地得到了善终。而商鞅步吴起后尘，可谓轰轰烈烈，却惨遭车裂，被五马分尸了。看来卫国屡屡涌现敢为天下先的变法家，或也并非偶然。当然这已是后话了。

而当时的吴期还是一心要去投奔自己的老师荀康，并以此在他的帮助下完成父亲吴起的《吴子兵法》后续整理编纂工作。吴期牵着秦献公赠送给他的一匹高大壮实的白马，先慢慢步行了一段，然后才骑上白马。吴期想着在找到自己老师荀康之前，先去离石邑城一趟看望姨妈田秋月，也不知道还能不能再看到已嫁到邯郸的那个蔺冉冉妹妹？

这时，路边的绿荫下，有歇息的驼队，还有秦人的戏班子，抑扬顿挫的唱腔，让他神清气爽，信心十足。

2015 年 3 月准备

2018 年 6 月初稿

2019 年 3 月定稿

后　记

每一次面对久远的历史，我总是战战兢兢，感觉到自己的渺小、无知和可笑。很多年前的一次景区笔会，我萌发了写刘渊千年屯兵以及在左国城、离石一带建都的历史。那是我第一次涉及历史小说。《狼密码》出版发行近十万册后，又有了写《狼狐郡》的冲动和执念。而《狼狐郡》的主人公吴起是战国名将，他当年所在的西河郡，与我的老家吕梁山（更确切地说现在的吴城镇驿城口一带）也大有关系。

《狼密码》很好的发行量，给了我继续写作《狼狐郡》的信心，写了多一半的时候，接到一个在梧桐草堂举办采风活动的通知。我撂下正在着手的创作，匆忙赶往那儿却是因为这个梧桐草堂，据说正是吴起当年屯兵的地方。我只想去现场感受一下那种久远年代的某些气氛。与其说是“梧桐”，不如说是“吴屯”之谐音，即吴起在此屯过兵。那几天，梧桐草堂所处的山地气候也很独特，山下城里不下雨，山上却是阴雨连绵，上山的路崎岖险峻。这个环境场域正好对应着《狼狐郡》里吴起在西河郡的生活场域。加之，还有离石的吴城镇，也是因吴起而得名。早些年，我上中学时去过吴城，还是冬天去的，很冷，当时很直观的印象就是冷凉，“吴城三交，冻死飞鸟。”记得川道里的风很大。“驼不完的碛口，填不满的吴城。”可见吴城所处地理位置也很重要。两千多年前的吴起在吴城驿城口修筑城墙，作为伐秦的战略后方重镇，自然有了很多的传说和故事。不过，我却很少听到过，只有在小说文本里去合理地推想和演绎。

其实，写《狼狐郡》的想法，已是好几年前的事情了，但一直动不了笔。万事开头难。开始的一两年里，倒是或多或少了解和搜集了吴起的一些资料，可是如何开头，如何把握吴起这样的人物性格，遂成为一个棘手的难题。记得去年在吕梁，偶然听到一个朋友夜行时遭遇野狗的故事，遂触发了一丁点灵感的火花。又过了一些时日，我趁着心血来潮时，就把这个遭遇野狗的故事置换成了一场人狼大战，其中还有野狐的叫声，神秘诡异的气氛中，在一个叫作狼狐郡（现实中的地名应该是吴城一带的黄芦岭、薛公岭）的地方，吴起作为小说主人公就这样出场了。

也就在那个时候，我灵光一现，仿佛突然间被主人公吴起的灵魂附体了。在很长一段时间，我仿佛变成了杀妻求将的吴起了，在写作中的每一天里，宛若背负着比吴起还要沉重的精神负担。由此，我把我此时此刻的这种沉重感，再传递到两千多年前的吴起这个人物身上。换一句话说，我实际上是在抒写自己心目中的那个吴起。

即便如此，我依然要让吴起在他自己所处的空间和场域里一步步来完成他自己。比如，被吴起杀死的妻子田小璇，一直活在吴起的内心世界，甚至作为他梦魇的一部分，乃至还影响着其后的人生格局和最终命运的走向，仿佛悲剧一开始就已酿成。吴起的这个心理阴影又叠加之后再次传染到我的身上，在构思和写作《狼狐郡》的三四年时间里，我的心也一直被过去两千多年前的吴起和吴起朋友圈所形成的那种特有氛围和气场所牵引着，一步步在过往的历史时空里蹒跚前行。任何个体生命，只能活在自己的历史时空里，也只能在历史所规定的局限里一直打转，却无法得到最终的解脱，惶惶不可终日，或也包括我们每一个人。

吴起生命中的三个贵人：季孙氏、魏文侯、楚悼王。以及小说中与他有过交接的荀康、嬴师隰（公子连即后来的秦献公）等，都让我在现实中对应着一些生活的投影。荀康的生命理念、生活方式、真诚友善，或来源我身边的某位老师、某个贵人等。而嬴师隰作为废太子的形象，在魏国寄人篱下，隐忍近三十年，最终一飞冲天，回到秦国，跃升国君大位。这个人物，有让人钦佩的地方，尤其他在魏国与吴起的相处，与各种各样的人物相处，都能体现着他的优良品性。

这些人物，都对主人公吴起的命运起落有着不同程度的影响。吴起身上有暴戾的一面，尤其二三十岁时，千金散尽，都未能在老家卫国谋到一官半职，甚至有传说他一怒之下杀死二三十个对他冷嘲热讽的人（司